1495

DESPROGES, PORTRAIT

Journaliste à *Pilote, Libération, Cosmopolitan*, Marie-Ange Guillaume est l'auteur de livres pour la jeunesse, de beaux livres, de bandes dessinées, de romans et de biographies sur René Goscinny, William Sheller et Pierre Desproges.

Marie-Ange Guillaume

DESPROGES, PORTRAIT

Éditions du Seuil

TEXTE INTÉGRAL

ISBN 978-2-7578-0365-3
(ISBN 2-02-038062-1, 1ʳᵉ publication)

© Éditions du Seuil, novembre 2000

*L'homme est zoologique. C'est ce qui rend
la lecture des romans fastidieuse.
On sait d'avance tout ce qui va s'y passer.
On ne pourra jamais y voir l'homme
que naître, mourir ou se marier.
Si ingénieuses que soient ses façons
de faire ces trois choses,
on sait d'avance qu'il n'en sortira pas.*

Alexandre Vialatte

*On peut rire de tout,
mais on n'est pas obligé.*

René Pétillo

Prépuce

C'est pour lui faire plaisir. Il trouvait le mot «préface» rébarbatif, il suggérait «prépuce». Donc, à quoi sert un prépuce? A tenter de résumer le livre pour éviter au lecteur de le lire. (Desproges, lui, résumait son spectacle à la fin pour ceux qui, comme lui, avaient somnolé tout le long.) Ça sert aussi à préciser deux ou trois trucs essentiels. Par exemple, ce livre n'est pas une biographie, c'est un portrait. La différence est mince. Simplement, le portrait est plus subjectif que la biographie. Ça m'a évité de décrire à la loupe chaque pavé de mai 68, de me demander ce que fabriquait Desproges le 26 juin à 13 heures, et de rencontrer des gens que lui-même n'aurait jamais songé à me présenter. Je n'ai pas cherché à boucher les trous quand les trous me laissaient indifférente. J'ai seulement essayé, avec l'aide des témoins, de remettre debout un homme qui, justement, préférait rester debout: *«Je ne suis pas plus honnête qu'un autre, mais me courber me fait mal au dos. Je préfère rester debout.»*

Le portrait est forcément un peu flou. Parce que

Desproges est mort et que la mémoire des survivants est sujette aux trous d'air. La mienne, par exemple, m'étonne. J'ai eu le plaisir de le connaître. Nous n'étions absolument pas intimes, ni même copains comme cochons. Nous avions une relation en pointillés, toute simple, marrante et affectueuse, qui allait de soi sans aller plus loin. Mais il était dans ma vie comme un bout de paysage essentiel, dont on sait qu'il existe quelque part, même si on ne le fréquente pas tous les jours. Le savoir vivant – et vivant à ce point-là – était une joie et une solidité. Ce qui me poussait, bien sûr, à le croire immarcescible. (J'ai toujours rêvé de caser ce mot-là quelque part. Ça veut dire : qui ne peut se flétrir.) Malheureusement, il ne l'était pas. Bref, comme disait à peu près un écrivain dont j'ai oublié le nom, « si j'avais su que je devrais me servir de tout ça un jour, j'aurais vécu plus attentivement ». J'aurais pris des notes, je l'aurais emmerdé pour savoir ce qu'il fabriquait le 26 juin à 13 heures. (On ne serait pas restés copains longtemps.) Mais je ne savais pas, et le résultat, c'est que j'ai oublié combien de fois j'ai déjeuné avec lui, et ce qu'on se racontait. Je me rappelle seulement ses premiers mots parce qu'ils m'ont fait chaud au cœur. Et que j'en suis fière. Étant allée l'interviewer, je lui avais dit finement : « Bonjour », et il m'avait répondu : « Bonjour, il y a dix personnes qui savent écrire dans Paris, vous en faites partie. » Je me rappelle aussi son dernier coup de fil parce qu'il me reste sur la patate : il avait chopé un petit cancer de rien du tout, on l'avait opéré, il était guéri, mais quand même, ça m'avait chavirée et la suite plus encore. Tout le reste ou presque est passé aux oubliettes. C'est lamentable. Heureusement, d'autres se souviennent beaucoup mieux que moi, et d'autres croient se souvenir. Peu importe. La mémoire n'est qu'affectivité, oubli sournois et, parfois, reconstruction «comme ça m'arrange». Elle fige à jamais certains détails marquants, elle efface peu à peu une vérité plus délicate et mouvante. Heureusement, cette vérité arrive à surnager, en filigrane.

Mais je m'embarque dans des phrases et j'oublie l'essentiel : Desproges était marrant. Ce qui complique tout de suite les choses parce qu'il y a dix mille manières d'être marrant, et que le rire est l'expression humaine la plus mystérieuse. Bien plus que les larmes, qui relèvent du consensus mou. (Le consensus est toujours mou.) On peut regarder une cassette de Desproges et dire : «Ça me fait pas rire, j'aime mieux Devos.» On peut. On peut aussi refermer ce livre tout de suite. Moi, Devos ne me fait pas rire et Ruquier non plus, bien que le premier jouisse d'une réputation poétique et le second d'une excellente santé – du moins je l'espère.

Le rire de Desproges est vital parce qu'il touche aux régions de l'âme où ça fait mal. Et comme il dit, *«ça fait moins mal quand on en a ri»*. S'il cultive l'humour de cimetière, c'est que la mort est une nuisance majeure. Féroce amateur de bonheur, il est teigneux avec les nuisances – même mineures, comme les cintres qui vous giclent au nez dans les penderies. Il a tous les culots, toutes les libertés, et il adore

11

aller trop loin, avec élégance, en toute fraîcheur, et sans filet. C'est un provocateur viscéral, mais, en dehors de quelques «imbéciles répertoriés», tout le monde a compris qu'avant de provoquer Leprince-Ringuet et les coiffeurs (dont il n'a rien à foutre en réalité) il se provoque lui-même, de préférence sur les sujets sensibles : «*Je pleure chaque fois qu'un de mes enfants meurt. Là, ils vont bien.*» C'est pour ça qu'il nous était si utile. Il nous défendait contre les cons, l'ennui, le chagrin et la mort. Et ce qui ne va pas aujourd'hui, c'est que les cons, l'ennui, le chagrin et la mort sont en pleine forme, et lui, il est muet.

D'autres ont repris le flambeau. Il a ouvert la voie à une certaine cruauté. Il suffit d'écouter France Inter en épluchant les nouilles à l'heure du déjeuner – personnellement je suis obligée, mon poste ne capte que France Inter, dans la cuisine. A tous les coups, on tombe sur un comique tout pétri de cruauté qui nous balance des envolées à la Desproges, façon *Flagrants Délires* – sans l'écriture, sans la justesse de tir, sans le charme, sans Desproges. Et finalement, on préfère éplucher les nouilles en silence.

Pour le reste, tracer le portrait d'un électron libre n'est pas une sinécure. Chaque fois qu'on le range dans une case, il s'agite pour en sortir. Il est marrant mais il ne fait pas partie de la grande famille des comiques. (Cette seule idée le glaçait.) Il n'est pas de droite, ni de gauche, ni spécialement limousin. Athée, il est désolé de l'être. Désespéré, il connaît des bonheurs foudroyants. Brutal, il manie les délicatesses les plus raffinées. Bon vivant, il se ronge d'angoisse. Violemment ému par la moindre trace d'humanité chez ses congénères, il est misanthrope – il trouve ça inconfortable, d'ailleurs. Fidèle jusqu'à la tombe en amitié vraie, il s'offre parfois des passions ravageuses pour des gens qui le navrent assez rapidement – il les oublie avec désinvolture, ce qui plonge ces gens-là dans la frustration. C'est un teigneux très tendre, un sagouin extrêmement courtois, un méchant d'une gentillesse rare. (J'aime bien la gentillesse. D'aucuns la trouvent mièvre, je la crois constructive.)

Philosophe, potache, moraliste, Cyclopède, séducteur, ami des bêtes et des femmes, procureur, cuisinier, journaliste, Corbiniou, pourfendeur, écriveur, trublion, il n'aime profondément que deux choses dans sa vie : l'écriture, et le bonheur qu'il a réussi à se bricoler – en dépit de l'angoisse – avec une femme et deux enfants. Un talent unique a été flingué en plein vol, ce bonheur-là aussi, et c'est sans doute le plus regrettable. *« Je me sens bien dans ma peau maintenant que j'ai quarante-sept ans. Ce n'est pas quelque chose que j'ai senti à chaque époque de ma vie. Et quand je fais un retour en arrière, je n'ai aucun regret. »* Il n'avait pas aimé son enfance, il avait réussi à grandir. Quarante-sept ans, il était temps. A propos, à la télé, une bonne nécro d'artiste s'ouvre souvent sur cette formule ahurissante : «Rien ne prédisposait ce fils de serrurier périgourdin à devenir l'artiste le plus marquant de son époque.» Je ne sais pas pour les autres, mais

Desproges, tout le prédisposait. Il avait passé son enfance à se barber, il s'est démené pour vivre la suite en s'amusant. Ça fait un partout.

L'ambiance générale, c'est qu'il nous manque. Il manque même à ceux qui n'étaient (presque) pas nés. Aujourd'hui, des gamins de dix-sept ans dévorent ses livres. Dix-sept ans, ça veut dire qu'ils avaient cinq ans l'année de sa mort – si je compte bien, j'ai encore paumé ma calculette sous les douze kilos de documents que m'a prêtés Hélène Desproges, sans lesquels j'aurais été bien embêtée pour écrire ce livre. Donc, ces gamins ne l'ont jamais vu sur scène, ils ne se sont jamais précipités sur leur radio pour l'entendre achever un accusé, ni sur leur télé pour voir Cyclopède rentabiliser la colère de Dieu. Et ils l'aiment passionnément. Desproges doit être content : « *Je n'existe que quand j'écris* », disait-il.

Il paraît qu'il avait un caractère de cochon – je ne l'ai jamais vérifié, n'étant pas assez proche de lui pour en faire les frais. Malgré tout, qu'il ne vienne pas râler parce que je le canonise. (La béatification de nos chers disparus avait tendance à le gonfler.) Je l'aimais déjà avant, je le trouvais déjà indispensable. Et même, c'est pas un reproche, mais je le préférais vivant.

M.-A. G.

*

Précision technique utile : tout au long de ce livre, quand Desproges s'exprime dans la vie, en interview écrite ou audiovisuelle, il le fait en italique. C'est plus pratique. Ça m'évite d'écrire trente-cinq mille fois : « dit Desproges », « pense Desproges », « avance Desproges », « confie Desproges », « déclare Desproges », « avoue Desproges », « murmure Desproges » ou « rabâche Desproges ».

Autre détail : je donne mes sources à la fin du livre, sans glisser de note à chaque citation pour préciser si c'est tiré de *France-Soir* le 7 janvier ou du *Journal d'Elbeuf* le 12 mars. Parce qu'une longue liste de notes, c'est fatigant. Et aussi parce que j'ai un mauvais fond : le prochain biographe, s'il est sérieux, devra se retaper le travail de recherche.

« L'enfance… j'aimais pas, je me suis emmerdé. »

L'enfance n'est pas sa saison préférée, mais un portrait se doit de commencer par là, sinon on n'y comprend rien. On ne comprend pas, par exemple, pourquoi Desproges va cultiver toute sa vie un goût féroce de la liberté, assorti d'un rejet violent de tout ce qui peut ressembler à une limite, une entrave, une astreinte, un piège, une cellule – même capitonnée. On comprend déjà mieux si l'on voit qu'il a vécu son enfance comme une morne plaine et sa jeunesse comme une humiliation. « La jeunesse, toutes les jeunesses, sont le temps kafkaïen où la larve humiliée, couchée sur le dos, n'a pas plus de raisons de ramener sa fraise que de chances de se remettre toute seule sur ses pattes [1]. » On comprend pourquoi il va ramener sa fraise à ce point-là.

Donc, Pierre Desproges naît à Pantin le 9 mai 1939

1. *Chroniques de la haine ordinaire.*

et, très vite, se met à ressembler à «un archange avec d'admirables cheveux blonds bouclés» et «un caractère très taquin», témoigne sa maman à la radio[1]. *«Un archange taquin… Maman!… Elle minimise quand elle parle de taquinerie. J'étais quasiment sadique. Un archange… Maman, rappelle-toi, j'avais une tête de poire quand je suis né… Et d'abord, pourquoi elle parle, ma mère? Qu'est-ce que c'est que cette façon d'emmerder ma famille?»* En effet, l'intéressé n'aime pas que sa maman cause dans le poste et, plus généralement, déteste qu'on étale sa vie privée, sa femme, ses enfants, ses copains et ses saint-émilion. *«Je pars du principe que les gens avec qui je me reproduis ou avec qui je pars en vacances n'intéressent pas le public.»* Ou encore, plus stylé: *«Comme disait Madame Le Nôtre en repoussant les avances de Louis XIV : il faut savoir se garder un jardin secret.»* Ce qui me met bien à l'aise au moment d'envahir ses copains et les gens avec qui il se reproduit, dans le seul but de déballer son jardin secret. (J'essaierai de le déballer avec délicatesse, sans trop piétiner son basilic, pour qui il avait une affection particulière.)

Bref, un peu plus tard, il échange sa tête de poire contre une tête convenable et découvre les nuisances inhérentes au statut enfantin. Rien de grave, la routine. *«Ma maman me faisait porter des pantalons de golf. J'étais habillé en Tintin! J'avais le pantalon de*

---

1. *L'Agenda de Pierre Desproges*, une émission de Nicolas Hulot.

golf et les chaussettes écossaises à l'heure où les premiers parvenus portaient des blue-jeans. Ça, j'en ai beaucoup souffert. Maman, je ne te pardonnerai jamais. » Docilement déguisé en Tintin, il se montre toutefois un peu «rebelle», note la maman. Exemple de rébellion : si une vieille personne le bouscule, il hésite à s'excuser. (Là, la maman se montre pointilleuse. Moi, quand une vieille personne me bouscule, je ne m'excuse pas.) Sur le plan matériel, il n'a pas à se plaindre. *« Je n'ai jamais prospecté dans les poubelles à la recherche d'une improbable nourriture. »* Mais encore ? Pas grand-chose. *« J'étais très malheureux comme enfant, comme élève. J'ai un souvenir boutonneux et tristounet de mes culottes courtes. »* L'ennui, la tristesse et quelques bribes de souvenirs d'une éducation dite «classique». *« Conduis-toi en homme, ça doit remonter à mon enfance. Je vois très bien mon père me dire ça. Mon père ou Saint-Exupéry. »* Ça marchera moyennement, il ne s'épanouira jamais en terrain viril. *« Je suis très féminin. Je n'ai pas l'esprit de zinc, ni l'esprit poil aux pattes, ni l'esprit football. Je ne parle pas de durits et de têtes de delco en public, je suis consterné par la violence, la vitesse, la guerre et les sports d'équipe. J'aime bien cueillir des fleurs et m'occuper de mon basilic. »*

Et puis, l'enfance étant génératrice de détresses en tout genre, il faudrait de l'humour pour la supporter. Mais les choses sont mal faites : l'humour n'est pas une spécialité enfantine. Il vient plus tard – ou il ne vient jamais. Dans la famille Desproges, le terrain est plutôt favorable. « *Mon papa, qui fut principal d'un collège, est du genre humour anglais. Ma maman, elle, est plutôt pétulante et primesautière.* » Pétulance confirmée par Hélène (Desproges), à une nuance près : « Pétulante, mais cyclothymique. Très drôle dans la forme parce qu'elle avait le sens du verbe, mais pas du tout dans le fond parce que la vie était un drame. Elle n'arrêtait pas de me dire qu'elle allait mourir alors qu'elle pétait de santé, et que moi aussi, fallait pas croire, j'allais vieillir... J'avais vingt-cinq ans, ça m'énervait. » Ce pessimisme a sans doute débordé sur le fiston, qui voit toujours le pire dans le meilleur – *«Chaque fois qu'il m'arrive quelque chose de bien, je me dis que c'est dommage, qu'il va falloir mourir après ça »* – et le pourrissement dans la fleur de l'âge : *«J'ai deux petites filles qui sont encore presque des bébés, et quand on me dit : Oh! Comme elles ont grandi!, je rectifie : Non, elles ont vieilli, elles sont plus proches de la tombe. »*

A part ça, il a un frère (Jacques), une sœur (Annie) et un père que son statut de prof de maths et proviseur entraîne souvent sur les terres coloniales – Laos ou Afrique. Un père qui rêvait d'être pilote d'avion, se rappelle Hélène : « Quelquefois, ses copains militaires lui prêtaient des avions, et Pierre avait volé avec son père. Il se souvenait surtout d'une panne : ils avaient été accueillis dans un bled où on leur avait offert un festin de chenilles volantes ou quelque chose d'approchant. L'idée de bouffer ça ne l'emballait pas, mais son père était ouvert à ce genre de choses. Si les gens en mangeaient, il fallait en manger : c'était poli et ça devait être bon pour la santé. » De ses séjours exotiques, il gardera en effet quelques souvenirs culinaires originaux, avec une préférence pour le scarabée et le termite, qui sent bon la noisette, paraît-il. Grand ami et défenseur de la race porcine, il se rappellera aussi avoir rencontré, au Laos, des cochons qui vivaient comme vous et moi. *« C'est complètement faux de dire que le cochon est sale, c'est le paysan qui est sale de mettre le cochon dans la merde. Au Laos, les cochons vivent dans la nature, ils dorment dans les maisons, ils ne sont pas plus sales que les Laotiens qui sont des gens très propres. Simplement, les cochons s'appellent Kiki... et les Laotiens mangent leurs chiens. »* Et puis c'est en Afrique qu'il se lie d'amitié avec un pangolin, bouffeur de fourmis vêtu d'écailles auquel il fera les honneurs de la lettre P dans son *Dictionnaire superflu* : « Sa femelle s'appelle la pangoline. Elle ne donne le jour qu'à un petit à la fois, qui s'appelle Toto. »

Il a aussi une grand-mère paternelle, pied-noir d'origine maltaise, que son grand-père a ramenée d'Algérie où il était gendarme. Cette grand-mère vit dans le Limousin, à Châlus, où elle tient un immense bazar. Il l'adore et veut absolument la présenter à Hélène, qui, au début, renâcle un peu : « J'avais la pétoche parce qu'elle disait à ma belle-mère : "Une femme de valeur retourne les matelas tous les matins." J'ai fini par y aller quand même. Elle avait quatre-vingts ans. Le bazar était un bordel monstre, dans le style début de siècle, où on vendait toutes sortes de choses intéressantes comme des bonnets de nuit pour hommes. Le premier soir, elle nous a servi le couscous et elle est restée debout derrière. Elle servait les hommes, et il a fallu que je la supplie de venir s'asseoir. Elle était pieuse, mais sans excès. Elle allait chercher de l'eau à Lourdes dans des bouteilles d'eau-de-vie. C'était surtout une généreuse et une rigolote, dans le genre pince-sans-rire. Un jour, elle m'a dit en épluchant les oignons, avec un petit air mi-figue mi-raisin : "Cet oignon a une queue saine, il faut toujours que les oignons aient une queue saine, ma petite fille." Et finalement, elle ne m'a jamais demandé de retourner les matelas.»

C'est à Châlus, où on l'envoie pour raisons de santé – *«Je souffrais d'une primo-infection très banale»* –, que le jeune Pierre fréquente l'école communale. La cour de récré, lieu traditionnel de toutes les exclusions et terreurs enfantines, est également l'endroit où il rencontre ses premiers footballeurs. «Quand j'étais petit garçon, je me suis cru longtemps anormal parce que je vous repoussais déjà. Je refusais systématiquement de jouer au foot, à l'école ou dans la rue. On me disait : "Ah, la fille !" ou bien : "Tiens, il est malade", tellement l'idée d'anormalité est solidement solidaire de la non-footballité[1].» Quand on est enfant, si on ne fait pas partie du club, si on ne ressent aucune liesse populaire à taper dans un ballon ou génocider les grenouilles, on s'angoisse. On ne sait pas encore qu'on a le droit de

1. *Chroniques de la haine ordinaire.*

détester ça, et on se sent infiniment seul. Ensuite, on apprend qu'on a le droit et on donne son avis plus sereinement : « Je vous hais, footballeurs. Vous ne m'avez fait vibrer qu'une fois : le jour où j'ai appris que vous aviez attrapé la chiasse mexicaine en suçant des frites aztèques[1]. »

Parmi les expériences enrichissantes, on note également un passage chez les enfants de chœur – il chante le *Minuit chrétien* en solo à la Madeleine – et chez les louveteaux, où il attrape une haine radicale et définitive du groupe. En revanche, la lecture étant toujours le refuge des enfants qui se débrouillent mal avec la vraie vie, il lit beaucoup. (Comme dit Queneau, c'est en lisant qu'on devient liseron.) A sept ans, il a déjà avalé les œuvres complètes de la comtesse de Ségur – obscure épouse d'un homme de lettres, d'après le *Dictionnaire de la bêtise et des erreurs de jugement*[2] : « Son mari, le général de Ségur, pair de France, s'est fait connaître comme auteur d'un livre sur la retraite de Russie, qui eut un grand retentissement. » Entre parenthèses, ce dictionnaire deviendra le livre de chevet de Desproges : *« On y apprend que ce sont souvent les gens les plus célèbres, les plus trou-du-cul pompeux, qui ont dit les plus belles conneries. »* Par exemple, celle-ci, qui le réjouit tout spécialement et que l'on doit non pas à un pilier de bistrot, mais à Mgr de Quélen, arche-

1. *Idem.*
2. De Guy Bechtel et Jean-Claude Carrière, Robert Laffont, 1983.

vêque de Paris (1778-1839), du haut de sa chaire : « Non seulement Jésus-Christ était fils de Dieu, mais encore il était d'excellente famille du côté de sa mère. »

Un jour, alors qu'il est invité par Françoise Hardy (chanteuse et astrologue) dans son émission *Entre les lignes, entre les signes*[1], la graphologue Anne-Marie Somon teste « à l'aveugle » – elle ne sait pas à qui elle a affaire – la lettre que Desproges leur a envoyée. Comme la plupart de ses écrits, la lettre ressemble à une pyramide inversée, la marge de gauche bouffant peu à peu le texte pour ne laisser en fin de page qu'un mot par ligne. La graphologue suggère : « Dans le contact initial, vous êtes aimable, et pourtant, vous avez des mouvements de retrait, de refus. Vous craignez les emprises trop fortes qui entraveraient votre individualisme et limiteraient ce que vous estimez être votre liberté. Avez-vous autrefois été bousculé, rebuté, refroidi dans votre attente d'affection ? » Un peu refroidi, c'est certain, et la réponse lui vient spontanément, avec le souvenir précis d'un exil très mal vécu : à l'occasion d'un séjour paternel en Indonésie, on l'envoie à Saint-Léonard-de-Noblat, près de Limoges, dans une pension couleur caserne où il apprend à marcher au pas. Dieu merci, la levée d'écrou arrive assez vite, car il met toute son énergie à écœurer ses hôtes. *« J'étais prêt à tout pour partir – à faire semblant d'être malade, à me suicider à moitié. J'étais anorma-*

1. Radio Monte-Carlo.

lement peu doué pour la vie communautaire et trau-matisé par la séparation – surtout d'avec ma mère. Au bout de trois mois, comme c'était intenable, le proviseur a dit : vous pouvez le reprendre. Ma mère m'a accueilli à Paris sur un quai de gare, et la pre-mière chose qu'elle m'a dite, c'est : "Oh la la ! Tu as les cheveux longs !" C'était un détail et je ne lui en ai jamais reparlé, mais c'est quelque chose que je porte encore. La preuve, c'est que je pourrais vous décrire les gens dans cette gare, la couleur de ma valise, la couleur du chapeau qu'elle portait. Je l'ai ressenti très douloureusement, comme une incom-préhension fondamentale... Il y en a eu d'autres, plus tard. Le drame avec mes parents a eu lieu lorsque j'avais quinze ans. Lors d'une espèce de conseil de famille, mon père, qui était par ailleurs un brave homme de père, m'a dit : "Mon petit, il faut qu'on parle sérieusement. Ta mère et moi, nous nous sommes aperçus que tu avais un tempérament de fantaisiste. Tu seras fonctionnaire." » Et des années après, l'indéniable réussite du rejeton ne changera pas leur manière de voir. « *Dernièrement, après une émission que j'ai faite pour la télé avec Jérôme Gar-cin, ma mère a dit : "C'était bien, mais il n'avait pas de cravate." Voilà ce qu'elle avait retenu de ma vie ! Ils ont toujours été comme ça. Lorsque Jacques Martin m'a appelé pour faire* Le Petit Rapporteur, *leur premier réflexe a été : "Ne quitte pas* L'Aurore. *Tu as une situation, tu es payé au mois, surtout ne t'en va pas." A quarante-six ans, je suis toujours pour eux un môme, un fantaisiste avec un bonnet d'âne qu'il faut continuer de surveiller, sinon il va encore quitter le ministère !* »

« *Dieu me crapahute…* »

Après Saint-Léonard-de-Noblat, le petit Desproges réintègre la capitale et l'appartement familial de la rue Godot-de-Mauroy, tout près de la Madeleine, où il fait sa première communion. L'événement laissera des traces. « Rappelle-toi. Je n'avais pas treize ans. C'était dans ta maison. Il y avait de l'or trouble aux vitraux, et cette musique de fer profonde, et la magie de ce parfum d'Orient qui n'appartient qu'à toi. Je me suis agenouillé. Tu es venu. Je t'ai reçu tout entier. Tu es entré en moi et j'ai pleuré[1]. » Après cette fabuleuse rencontre, l'exaltation retombe un peu et Dieu lui inspire des sentiments de plus en plus mitigés. Si bien qu'il finit par lui envoyer une lettre de rupture, le 18 juin 1986 très exactement. « Je viens de rompre avec Dieu. Je ne l'aime plus. En amour, on est toujours deux. Un qui s'emmerde et un qui est malheureux. Depuis quelque temps, Dieu me semblait malheureux. Alors, j'ai rompu[2]. » En gros, il ne supporte plus l'idée d'une espèce de paparazzi qui lui colle aux baskets jour et nuit, et puis il n'apprécie pas trop sa famille. « Je trouvais que le fils, surtout, avait mauvais genre. Je ne pense pas

1. *Chroniques de la haine ordinaire.*
2. *Idem.*

26

être bégueule mais ce côté "m'as-tu vu sur ma jolie croix dans mes nouveaux pampers", j'ai toujours pensé que cela avait desservi le prestige de l'Église[1].» Bien sûr, son sens de la provoc est proportionnel à sa déception. *« J'écris pour oublier que Dieu n'existe pas. Je suis un mystique athée, mais déçu de l'être. »* Il ne sera jamais tranquillement athée. Ne pas croire en Dieu le désespère – et aussi, constater que ça ne sert à rien d'y croire. « Ma sœur Françoise était croyante. Elle a eu un cancer, et Pierre, qui l'adorait, était très malheureux de voir que ça ne lui rendait aucun service d'être croyante, puisqu'elle n'acceptait pas sa mort » (Hélène). C'est à Françoise qu'il s'adresse, dans son réquisitoire des *Flagrants Délires* contre Le Pen, quand il dit, en passant : *« Toi aussi, à qui je pense, qui as cru en Dieu jusqu'au bout de ton cancer. »* Et à propos, s'il montre envers le professeur Schwartzenberg une antipathie marquée et récidiviste, c'est parce qu'il a soigné Françoise, entre autres en lui prédisant assez sèchement deux mois de survie – elle a tenu trois ans. *« Je pense à un grand spécialiste de cancérologie qui passe pour un saint homme auprès des médias, mais qui est très dur avec ses malades. »* Dans un texte prévu pour son troisième spectacle, qui restera à l'état d'ébauche, il y revient. Découvrant son visage dans un miroir, et son fameux grain de beauté entre les deux yeux «comme une cerise avariée sur un gâteau de la veille », il le montre à son

---

1. *Chroniques de la haine ordinaire.*

«ami» Léon Schwartzenberg: «Sans vouloir m'alarmer, il m'a tout de même proposé l'euthanasie. En ce moment, il propose l'euthanasie à tout le monde. Il est résolument pour. C'est-à-dire que c'est plus facile pour avoir sa photo dans *France-Soir* que quand on est contre[1]. »

Pour en revenir à Dieu et ses sbires, Desproges n'a rien contre les curés – sauf un en particulier : le confesseur qui l'avait pris sur ses genoux pour le tripoter quand il était petit. Là, il n'est pas d'accord, c'est un point de vue qui se défend. Mais s'il bouffe du curé, c'est comme un chat bouffe une souris : la laissant batifoler encore une fois, l'asticotant un peu dans l'espoir de la motiver, la zigouillant avec regret, navré de la voir si peu en forme. Et malgré sa rupture avec Dieu, il continue de trouver indispensable la culture religieuse – il déteste l'inculture sous toutes ses formes. *« Je trouve dramatique que les enfants gallo-romains ne gardent pas cette culture religieuse. Mes filles ne sont pas baptisées, mais j'aimerais qu'elles sachent qui étaient le Christ, la Vierge et ces choses-là. Parce que ça fait partie du patrimoine. »* Donc, ses deux filles, Marie et Perrine, savent qui sont Marie, le Christ et ces choses-là. Elles attrapent même chacune leur tour une brutale envie de se faire baptiser : «C'était à cause de mes cousins qui avaient des parrains et marraines. Les parrains et les marraines, ça fait tout le temps des cadeaux» (Marie). «Moi c'était pour la chaîne et la

1. *Textes de scène.*

médaille en or» (Perrine). Alors elles demandent à être baptisées et leur papa leur répond: «Bien sûr, mon enfant.» Mais quand elles annoncent la liste des cadeaux, il leur développe son point de vue: le baptême, c'est une affaire entre Dieu et elles, et pour les cadeaux, elles peuvent se brosser. Finalement, elles ne se font pas baptiser, et Marie fait tourner en bourrique le personnel du collège religieux où elle passe sa sixième et sa cinquième. Entre autres, avec la complicité de son père qui lui procure le disque, elle arrive à faire chanter à la messe du jeudi le fameux *Jésus revient, Jésus revient* que Bouchitey braille comme un crétin dans *La vie est un long fleuve tranquille*. En effet, contrairement à Marie qui l'a vu douze fois, la surveillante générale n'a pas vu le film et apprécie beaucoup l'engouement de Marie et ses copines pour cette bien jolie chanson. Mais pour ce qui est du bon Dieu, depuis, Marie a tiré un trait dessus: «Le lendemain de la mort de mon père, les bonnes sœurs, je les ai envoyées chier avec leur Dieu à la con», dit-elle sobrement. Quant à Perrine, méfiante, elle demande un jour à son père si Dieu existe vraiment pour de bon: «J'ai trouvé qu'il se concentrait un peu trop longtemps pour répondre. J'ai compris: on m'avait déjà fait le coup du Père Noël et de la petite souris, fallait pas me prendre pour une imbécile.»

Et pour en finir une fois pour toutes avec Dieu, comme dirait Woody Allen qui s'y connaît – «Comment pourrais-je croire en Dieu alors que je viens de me coincer la langue dans le ruban de ma machine à écrire ? » –, une grosse engueulade se déclenche en 1983 entre l'Église et l'audiovisuel. La Haute Autorité reçoit plus de trois mille lettres et pétitions de paroissiens indignés par les blagues anti-Dieu de Collaro, Bedos, Polac, Villers et Desproges, qui incarne alors Monsieur Cyclopède et démontre, preuves à l'appui, que le lion n'a pas voulu bouffer sainte Blandine parce qu'elle était bourrée de colorants cancérigènes. *« Il est stupéfiant de mesurer l'intolérance du public pour les plaisanteries concernant certains sujets réputés tabous. On peut se moquer des infirmes, des Juifs ou des Arabes ; on peut ridiculiser les obèses, les homosexuels ou les radins ; on peut évoquer la guerre, l'amour ou la politique ; mais surtout, surtout, on ne doit pas piper mot sur le bon Dieu et la religion catholique. Démontrer par un gag que le pape n'est pas forcément infaillible, que la Sainte Vierge, trop émue pour penser à serrer la main de l'ange au moment de l'Annonciation, n'était pas très polie, ou que le lion s'est refusé à manger une sainte Blandine décidément trop maquillée, cela passe mal, très mal à la télévision. »* Cela passe très mal aussi pour Mgr Vilnet, président de la commission épiscopale, Louis Leprince-Ringuet et le cardinal Lustiger, qui protestent avec la dernière énergie, dénoncent l'irrespect et poussent un vigoureux cri d'alarme. Pour ce qui est de l'irrespect, Desproges se déclare lui aussi vivement choqué : *« Les curés ont à peu près deux heures par semaine à la télévision. Je n'ai pas vérifié, il m'arrive de ne pas regarder. Mais pendant ces deux heures, ils ne respectent absolument pas mon athéisme. Et puis de quel droit le pape parle-t-il du stérilet de ma belle-sœur ? »*

Taureau contrarié, ascendant embrouillé

Et puisqu'on est dans les croyances magiques et autres théories destinées à tenter d'expliquer le pourquoi du comment, profitons-en pour visiter le zodiaque de Pierre Desproges. Les athées en matière d'astrologie sont priés de forcer leur nature et de s'intéresser un peu à ce qui suit : Desproges lui-même, venu se faire disséquer par Françoise Hardy[1], est arrivé tout pétri de « scepticisme borné » et est reparti sidéré par la justesse des propos de la dame.

Donc, sa naissance à Pantin le 9 mai 1939 fait de lui un Taureau pur bœuf, Vierge par l'ascendant et Capricorne par la Lune. Trois signes qui portent à la méfiance et à l'entêtement. Le Taureau se méfie de tout ce qui ressemble à de l'emballement, à de la dispersion, à de la gratuité. La Vierge se méfie de l'inconnu (l'irrationnel, entre autres) et de la démesure. Le Capricorne se méfie de ce qui lui paraît trop général, trop superficiel. *« J'ai l'impression d'être un mélange très très inconfortable de méfiance, de rationnel et de folie sans calcul. Et souvent, je ne bouge pas parce que j'hésite entre ces attitudes. J'ai*

1. Toujours dans l'émission *Entre les lignes, entre les signes*.

l'impression d'être un fou casanier, ce qui est difficile à vivre. » Le Taureau, aidé par Jupiter et Neptune, lui confère un côté bon vivant, capable d'euphorie ; mais ses planètes affectives (la Lune et Vénus), dissonées par Saturne et Pluton, peuvent lui valoir un envers particulièrement sombre. *« Je suis bon vivant et puis je me barricade, je ferme mes portes de voiture, je mets des alarmes partout, j'ai peur qu'on me vole, qu'on me touche, qu'on me parle, qu'on m'invite, qu'on ne m'invite pas…»* Par ailleurs, l'ensemble Taureau-Vierge-Capricorne le prédispose à être assez statique, répétitif, voire obsessionnel. Aurait-il des tendances marquées au conservatisme et au rabâchage ? *« Rabâchage, conservatisme, attachement à des gens, des lieux, des restaurants, des villes, des animaux… En même temps, sur le plan professionnel, je me remets en question sans arrêt et ça coûte beaucoup à mon caractère casanier. »* Neptunien, il peut être sentimental, subjectif, mais aussi très réaliste. Françoise Hardy suggère que, peut-être, cohabitent en lui un homme d'affaires assez intéressé matériellement et un panier percé complètement rêveur. *« Oui, il y a un peu les deux. Je peux faire la gueule à quelqu'un qui me doit cinq francs et je peux lui donner mille francs le lendemain. »* Ses signes dominants lui donnent une grande force de concentration et une aptitude à s'impliquer à fond – ça, c'est bien utile pour le boulot –, mais son ciel est marqué par une opposition Neptune-Jupiter sur l'axe Vierge-Poissons (parfaitement) qui peut lui rendre difficiles un choix, un engagement précis. D'autant plus que sa force de concentration va de pair avec une grande force de refus. Est-ce que, par hasard, il redouterait les situations impliquant une décision rapide et sans ambiguïté ? C'est le moins qu'on puisse dire. *« Si j'ai deux routes à prendre, je ne bouge pas. Dernièrement, je suis allé à Lausanne pour un spectacle. Il y avait la possibilité de prendre l'avion, le train ou la voiture. J'ai failli ne pas partir. Finalement, j'ai choisi un moyen de transport et c'était pas le bon. Dès qu'il y a un choix, je meurs. »* Pour tout arranger, il est affligé d'une contradiction : la fermeture de ses signes dominants et l'ouverture de ses planètes fortes, qui sont Jupiter (besoin de contact) et Neptune (perméabilité, réceptivité). On voit tout de suite le problème : le besoin de contact lutte contre la misanthropie du Taureau et du Capricorne. Ce qui fait de lui un misanthrope perméable et avide de contact – statut fort délicat à gérer qui l'amène à se contredire sans cesse : il n'aime pas les gens, il les adore, il ne les aime plus, il aimerait les aimer. « On a envie d'aimer mais on peut pas. Tu es là, homme, mon frère, mon semblable, mon presque moi... Je te tends les bras, je cherche la chaleur de ton amitié, mais au moment même où j'espère que je vais t'aimer, tu me regardes et tu dis : zavez vu Serge Lama samedi sur la une, c'était chouette[1]... » Ou, plus sérieusement, « comme beaucoup de faux

---

1. *Les Réquisitoires du tribunal des flagrants délires* et *Vivons heureux en attendant la mort.*

misanthropes qui, en réalité, aiment trop les humains pour les tolérer médiocres [1] », il ne leur passe rien, il leur demande la lune et il est (presque) toujours déçu.

Voilà donc un Taureau extrêmement alambiqué.

« Ma femme est quadrisexuelle, moi pentasexuel, et mon chat a neuf queues. »

Mais revenons au petit Desproges boutonneux – c'est lui qui le dit, je ne me permettrais pas – qui, avant d'en arriver à l'épanouissement pentasexuel, découvre la sexualité par tâtonnements et erreurs. A une journaliste des *Nouvelles littéraires* (joliment prénommée Minou) qui l'interroge sur sa première expérience sexuelle, il répond, après avoir sorti quatre tasses pour servir deux cafés parce qu'il est ému : « *Seul, à deux ou en bande ? En ce qui me concerne, c'est la masturbation… Mon Dieu ! Je dis mon Dieu parce que c'était dans une église, en cherchant quelque chose au fond de ma poche…* » Et comment a-t-il appris à se masturber ? En partie seul, vers douze-treize ans, et grâce aux conseils éclairés d'un camarade lycéen « *mieux membré et mieux averti* », qui en profite pour lui demander de l'astiquer un peu dans un coin de la cour du lycée. Ce qu'il fait, « *sans aucune joie, uniquement pour lui rendre service* », mais avec une certaine stupéfaction

1. *Des femmes qui tombent.*

quant à la taille de la chose : *« C'était un objet extravagant ! »* (Nous nageons en pleine poésie.) S'ensuivent quelques activités sexuelles « chafouino-chrétiennes » et, au hasard de vagues études paramédicales, la découverte de l'existence du clitoris : *« J'ai dû en voir un entre deux planches de poumons d'alcooliques. »* (Il a bien fait d'abandonner ses études : chez l'alcoolique, c'est généralement le foie qui merde, plutôt que les poumons.) Moyennant quoi, quelques décennies plus tard, il milite à fond pour l'éducation sexuelle gratuite et obligatoire, et ce, dès le berceau ou presque. C'est Hélène qui apprend à Marie comment on fait les bébés, mais le jour où Marie a ses premières règles, c'est à lui qu'elle va en parler : « Il était très content : j'avais groupé mon entrée en sixième, mes premières règles et ma première lettre d'amour. On l'a lue ensemble, il a trouvé quatre fautes d'orthographe. » Par cette complicité, il rattrape trente-cinq ans d'obscurantisme qu'il regrette amèrement : *« J'ai attendu trente-cinq ans pour avoir des conversations sur le sexe avec mes parents. Avant, je n'ai jamais vu les fesses de ma mère, et maintenant je n'ai plus envie de les voir. »* Dieu merci (et le tripote par la même occasion), le jour où il sort quatre tasses pour servir deux cafés, il se sent infiniment mieux : *« Je ne réprime plus aucun désir et mon téléphone est dans l'annuaire. »*

« *La jeunesse, pour moi, ça représente des boutons sur la gueule, un malaise.* »

Mais il n'y a pas que le sexe, dans la vie. Il y a aussi le BEPC. Il est arrivé jusqu'en classe de troisième sans rien foutre, mais là, son père décide de le prendre en main et l'emmène au Laos, où ils passent un an ensemble. « *C'est un pays sublime dont j'ai très peu profité parce que c'était mon époque boutonneuse. Je n'étais pas mieux devant un coucher de soleil sur le Mékong qu'au métro Barbès.* » Malgré tout, il est reçu premier du pays au BEPC, sans aucun mérite puisqu'il est le seul du lycée à parler français couramment. En cet honneur, il est décoré par le roi soi-même. Il a quinze ans, ce sera sa seule décoration. « *Souvent, on me propose des machins, des prix… Jamais je n'accepte… pour l'instant. En vieillissant, la sénilité… Quand on bande moins, on est plus sensible aux gâteaux, aux petites médailles en chocolat…* » En tout cas, le jour où il est sollicité pour figurer dans le Who's Who, il bande encore et refuse poliment. En effet, sur le formulaire d'accord qu'on lui demande de remplir, il est spécifié que les gens sélectionnés pour cet auguste Bottin ont contribué par leur talent ou leur travail au rayonnement de la France. « *Or, jamais de ma vie je n'ai contribué au rayonnement de la France. J'ai tout fait, mais jamais rayonné. J'arrive à peine à contribuer au rayonnement de ma famille, à force de calembours et simagrées pseudo-littéraires.* »

Passé cet épisode glorieux, il intègre la classe de seconde au lycée Carnot (Paris), puis repart près d'Abidjan (Afrique) et revient à Carnot à l'approche du Bac. C'est là qu'il noue une solide amitié avec Paul-Émile Kahn, dit Poumi, déjà fréquenté en seconde à la cantine, lors des traditionnelles bagarres de fromage blanc et – moins traditionnelles – de harengs. Ils ont toujours combattu dans le même camp, ça crée des liens. Sur le plan scolaire, Desproges est moins performant que dans le tir au hareng, se rappelle Poumi : « Les études ne devaient pas lui plaire beaucoup, on sentait qu'il était déphasé, qu'il attendait autre chose. Sinon, il était toujours de bonne humeur, et il avait déjà son humour particulier, qui plaisait bien aux filles, entre parenthèses. Quand ses parents étaient à Paris, rue Godot-de-Mauroy, il vivait dans la chambre de bonne. On ne voyait jamais son père, mais je me souviens d'une maman très gentille, complètement dépassée par la vie parisienne – et par son fils. Je crois qu'ils étaient pas mal en conflit. Il n'avait pas non plus de bonnes relations avec son frère. C'était un peu mieux avec sa sœur mais il ne la voyait pas souvent. Quand ses parents sont partis, il est descendu et il a occupé l'appartement entier. Là, on faisait la foire tous les soirs. Notre QG, c'était l'Étoile verte, rue Troyon. Personne n'avait le téléphone à l'époque, mais on trouvait toujours un copain à l'Étoile verte. Il n'aimait pas trop les boîtes, ni danser, mais il savait draguer. C'était un dragueur parlant, plutôt qu'un dragueur dansant. Ensuite, on a été

pris dans un engrenage, on avait des activités différentes, on a fait des gosses, on s'est vus moins souvent. De temps en temps, il m'appelait et on allait
déjeuner, ou acheter des bonnes bouteilles de vin. Et
je me suis toujours dit qu'on se verrait quand on
serait plus vieux. Il aimait bien la campagne et l'eau.
J'avais construit un truc à la campagne et je pensais
qu'on s'y retrouverait, qu'on irait à la pêche
ensemble. Je n'ai jamais douté de ça. Et puis j'ai
appris sa mort dans un avion en revenant de New
York. »

À l'époque du lycée, entre deux virées au bistrot,
Pierre et Poumi passent aussi énormément de temps
à sécher les cours, qu'ils remplacent utilement par
d'interminables parties d'échecs. Entre autres, la
veille du Bac, jusqu'à l'aube. Mais Pierre rate son
Bac et pas Poumi, ce qui prouve que la nuit blanche
n'y est pour rien. En fait, ce qui cloche, c'est que
Pierre se présente au Bac sciences-ex. En effet, toujours dans la logique « tu es un fantaisiste, tu seras
fonctionnaire », son père lui a imposé sciences-ex
alors qu'il est toujours premier en français (deuxième
quand il dort), qu'il est infoutu de faire la différence
entre une éprouvette et un électron, et que ça ne
l'intéresse absolument pas d'arriver un jour à faire la
différence.

Après le ratage du Bac, par relations, sa mère lui
dégote un petit boulot épanouissant qui consiste à
recopier des adresses sur des enveloppes, se rappelle
Hélène : « Un jour, il a entendu sa mère dire à ses
copines : "Pierre est très apprécié dans son travail"

Ça l'a atrocement humilié. En revanche, il avait trouvé cette période profitable, à cause de la longueur du trajet : c'était à perpète en banlieue, et il avait eu le temps de lire tout Maupassant et Marcel Aymé dans le métro. »

C'est également à cette époque qu'il découvre Brassens et attrape une admiration définitive. Il l'apprend par cœur. Il peut chanter tout Brassens, à l'endroit, à l'envers et la tête en bas. Et puis, en ces temps reculés où la TSF joue un rôle de premier plan dans les cuisines françaises – on *regarde* la radio parce qu'on croit que les Duraton vivent dans le poste –, il s'intéresse activement à deux déconneurs patentés, Pierre Dac et Francis Blanche, qui occupent les ondes avec *Signé Furax*. Pour les écouter, il sèche les cours et rate les rendez-vous avec les copains. Il préfère d'ailleurs Francis Blanche à Pierre Dac. *« On commence à me comparer à Pierre Dac. Ce qui me flatte : c'était quelqu'un de très généreux, très drôle. Mais j'aurais tendance à lui reprocher la gratuité de son propos. Contrairement à Francis Blanche ou Jean Yanne qui étaient vraiment corrosifs, Pierre Dac, c'était l'absurde pour l'absurde. Et ça ne me satisfait pas. »* Et puis il claque son argent de poche à « entraîner nuitamment des connes lettrées » dans les cabarets où passe Pierre Doris, dont il apprécie énormément l'humour noir. Quant à la Nouvelle Vague cinématographique, il en retient surtout Bernadette Lafont, cette « bombe thermonucléaire et multimammaire capable de faire bander un arc-en-ciel ».

« Vingt-huit mois d'incarcération qui m'ont renforcé dans la haine des groupes que je tiens depuis les louveteaux. »

Mais voilà que, beaucoup moins drôle et nettement plus moche que Bernadette Lafont, se profile à l'horizon le spectre hideux du troufion. En effet, comme il a passé ses deux ans de sursis pour études à se cultiver « les neurones à sarcasmes » dans les lieux de débauche, il se retrouve fait comme un rat. *« J'ai senti que là je ne pouvais plus éviter de basculer dans quelque chose d'obligatoire. »* Cette révélation le panique à tel point que, figé sur place, il ne cherche même pas à contourner l'obstacle. Il n'essaie pas de se faire réformer, il ne se révolte pas, et il s'en voudra plus tard. *« Mais sur le coup, je ne trouvais pas bien de ne pas le faire. Pas chrétien, à la limite. »* Donc, il y va.

Avant, il se marie avec Marianne, dite Mab, copine d'Annette Kahn, elle-même sœur de Poumi. En effet, il a appris que les gens mariés ont droit à un service militaire plus confortable, et il dit souvent : « Si j'étais marié, ça serait mieux. » Annette, déjà mariée et maman, répond : « Moi, je ne peux vraiment pas ». Mais un jour, Mab dit : « Moi, je peux. » La proposition est amicale et c'est un mariage pour rire, mais Mab est une jolie fille, intelligente et originale, ce qui ne gâte rien. Donc, ils se marient et partent en Algérie. Au retour, ils vivront ensemble quelque temps et se sépareront.

En attendant, Pierre se tape sans broncher vingt-huit mois de service. Dans une lettre d'Algérie écrite à un ami, il avoue seulement, avec calme et retenue, apprécier moyennement qu'un imbécile lui ordonne de faire son lit sous prétexte qu'il a un bout de tissu spécial sur le bras. Plus tard, il en parlera assez légèrement, comme d'un séjour touristique. *« J'étais bien! J'habitais une petite ville, une espèce de Saint-Tropez. J'avais une femme, un studio, une canne à pêche, je faisais du bateau, de la voile, du méchoui sur les plages... »* Bref, on n'en saura guère plus, et, comme le résume efficacement Annette Kahn, « il habitait au bord de la mer, il conduisait des camions ». Mais en réalité, il hait viscéralement le souvenir de cet épisode. « C'est vraiment dans l'armée, et nulle part ailleurs, qu'on fait l'apprentissage de la virilité. Prenez n'importe quel petit jeune homme effacé, peignez-le en kaki et mettez-le avec vingt autres enkakifiés comme lui, et vous verrez comme ils trouveront ensemble le noble courage de siffler les jupons qui passent, d'insulter les mères de famille, de pisser sur les quais de gare en bramant des chansons à boire[1]... » Sans oublier les fameux concours de pets nocturnes, auxquels il refuse de participer, ce qui lui vaut l'appellation de pédé. *« J'en ai gardé une rancœur totale. J'étais déjà misanthrope avant, mais vingt-huit mois dans une chambrée avec des gens qui font des concours de pets... »*

---

1. *Les Réquisitoires du tribunal des flagrants délires.*

*« Pour me situer en tant qu'homme, je reprends
la définition de Vialatte : animal à chapeau mou
qui attend l'autobus 27 au coin de la rue de la
Glacière. »*

C'est pourtant grâce au service militaire qu'il fait
une découverte essentielle. Car, heureusement, il a
un moteur fabuleux : la peur de l'ennui. Il crève de
trouille à l'idée de mourir d'ennui. Ce qui le pousse
généralement à se montrer curieux des choses de la
vie et à dégoter, en plein cloaque, le bidule qui va
pimenter l'action. D'où cet (unique) aspect positif
de l'aventure militaire : à l'automne 1959, avant de
partir en Algérie, il est affecté dans les transmissions
à Épinal. Et c'est dans les chiottes de la caserne
d'Épinal qu'il tombe sur un numéro de la revue *Arts*,
et plus précisément sur un article d'Alexandre
Vialatte [1]. Cet article qui traite du loup (sa vie, son
œuvre, sa cruauté), Desproges le retape à la machine
et le conserve pieusement dans ses archives – il
garde tout, parfois en triple exemplaire. (Et plus tard,
il ira souvent visiter le pauvre et triste loup du Jardin
des Plantes, histoire de lui témoigner sa sympathie.)
Donc, le loup : « Quelquefois il traverse la Pologne.
Et quelquefois il mange les anciens combattants qui
vont cueillir des champignons le jour des anciens
combattants, tels que cèpes, mousserons », etc. Dans
un autre texte, Vialatte écrit : « Il mange de tout : des

1. Auteur indispensable, surtout pour les inconditionnels de
Desproges.

anciens combattants, des sous-préfets, des fonctionnaires. Et une fois, en Dauphiné, tout un gendarme. En 1430. Avec son cheval. Très vieux. Tout cartilagineux. En long[1].» Après Vialatte, on ne peut plus écrire sur le loup. Il essore le sujet à fond, il revient sans cesse à cet animal qui bouffe des sous-préfets en long et parfois en large. A notre grande joie, au fil des innombrables chroniques (plus de deux mille) qu'il pond pour *La Montagne, Marie-Claire* et autres gazettes, Vialatte rabâche énormément. Tout ça pour en arriver à cette remarque fielleuse : Desproges aussi rabâche. (C'est la faute à son cocktail Taureau-Vierge-Capricorne.) Quand il a trouvé l'idée étincelante, il l'accommode à toutes les sauces. De la scène aux interviews en passant par la radio, la télé et les articles qu'il signe pour *Pilote* ou *Cuisine et Vins de France*, il ne cesse de recycler et peaufiner ses trouvailles – dans les *Flagrants Délires*, il élève la chose au rang du rituel. Le chihuahua-melba, balancé en réaction à Bardot qui le gonfle avec ses bébés phoques, il le remitonne en cheval et en cigale (melba). Il aimerait mieux *« mourir dans d'atroces souffrances ou d'un cancer, ou les deux »* plutôt que d'aller chez Sabatier, PPDA et toute personne susceptible de le gonfler. A l'inverse, chaque fois qu'il se surprend à éprouver quelque sympathie envers un homme (Jean-Louis Fournier, Guy Bedos, Cavanna, etc.), il invoque la « virulence de son hétérosexualité » pour justifier le fait qu'il ne

1. *Et c'est ainsi qu'Allah est grand*, Pocket.

l'épouse pas sur-le-champ. Et puis il nous resservira des bouts de *Flagrants Délires* dans *Vivons heureux en attendant la mort*, des bouts de *Vivons heureux* dans ses spectacles, des bouts de ses prestations à *Pilote* dans *La Minute nécessaire de Monsieur Cyclopède*. Desproges est le roi du recyclage. Mais quand un spectateur attentif se déclare déçu d'avoir reconnu dans son spectacle des bouts de trucs utilisés ailleurs, il est mortifié. Parce que ledit spectateur le soupçonne de manquer d'idées, et que la panne d'idées est sa hantise. Cela dit, soupçonner Desproges de manquer d'idées, c'est mesquin. Il a plus d'idées à lui tout seul que tout le cheptel « comique » réuni. Et puis, mine de rien, ses petites phrases qui nous en bouchent un coin, elles ne lui viennent pas comme ça, en claquant des doigts. Alors, autant amortir l'effort. *« Pour cinq minutes de ma verve, je passe des heures dans les transcendances de l'écriture. C'est du travail. Faut jamais oublier de considérer cet angle-là. »*

En fait, ce rabâchage a un sens, et Vialatte, lui, le revendique. « Je rabâche, mais il faut faire le point, et l'on doit savoir où l'on va[1]. » C'est vrai, ça. Il convient d'être clair et rigoureux, de préciser chaque chose et de mettre un semblant d'ordre dans ce foutoir. Et faire le point, ranger, savoir où l'on va, c'est l'une des obsessions de Desproges : « Je me verse moi-même le thé, bien au milieu du bol. Le sucre doit être vertical. Sinon, c'est le bordel. Ensuite je

1. *Et c'est ainsi qu'Allah est grand*, *op. cit.*

range le bureau, le chien, les gosses, et j'astique le zèbre. J'ai toujours eu des zèbres. J'aime beaucoup les zèbres, les rayures sont bien parallèles. J'aime que les choses soient parallèles[1].»

Vialatte et Desproges sont des obsessionnels patentés, mais ce n'est évidemment pas leur seule fraternité. Zoologues pétris d'affection pour l'humanité (même si cette affection est nettement mieux camouflée chez Desproges que chez Vialatte), observateurs amusés de l'homme, de la femme et du pangolin, amoureux fous de la grammaire et de la belle écriture, moralistes à l'occasion, ils luttent tous deux contre l'absurdité, avec cette politesse qui consiste à nous faire pouffer de ce qui les navre. (Quelqu'un, un jour, a dit que l'humour était la politesse du désespoir. La formule était jolie et elle s'applique parfaitement à Desproges, mais elle est devenue imbuvable pour cause d'usage intempestif – la plupart des humoristes n'étant ni spécialement polis, ni vraiment désespérés.) Sur le plan du style, ils partagent un même souci de la musique verbale, un même penchant pour le laconisme, le raccourci cinglant et, à l'inverse, la digression débridée. En fait, certains de leurs textes ne sont que des digressions – ça doit être une vengeance : quand on est petit, la digression est décrétée «hors sujet» en rouge furieux dans la marge. Mais dans la forme, Desproges est plus teigneux que Vialatte : *«J'aime chez Vialatte ce que je n'ai pas : l'élégance, la violence douce. Moi, il me*

1. *Textes de scène.*

faut des gros mots. Ça ne passe pas toujours. » (Des gros mots comme Dieu, couille, bite, liberté, etc.) Et cette rage, il l'exprime entre autres par une figure de style typiquement desprogienne : la cyclothymie brutale. D'un côté, il se montre infiniment sucré et pointilleux sur le choix d'un vocabulaire distingué : il réhabilite à lui tout seul le mot « outrecuidance » et n'hésite pas à vous coller un point-virgule derrière – le point-virgule étant le dernier truc à intéresser quiconque sur cette planète. De l'autre côté, son mauvais fond l'emporte et il casse tout. L'exemple type étant : « Fi de l'outrecuidance ; je vous emmerde. » Ça fait tout son charme et il le sait : « *Ce qui doit faire marrer les gens, ce sont mes phrases très clean qui, tout d'un coup, tombent dans un ravin.* »

Desproges est si imprégné de Vialatte qu'il avoue sans honte faire des « sous-vialatteries » quand il ne se surveille pas. Et parfois, il ne se surveille pas. Après l'éléphant « irréfutable » de Vialatte, on trouve chez Desproges un hippopotame « complètement irréfutable[1] ». Ça ne peut pas être un hasard : il est très rare que deux écrivains tombent d'accord pour trouver irréfutable une bestiole de plusieurs tonnes. (La plupart d'entre eux, au sommet de leur inspiration, diraient « très gros ».) Ce n'est pas non plus du plagiat. Desproges joue avec Vialatte comme avec un copain, en terrain complice, et lui pique ses jouets. Ils barbotent tous deux dans le même mari-

1. *Vivons heureux en attendant la mort.*

46

got, ils ont le même mal à le trouver vivable, la même manière jubilatoire de s'en consoler, la même désinvolture à faire leur miel de tout ce qui tombe entre leurs pattes. Et si Vialatte n'avait pas bêtement disparu en 1971, alors que Desproges était encore anonymement occupé à disséquer les chiens écrasés de *L'Aurore*, il aurait été amusant de les voir se rencontrer – ailleurs que dans les chiottes d'Épinal. On peut parier que Desproges aurait invoqué la virulence de son hétérosexualité pour ne pas épouser Vialatte sur-le-champ.

Tout ça pour dire que Desproges est plus proche de Vialatte que de Coluche.

« Il y a plus d'humour dans le bordeaux que dans le bourgogne. »

C'est également au service militaire qu'il rencontre le vin et découvre «l'ivresse au 13°». A cet âge-là, pour le raffinement, il a encore quelques progrès à faire. Lors de l'acquisition par ses parents d'une maison à Bourgueil, on lui demande, histoire de célébrer l'événement comme il convient, d'ouvrir un château-margaux 28 – dont on peut supposer sans trop s'avancer que c'est un vin correct. *« Je l'ai servi comme un malpropre, huit des dix personnes présentes se sont levées, horrifiées, comme si j'avais commis un meurtre. Depuis, je me rachète, je me repens de ce geste brusque, impardonnable. »* En effet, il se rachète. En 1975, il se procure un

47

figeac 71 à vingt-trois francs (une affaire) et entre-prend une collection d'excellents vins – ce qu'on appelle une cave, en somme. Neuf ans plus tard, ayant mis lui-même son vin en bouteilles et les ayant étiquetées, il a environ mille spécimens et une pré-férence pour les graves, avec toujours une faiblesse pour le figeac 71 et un amour immodéré du mission-haut-brion 28. S'il revient au tord-boyaux 13°, c'est juste le temps de faire une pub pour les pinards Mar-gnat et d'investir l'argent ainsi gagné dans l'achat de douze bouteilles de margaux 47. *« Chaque fois que j'en débouche une, je ricane en pensant aux malheureux qui se perforent l'estomac en buvant leur bibine sur la foi de mes niaiseries… »* L'une des pubs Margnat met en scène Clovis qui part chasser le Wisigoth, et son épouse qui lui demande si elle lui emballe son vin Margnat dans ses vases de Soissons. Ça va pas, non ? rouspète Clovis. Il vaut mieux les laisser dans leurs bouteilles de plastique, rapport au fait que les vases de Soissons sont consignés et que si jamais on lui en cassait un, ça serait la cata. Bref, l'auteur le dit lui-même dans une autre pub mettant en scène « ô combien de marins combien de capi-taines » d'un certain Victor Augoulot : « Comme humour c'est un peu lourd, mais comme vin, c'est vachement léger, c'est du Margnat. »

Quoi qu'il en soit, passée sa période très alcoolisée où il avale n'importe quoi dans le désordre, il aime fréquenter le bon vin. Et quand un journaliste lui demande s'il existe dans cette vie au moins un sujet capable de l'émouvoir et d'échapper à sa vindicte,

il répond : «*Oh oui ! Le saint- émilion 66 et le 75,
qu'il ne faut pas boire tout de suite, et le 82 qu'il ne
faudra goûter qu'en 90…*» L'un de ses grands plai-
sirs, c'est la dégustation à l'aveugle, qu'il pratique
avec Jean-Louis Fournier[1] : «La plus forte, c'était
Hélène. Ma femme aussi était assez calée. Un jour,
Pierre a fait un pari : il a ouvert une bouteille et nous
a dit que, si on trouvait ce que c'était, il nous filait sa
cave. Une très belle cave… On a bu, ma femme a
dit : "C'est pas du vin de Hongrie ?" Il a blêmi, il
voyait déjà sa cave vide. Mais il fallait aussi donner
l'année, et c'était du vin de Roumanie.»

Fine gueule, il se met également à la cuisine, histoire de s'occuper les mains et de s'irriguer les neurones entre deux activités cérébrales. D'autres
bricolent. Lui, non. Il est dyslexique et gaucher
contrarié, ça l'aide bien au lit (dit-il), mais ça le gêne
pour le bricolage. *«Devant mon incapacité à fabriquer des bibliothèques ou des porte-revues, je me
suis mis à la bouffe.»* Il a ses spécialités (dont le
homard aux petits légumes) et crée son fameux Pâté
de Sardines à la Desprogienne, dont vous trouverez
la recette à la lettre P de l'abécédaire qui clôt ce
livre.

Et puis, parce qu'il est aussi pétulant à la ville qu'à
la scène et qu'il n'oublie jamais d'amuser sa famille
après avoir fait rigoler son public chéri mon amour,
il invente (à usage interne) le Pot-au-feu Marie-

1. Réalisateur de *La Minute nécessaire de Monsieur Cyclopède.*

Croquette, dont la recette est illustrée d'une photo de Marie bébé, debout dans un couscoussier, en train de pagayer avec une cuiller, l'air enthousiaste et ravie[1].

RECETTE DU POT-AU-FEU MARIE-CROQUETTE

Prendre une petite Marie bien ferme de sept à huit mois environ, si possible élevée au lait sans hormones, afin d'éviter le goût de poisson. L'œil doit être vif, le cuisseau dodu. Comptez 500 grammes par personne, avec os. Plongez votre petite Marie dans une cocotte pleine d'eau froide. (Si elle se sauve, faites-la revenir avec des échalotes.) Ajoutez sel, poivre, thym, laurier, hochets, tétines, etc. Quand l'eau frémit, la Marie aussi. Lier alors avec 50 grammes de farine Galia premier âge, ou 30 grammes de moutarde à moutard. Après une demi-heure de cuisson à feu modéré, votre Marie ne doit plus se débattre, et la chair doit être d'un beau rouge vif. Il ne vous reste plus qu'à servir en robe des champs, avec une sauce poulette façon bonne femme, ou en croque-bébé avec une sauce biquette. Ce plat est connu également sous le nom de Petite Sucrée. On peut aussi le confectionner avec un Jean-Marie : on obtiendra alors un Petit Salé.

Afin d'éviter les accidents stupides, précisons que, si la recette du pâté de sardines est vraie, celle du Pot-au-feu Marie est pour de rire.

1. Voir hors-texte.

« Moins préoccupé de mon avenir que de crapahuter sur d'innombrables sommiers dont j'ai oublié le nom, j'ai longtemps hésité entre la carrière médicale et le vagabondage. »

Malgré tout, quand on arrive à un âge présumé adulte, on est censé se choisir un métier ou, du moins, une vague orientation. Au retour d'Algérie, Desproges rumine l'idée de devenir vétérinaire, mais la longueur des études lui coupe les pattes. Ou kiné. Pourquoi pas ? *« J'ai fait deux années de kinési, mais absolument sans la moindre envie, avec la certitude que jamais de ma vie je ne deviendrais kinésithérapeute. »* Il avoue même avoir fait ça dans le seul but de s'occuper les mains et de continuer à se faire nourrir par ses parents. Malgré tout, il n'en sort pas indemne. « Il s'était intéressé aux enfants poliomyélitiques, et voir des gosses dans des poumons d'acier l'avait pas mal remué. Mais il ne s'est même pas présenté à l'examen » (Hélène). Mais alors, comment compte-t-il vivre ? *« Je ne comptais pas vivre ! J'ai eu une adolescence épouvantable. J'ai fait des études pour rester dans la coquille de l'enfance en essayant d'en sortir le plus tard possible. »*

Dans les années 1963-1964, il oublie la carrière médicale et opte pour le vagabondage, mais à domicile. Ses parents étant en Afrique, il occupe seul l'appartement de la rue Godot et sa principale activité consiste à faire la fête avec les copains et copines. C'est à cette époque qu'il rencontre Jacques

Catelin : « Il venait de quitter kiné parce que ça ne l'intéressait pas de tripoter des gens. Il foutait rien, ce qui s'appelle rien, mais avec beaucoup d'amour et de talent. Au Maroc, j'avais rencontré Françoise Desproges, sa cousine germaine, et elle m'avait parlé de lui. Donc, je vais lui rendre visite rue Godot, je sonne à la porte et je vois un mec avec une paille de fer sous chaque pied. Il m'en tend une et dit : Salut, faut qu'on gratte le parquet, mes parents sont en Afrique, ils reviennent demain et ma chienne a pissé partout. » Premier contact intéressant, qui va se muer en amitié indestructible. Catelin, c'est celui avec qui il passe toutes les vacances, celui avec qui la vie est une perpétuelle rigolade. Même la corvée « courses » : en vacances à Ibiza, ils font de l'animation de supermarché en glissant une tonne de préservatifs dans le caddie d'une brave dame qui, une fois arrivée à la caisse, se met à pousser des cris d'orfraie en expliquant que tout ce matériel n'est pas à elle. Catelin, c'est le frère, l'ami du jardin secret : « On se voyait en dehors de son boulot et il m'a toujours préservé des gens du spectacle. Comme il a préservé ses enfants. On avait nos moments à nous. Il a fait la même chose avec Poumi. »

Chiens écrasés

Parmi les copains et copines, il y a toujours Annette Kahn, qui travaille à *L'Aurore* et entreprend de le faire embaucher. Francis Schull, qui officie alors aux Faits divers, se rappelle : « Annette est allée voir Jacques Perrier, le directeur des Infos générales, qui cherchait un reporter débutant. Et un jour, en arrivant, je vois un inconnu assis à mon bureau. Un paquet de Boyard maïs traîne sur le bureau, je le prends et dis : "Salut, on m'appelle le tapeur." Il le reprend et dit : "Salut, on m'appelle le radin." Les présentations étaient faites. »

« C'était plus près de chez moi que L'Humanité », dit Desproges pour justifier son atterrissage à L'Aurore. Ce journal est alors l'un des quatre grands quotidiens nationaux, avec Le Figaro, Le Parisien libéré et France-Soir, mais bien entendu, ça l'indiffère royalement. Une copine l'a traîné là, il l'a suivie. Point. Le voilà donc parachuté aux Faits divers, qu'il appelle « chiens écrasés et chats battus ». « J'ai fait les pires choses. Mon premier reportage a eu pour thème des scouts marins qui s'étaient noyés. Il fallait aller dans les familles pour récupérer les photos des victimes. J'étais mort de honte. Le photographe qui m'accompagnait a obtenu les documents. Comme la plupart de ses confrères, c'était une sorte de bulldozer. Il faisait partie d'une race qui, depuis, s'est noyée dans le pastis. Un jour, j'en ai vu un qui interviewait un enfant martyr : la mère l'asseyait sur le poêle brûlant, ça l'amusait. Quand l'affaire avait été découverte, le môme avait été confié à la concierge. Et il était tellement heureux chez la concierge qu'il avait en permanence un doux sourire d'enfant normal. Pour obtenir une photo bouleversante, le reporter-photographe avait dû lui filer une paire de gifles. »

Pour tout arranger, il s'entend très mal avec Jacques Perrier, qui représente exactement ce qu'il déteste en matière de pouvoir. Francis Schull aussi l'apprécie assez peu : « Jacques Perrier était un sadique. Il aimait bien torturer les gens en public. Il en prenait un ou deux et il se les faisait. Je me rappelle l'avoir entendu dire à Annette qu'elle était juste bonne à torcher les mômes. Comme il était lâche, en prime, il ne s'attaquait pas trop à Pierre, qui avait le sens de la repartie. »

C'est le moins qu'on puisse dire. Les copains sont unanimes. Desproges est une grenade dégoupillée. Avec lui, pas moyen de garder un masque ou de jouer le jeu social. Il a l'art de trouver le mot qui tue, avec une aisance qui désarme l'adversaire, et il aime ça. Il arrive que Francis Schull en fasse les frais : « Je le trouvais même plus virulent dans la vie que dans ses écrits. Dès qu'il sentait la connerie affleurer chez quelqu'un, ça partait à boulets rouges. Ça avait l'air d'être au deuxième degré, mais c'était au premier degré. C'était un ludion provocateur et il aimait qu'on lui résiste, sinon il s'emmerdait. Je lui résistais, mais il est arrivé qu'il me fasse mal. Je l'ai adoré et je le regrette énormément, mais je ne suis pas sûr que c'était un mec gentil. Il était gentil dans les actes et je ne l'ai jamais vu faire une vacherie, mais dans les mots, il pouvait être vraiment dur. En tout cas, le moins qu'on puisse dire, c'est qu'il n'était pas calculateur. Il était d'une spontanéité totale. Il n'était pas égoïste non plus. Il donnait aux gens beaucoup plus qu'il ne prenait. » Et puis son individualisme forcené – «*J'ai le sentiment de ne plus exister si je suis d'accord avec quelqu'un*» – le pousse parfois à adopter une attitude butée qui confine à la parfaite mauvaise foi. «Il était tellement onaniste et égocentrique, dit Catelin, il pouvait défendre des causes stupides, pour le seul plaisir de contredire le voisin. Mais même s'il avait tort sur le fond, il arrivait toujours à coincer l'autre dans la forme parce qu'il trouvait le mot juste. Il faisait de la provoc partout, dans la rue, dans le métro. Le plus étonnant, c'est qu'il ne se soit jamais pris un pain dans la gueule.» D'après Francis Schull, c'est parfois limite, et il a tout de même failli s'en prendre deux ou trois, des pains dans la gueule. Mais failli seulement…

Pour en revenir au cadre purement professionnel, Desproges n'est pas exactement ce qu'on appelle un bon reporter. Si Francis Schull renâcle à aller sonner aux portes des concierges, il y va tout même parce qu'il le faut bien. Lui, il passe la majeure partie de son temps à jouer de la guitare – ce qui exaspère Jacques Perrier – et il sabote carrément le travail. Résultat: pris à l'essai en juillet 1967, embauché en août, il se fait virer à l'automne par Perrier. Et en dehors de sa rencontre avec son copain Schull, ce premier passage à *L'Aurore* sera particulièrement stérile. *«Perrier savait discerner les talents, mais pas le mien.»*

La java continue rue Godot. Quand il y a urgence – une panne sèche de vin des Rochers –, quelqu'un s'y colle et trouve un petit boulot dans les annonces de *France-Soir*. C'est ainsi que Desproges commence à explorer le marché du travail. Par exemple, il vend des assurances-vie. Encore que le pluriel soit exagéré : « *J'en ai vendu UNE ! J'avais tellement sur la gueule le mépris de ce que je faisais que je n'aurais pas pu en vendre deux.* » Il vend aussi des placards publicitaires censés passer dans des revues aux titres sirupeux, comme *Le Bonheur de la famille*, qui ont le petit défaut de ne pas exister. Ça relève donc de la filouterie notoire, mais lui, un peu ailleurs, n'est au courant de rien. Toujours est-il que les pubs payées ne paraissent jamais, *Le Bonheur de la famille* ayant disparu dans la nature. On le voit également enquêteur pour l'IFOP – travail qui, a posteriori, semble satisfaire son goût de l'absurde : « *Il n'y a rien de plus drôle que de faire des visites-surprises chez les gens pour leur poser des questions incongrues comme : "Aimez-vous la laitue ? Votre mari est-il sensible à la blancheur de son linge ?"* » Et puis il fabrique des romans-photos pour *La Veillée des chaumières*. Il raconte, par exemple, l'histoire d'une pauvre dinde amoureuse de deux sosies : un gentil et un cruel. Et techniquement, il s'y prend d'étrange manière. En général, quand un gamin demande à un auteur de BD s'il commence par le texte ou par le dessin, l'auteur pouffe : construire une histoire à partir du dessin relève de la torture et rend fou. Eh bien, c'est ce que fait Desproges avec les photos. Pour la séance de photos, sa méthode rappelle celle de Sidney Lumet sur le tournage de *Douze Hommes en colère* : la production étant fauchée, quand on éclairait une chaise, il en profitait pour filmer tout ce qui devait se passer sur cette chaise. La séance de photo coûtant cher, Desproges groupe le travail : il demande au photographe de prendre chaque personnage dans toutes les positions, et construit son histoire à partir des photos. Lorsqu'il manque de figurants, Catelin le dépanne : «Je me rappelle avoir fait un avocat véreux, mais j'étais mauvais, je n'avais pas la tête.» Il le dépannera aussi pour un épisode des *Enfants du rock* où Desproges nous explique comment apprivoiser un leader syndicaliste. En effet, le leader syndicaliste est d'un caractère volontiers bougon. Ce que confirme Catelin en marmonnant : «Je suis d'un caractère volontiers bougon.» La scène se passe sur un lit, au pied duquel un rocker est enchaîné et dûment bâillonné. (Desproges n'aime pas plus le rock que les leaders syndicalistes.)

En dehors de ces activités alimentaires, Desproges écrit des chansons – style *«J'ai changé l'eau des violettes»*. Les chansons sont très mauvaises d'après lui, mais il chante très bien, avec un sens du rythme stupéfiant d'après Odile Grand, autre camarade de *L'Aurore* abonnée aux soirées de la rue Godot. «Pour moi, jusque-là, il n'y avait que les Juifs et les Noirs qui avaient le sens du rythme. J'étais stupéfaite que ce goy blanc ait le rythme dans la peau.» Quoi qu'il en soit, il fait ça pour le plaisir et l'idée ne l'effleure pas d'exploiter ses talents sous forme de métier. *« Que les choses soient claires : je n'avais pas envie de faire quoi que ce soit, et l'idée ne m'est jamais venue de faire ce que je fais. Ni ce que j'ai fait avant. Ni ce que je ferai demain. Je laisse les choses me tomber dessus. »* Il a raison : elles finissent toujours par lui tomber dessus. Chaque fois qu'il fait quelque chose, quelqu'un le remarque et le convoque pour faire autre chose.

En attendant, il fait l'andouille avec Catelin et Poumi. D'après Catelin, c'est Pierre l'andouille en chef et c'est lui qui l'entraîne. (Ben voyons.) «Un jour, raconte-t-il, Poumi devait venir à l'appartement nous présenter une nouvelle conquête, et Pierre a eu une bonne idée : on allait lui montrer notre cul. On a guetté Poumi par la fenêtre, et quand on l'a vu arriver au bout de la rue avec sa conquête, on a baissé nos pantalons et on s'est mis en position dans l'entrée, la tête en bas et le cul à l'air, avec la porte entrouverte. Ça a sonné, Pierre a crié : "Entre !" La porte s'est ouverte, il y a eu comme un silence, et puis la voix de la concierge qui disait : "Monsieur Pierre, j'apporte le courrier." Elle avait trente secondes d'avance sur Poumi.»

Et puis la rue Godot est une rue chaude et Pierre aime bien les prostituées, avec qui il discute la nuit quand il promène sa chienne à des heures déraisonnables. Cette affection est réciproque : elles l'ont connu tout petit, elles l'ont vu grandir, il fait partie de la famille. «Quand je travaillais le dimanche, Pierre et Poumi gardaient mon gamin et le baladaient dans le quartier. Mon gamin connaissait toutes les putes de l'arrondissement : bonjour madame, etc.» (Annette Kahn). Un jour, Pierre et Catelin se déguisent en prostituées et s'installent à la fenêtre, histoire d'émoustiller les passants. Résultat : deux Japonais effectivement émoustillés entrent dans l'immeuble, se mettent à cogner à la porte, et nos deux zigotos ne savent plus où se mettre. (Cette histoire, les copains la racontent aujourd'hui avec plus ou moins de Japonais, parfois un car entier – ça dépend de l'inspiration.)

Ils ont aussi des occupations plus sereines. Quand le printemps arrive, Catelin sèche le boulot – il travaille chez Bunge i Born, une boîte d'import-export – et ils vont s'étaler tous les deux à la terrasse du Viel, boulevard de la Madeleine. «On regardait les filles passer et le printemps arriver – entre autres à travers les robes des filles. C'est fou le temps que j'ai pu perdre avec Pierre, mais je ne le regrette vraiment pas. Je me souviens aussi d'un petit restau où on se nourrissait de babas au rhum en sachets. On ouvrait le sachet et le patron posait la bouteille de rhum sur la table. Ça faisait du rhum au baba. A l'époque, il buvait énormément, mais je ne l'ai jamais vu saoul. Quand il s'y mettait, il ne me faisait plus signe pendant deux jours, et quand je le revoyais, il était presque nickel. Le problème, c'est que moi, j'avais un boulot. Ça m'obligeait quand même à rentrer me coucher de temps en temps. Et ça, il ne le comprenait pas du tout. Pour lui, se coucher et dormir, c'était la mort.»

1968, les aventures du mois de mai

Mai 68, voilà un truc qui ne le passionne pas outre mesure. Certains y ont vu une sorte d'égocentrisme démesuré: selon eux, il désapprouvait cette espèce de révolution parce qu'elle s'était faite sans son consentement, qu'il n'en était pas l'instigateur et qu'il ne pouvait y tenir aucun rôle de chef. Rien n'est moins sûr. Il est clair que cette espèce de java populaire ne pouvait guère le séduire: les manifs et autres mouvements de foule ne cadrent pas avec l'idée qu'il se fait du bonheur. *« Même si on manifestait pour la survie de mes enfants, je n'irais pas. »* Mais pour ce qui est de vouloir être chef de quoi que ce soit, il y a erreur sur la personne, affirme Hélène. «Il ne voulait surtout pas être le chef. Il était trop enfantin, il n'était même pas capable de diriger ses enfants et ses chiens. En mai 68, il était comme au zoo: il regardait, sans aucune envie de s'intégrer. D'abord, il n'avait pas que ça à faire. Il était occupé à couler une boîte de poutres en polystyrène dont il était le directeur commercial… Directeur commercial, ça paraît aberrant, avec le recul.»

En effet, aberrant, c'est le mot. Et comment a-t-il atterri dans cette boîte qui s'appelle la Sodipia? Il a été embauché par un copain qui s'est bombardé directeur général et l'a bombardé directeur commercial. Les titres sont ronflants, mais la boîte est minuscule et ils ne sont que trois : Pierre, le copain et la sœur du copain, qui est plus souvent dans les choux qu'au bureau. (Entendez par là qu'elle fume des substances peu dynamisantes.) Pierre, en tant que directeur commercial, a un stand à la Foire de Paris. Mais, en ces temps troublés, les transports en commun marchent mal et il arrive rarement jusque là-bas. De temps en temps, il y arrive. *« J'ai passé mai 68 à la Foire de Paris, à flirtailler avec des jeunes femmes au lieu de vendre mes poutres. Et le soir, j'allais écouter les pétards. »* Il montre également quelques talents d'orateur, à la grande joie de Catelin : « Au stand, il vendait sa colle à poutres et il réussissait à convaincre les gens qu'elle collait absolument tout, même l'eau. » Dans ce nouveau job, qu'il prend au troisième degré, il trouve quelques prétextes à rigolade. Ces fameuses poutres poids plume – dont l'inventeur est une espèce de professeur Nimbus qui a oublié de déposer le brevet –, il s'amuse à les trimballer dans la rue par paquets de trois, avec flegme et désinvolture. Ça épate les passants. Les billets de sa première paye, il en fait des guirlandes pour décorer l'appartement. Et puis il utilise le papier à en-tête de la Sodipia pour écrire des trucs et des machins qui, bien sûr, lui ressemblent déjà. Par exemple, il nous salope l'Histoire sainte :

« Ça commence, c'est un bal. Bon. C'est un mec, il est couvreur, il s'appelle Joseph. Vingt-cinq ans, râblé, beau gosse. Nazareth, c'est le petit bled. Le samedi, qu'est-ce que tu fais ? Le bal. Bon. » Résumé accéléré des chapitres suivants : harponnage de Marie, slow, flirt, mariage, Joseph un peu mou au lit, la gonzesse qui s'étiole et, un jour, pendant que Joseph est sur un chantier, Gabriel qui débarque chez Marie. Il vient pour l'annonce. «Une heure après, y sont au pieu. Neuf mois après, le Joseph est papa. Dix ans après, le môme, vachement précoce, y rentre en sixième. Manque de pot, à quinze berges y veut plus rien glander. La fac, trop long. La charpente, mon cul.» Etc.

Il semble également s'intéresser au général de Gaulle : «J'aime le général de Gaulle comme un fou. Il est si supérieur, pourvu de ses grandes jambes et de son mépris royal. Il marche à grands pas derrière son ventre généreux qui repousse les Amerloques»… Poumi confirme : «Il a eu une période gaulliste, au retour de l'armée.» Desproges rectifie – il n'était pas tout à fait gaulliste, mais très impressionné par la prestation : *«J'ai eu une admiration purement artistique pour le personnage du général de Gaulle. Je trouve qu'il avait une présence, une voix, un ton, un jeu de scène.»*

Et puis il bosse, tout de même. Entre autres, il tartine de poutres le plafond de quelques restaurants cossus. La légende veut que, le soir de l'inauguration d'un grand restaurant parisien, toutes les poutres soient tombées ensemble dans la soupe. Mais la légende enjolive un peu, elle est là pour ça. Catelin se souvient seulement du Coq Hardi, un restaurant sis dans la région du Vésinet : «On a vu la poutre qui était au-dessus de nous se décoller discrètement et s'abaisser en douceur pendant qu'on déjeunait, mais elle n'est pas tombée.» Francis Schull, lui, se rappelle avoir posé des poutres dans le 9e arrondissement, à la Camargue, rue Bleue: «Après, le restaurateur nous a appelés. Il n'était pas content du tout du résultat, une poutre était tombée en pleine inauguration.» Quoi qu'il en soit, indéniablement, ces poutres n'étaient pas très fiables. Explication penaude du directeur commercial: «Je m'avais gouré de colle...» La sienne collait même l'eau, mais pas le polystyrène.

1968, les aventures du mois de juillet

Pierre a vingt-neuf ans, Hélène en a vingt et un et elle ne sait pas encore ce qui l'attend. C'est Catelin qui lui livre le cadeau à domicile, au bord de la mer, dans la maison familiale de Saint-Gilles-Croix-de-Vie où elle passe ses vacances. Catelin est très ami avec Françoise, la sœur d'Hélène, et il se sent bien dans la famille. «J'avais toujours vécu au Maroc, j'étais dans cette famille bourgeoise, provinciale, comme dans un bouquin style *Grand Meaulnes*. C'était un peu ma famille bis, des gens adorables qui me recevaient chaleureusement et me faisaient confiance. Quand j'ai amené Pierre, j'ai eu peur qu'il fasse le con. Je me suis dit: En deux minutes, il va devenir l'idole et mettre le souk dans la famille.» (Il se dit peut-être aussi qu'il va se griller la maison avec terrasse en bord de mer...) Malgré tout, il amène son trublion en week-end, non sans avoir pris quelques précautions. «Dans la voiture, sur le chemin de Saint-Gilles, je lui ai dit : Pierre, là-bas, il y a des gens que j'aime beaucoup, et il y a une fille que j'aime beaucoup, elle s'appelle Hélène, TU N'Y TOUCHES PAS !» Résultat : un mariage, vingt ans de vie commune, deux enfants. Bravo, Catelin.

Ce qu'Hélène voit arriver, c'est un gérant de société en faillite avec, pour seul bagage, une guitare dans laquelle il range ses slips, sa brosse à dents et ses petites affaires. Il détend les cordes pour sortir tout ça et ré-accorde la guitare pour chanter. Globalement, le tableau lui plaît. Et lui, quel effet ça lui fait, de tomber amoureux ? *« C'est aussi difficile à décrire que le parfum de la violette. C'est un état qui va d'ici à là, une sensation qui va de là à là, et d'ici à par là. Et aussi là…»* Bref, passons. Le premier soir, Hélène reste avec «les vieux» (Pierre et Catelin) jusqu'à neuf heures et demie et les abandonne pour sortir avec ses copains. «Le lendemain, ils faisaient la gueule. Ils voulaient sortir avec moi. On est allés en boîte et j'ai passé la soirée avec Pierre. Et là, ce qui m'a plu, c'est qu'on a bien rigolé.»

La famille «Grand Meaulnes» est une famille ouverte et accueillante. Il y a toujours dans les placards de quoi nourrir douze personnes – on ne sait jamais. Et puis les parents d'Hélène forment un couple uni qui vit sur un mode égalitaire, sans rapport de force homme-femme. Ce qui n'est pas un mince détail : depuis toujours, concernant les hommes, Hélène se sent automatiquement «égale», elle aussi. D'où sa résistance naturelle à toute ingérence machiste, et à une certaine manière qu'a Pierre de se comporter comme un lion dans la savane et de la considérer comme sa chose : « Je ne m'en fais pas du tout, Hélène est la femme d'un seul homme », dit-il en toute candeur à un monsieur avec qui elle est en grande discussion – alors que tout le monde sait, et lui le premier, qu'il est férocement jaloux. « Il faisait de la provoc, il essayait toujours de voir jusqu'où il pouvait aller, comme un môme. Par moments, il aurait bien traité Hélène en esclave, mais elle ne marchait pas. Au début, elle a failli se tirer plusieurs fois, mais elle n'a jamais flanché » (Catelin).

Alors, Desproges arrive-t-il à mettre le souk dans la famille d'adoption de Catelin ? Non… et oui quand même. En fait, les parents d'Hélène ne sont pas spécialement choqués de le voir arriver : « Des givrés, ils en avaient déjà vu pas mal, amenés par ma sœur qui était une vraie beauté et une séductrice. Et les givrés étaient plutôt bien vus, à un détail près : en tant qu'invités, mais pas pour épouser leur fille. Donc j'ai eu la famille contre moi, il y a eu rupture et je me suis tirée à Paris, sans savoir du tout si j'allais vivre avec Pierre parce qu'il n'était pas facile. Lui aussi était un vrai séducteur. Il avait besoin de séduire tout le monde, même un chien, sinon il était malheureux. Dans le doute, j'avais assuré mes arrières en demandant à une tante si elle pouvait me prêter son studio, en cas de retraite précipitée. »

Pour ce qui est de la séduction, Francis Schull

confirme : « Il pouvait même être assez mufle. Il prenait les nanas comme des kleenex. Je me rappelle une fille qui était venue trois ou quatre fois rue Godot et n'avait pas dit un mot. Je lui ai demandé si elle avait quelque chose à dire et il m'a répondu : "J'ai peur que non, mais tant qu'elle se tait, ça va." Il aimait plutôt les nanas luxuriantes, qui en jetaient. Et puis Hélène est arrivée, avec son béret et sa petite jupe de cheftaine, et ça a été la révélation. »

Catelin confirme également : « Un jour, on était coincés dans un embouteillage place de la Concorde, il a baissé la vitre, il a commencé à discuter avec la fille de la bagnole voisine, il est descendu et il est parti avec elle. Je n'ai plus eu de nouvelles pendant quatre jours et il ne m'a jamais raconté. C'était une connivence entre nous : on vivait au présent, et ce qui s'était passé la veille ne nous intéressait déjà plus. » Et en effet, il ne prend pas de moufles avec les filles, ni avec les copains. Entre autres, il ne supporte pas que Catelin ait une aventure : « Il avait des tas de copines, mais dès que j'avais le dos tourné, il essayait de me piquer les miennes. Je m'en fichais, je savais qu'il fonctionnait comme ça. En revanche, quand il désespérait une fille, je me dévouais, j'allais la consoler. Il désespérait beaucoup de filles. J'ai vu des filles couchées sur son paillasson – enfin, une fille, une fois... Même des filles plutôt mûres et équilibrées sur le plan professionnel, il arrivait à les déstabiliser. Il avait un tel charme, une telle conviction. Par contre, s'il essuyait un échec, il pouvait acheter cent cinquante roses et louer une Ferrari pour reconquérir la fille. Dix minutes. Après il la jetait. »

Les aventures de la suite

A l'automne 1968, Hélène est aux Beaux-Arts de Nantes. Elle commence par s'offrir des week-ends à Paris, puis trois jours, puis quatre jours, n'allant plus aux Beaux-Arts qu'en pointillé. Et chaque fois qu'elle vient à Paris, Pierre lui organise une fête avec les copains, dont Catelin : « A chaque arrivée d'Hélène, ça faisait une heure de spectacle à la gare Montparnasse, avec fanfare. La première fois, pour honorer le fait qu'il était tombé amoureux d'une espèce de louveteau, on s'était déguisés en scouts, avec le chapeau, le bâton et tout le matériel. Il me semble même qu'on y est allés en tutus, un jour… Et chaque fois, on allait serrer la main du conducteur de la locomotive en le remerciant d'avoir amené Hélène. »

A cette époque, Francis Schull vit avec Pierre, rue Godot : « Avant, j'habitais à Marly et il venait me voir. Entre parenthèses, un jour, je l'ai surpris en train de se servir une vodka au poivre au petit déjeuner. Il attaquait à la vodka dès le matin ! Il n'a pas eu honte du tout, il s'est seulement étonné que je ne m'en sois pas aperçu plus tôt. Et puis il m'a proposé de venir rue Godot. J'avais une chambre et l'usufruit de la salle de bains, et je payais l'électricité. Ça se passait bien, on avait juste des engueulades matérielles du style : "Salopard, je m'achète une tarte aux myrtilles et tu me la bouffes !" Une fois, tout de même, il m'a vraiment énervé. Pour le journal, j'étais envoyé sur une prise d'otages, il faisait un froid de loup, on avait de la neige jusqu'aux genoux, et, au moment de faire ma valise, je me suis aperçu qu'il s'était barré avec ma canadienne et mes grosses chaussures. Et comme, parfois, il disparaissait pendant trois jours – il avait rencontré une nana klee-nex –, c'était pratique. Je suis parti et je l'ai injurié par lettre. A mon retour, j'ai trouvé un bouquet de violettes et un petit mot gentil. J'ai craqué. »

Et puis Hélène finit par s'installer rue Godot. Ils vivent à trois et elle trouve ça agréable : l'un travaille le jour, l'autre la nuit, et pendant que Pierre est au boulot, elle joue au scrabble avec Schull, qui, par ailleurs, a la bonté de leur servir le petit déjeuner au lit quand Pierre est là. Le trio dure trois mois, jus-qu'à ce que la situation commence à leur sembler bizarre. A part ça, elle découvre peu à peu les res-sources du lieu : « C'était un appartement sympa-thique, sans le moindre confort. Pierre, qui était très maniaque et passait son temps à laver du linge, fai-sait sécher ses slips dans le four quand ça n'allait pas assez vite. Et je me suis aperçue que le four n'avait plus de fond, il y avait juste un trou. Qu'on fasse cuire un gigot ou des slips, on cramait le mur… » Avant d'attaquer le papier peint du voisin, ils achè-tent un four et font des travaux. La vie s'organise. Comme Hélène a claqué la porte familiale, elle trouve un petit boulot d'enquêtes publicitaires pour

Renault, pendant que Pierre tient le courrier du cœur de *Bonnes Soirées*. Il signe Liliane d'Orsay, et les lectrices lui écrivent pour lui parler d'un bouton qu'elles ont sur le nez ou d'un problème qu'elles ont au lit : *« Je me rappelle une lettre dans laquelle il fallait que je donne mon avis sur la sodomie, et qui se terminait par : "Chère Liliane, pensez-vous que Paul soit bien normal ?" »* Notons en passant que Goscinny, célèbre scénariste d'*Astérix*, embauché lui aussi à *Bonnes Soirées* dans les années 50, signait la rubrique « Savoir-vivre » sous le même nom. Un jour, une dame très chic lui avait demandé comment elle devait asseoir autour de sa table un évêque, un PDG, un général et un académicien. Légèrement agacé, il avait répondu : « Le cul sur une chaise, c'est plus confortable », et il avait été viré aussi sec. On en déduit deux choses : cette Liliane d'Orsay, c'est de l'arnaque pure et simple, et la vie des grands humoristes est peuplée de galères.

Ces petits boulots étant payés avec un lance-pierres, les finances sont basses mais la vie est belle et les copains sont sympas. Ils débarquent à midi en disant « on a faim », les bras chargés de victuailles. De quoi tenir deux jours. Et avec les consignes des bouteilles, ils achètent le pain. Cette précarité, Pierre la vit avec une légère anxiété. Mais, toujours protecteur, il rassure Hélène, qui, d'ailleurs, n'a aucun besoin d'être rassurée. Elle s'en fiche, elle n'est pas habituée au luxe.

C'est dans cette atmosphère ludique que Pierre et Hélène se marient, en décembre 1969. Catelin se

rappelle seulement le «petit bibi» sympa d'Hélène
– le bonnet de laine blanc qu'elle porte tous les
jours, en fait – et d'un fou rire : «On attendait le
maire depuis un bon moment, et un aboyeur est venu
annoncer dignement que monsieur le maire était en
retard. L'aboyeur était un type de deux mètres de
haut avec une tête à la Dufilho, et on commençait à
rigoler en se demandant à quoi allait ressembler le
maire. Quand il est arrivé, on a explosé : c'était un
nabot.» Francis Schull se rappelle une ambiance de
franche déconnade, suivie d'une fête assortie. «Mais
la fête elle-même, j'ai oublié. De toute façon, c'était
tous les jours la fête. On était toujours en train de
chanter, de faire de la musique – des œuvres auto-
fabriquées, pas toujours bonnes, d'ailleurs. Et entre
deux périodes musicales, on bouffait. Pierre prenait
un faitout genre lessiveuse et il empilait des pâtes,
de la viande hachée et tout ce qui traînait dans les
placards ce jour-là. Il était inventif aussi sur le plan
culinaire… Il avait une vitalité infernale, il nous traînait, nous entraînait. Là où il était, il y avait tout de
suite quinze personnes. C'était lui qui impulsait, qui
réunissait, et qui jetait aussi. J'ai vu des gens faire
deux apparitions et disparaître. Il ne supportait pas
les cons. Il me l'a répété cinq cents fois.»

Puis le printemps revient, avec ses us et coutumes.
Desproges et Catelin retournent à la terrasse du
Viel voir passer les filles, pendant qu'Hélène fait
le ménage : «J'allais pas les priver de leur printemps…» Par ailleurs, Hélène pousse Pierre vers
l'écriture. Pas du tout comme on pousse un cheval à

arriver le premier, mais plutôt comme on l'incite à se rouler dans les pâquerettes moyennant finances. Dotée d'un rude bon sens, elle a une idée concernant la « carrière » de Pierre et ses tentatives folkloriques dans les poutres ou la kinésithérapie : « Il m'écrivait tout le temps, même en ma présence : de l'arrière de la 2 CV pendant que je conduisais, de la maison quand j'étais dans la pièce voisine… Je voyais bien qu'il avait du talent mais il n'en était pas conscient. De toute façon, il ne pensait pas à en faire un métier parce que, dans sa famille, pour gagner sa vie, il ne fallait surtout pas rigoler. Il fallait en baver. Alors je lui ai simplement dit : tu sais écrire, pourquoi tu t'emmerdes à faire des trucs que tu ne sais pas faire ? » Idée brillante qui va faire son chemin…

« Un journal du matin qui avait un nom de l'aube… »

C'est aussi en 1969 que Desproges retrouve le chemin de *L'Aurore*. Cette fois, grâce à Danièle Caillau, dite Pouiquette : « Je suis entrée à *L'Aurore* en mars 1968 et je me suis mariée en avril. Je débarquais de mon Lot-et-Garonne et, peu de temps après, Hélène est arrivée de Nantes. On était dans le même cas de figure. On s'est tout de suite bien entendus, tous. Pierre était très copain avec Catelin et Schull. En revanche, il s'entendait très moyen avec son frère et sa sœur. Il avait un caractère de cochon, il était autoritaire, possessif. Et Hélène me disait souvent :

"Je repars à Nantes." Mais il était amoureux fou. Et la dominante avec lui, c'était la joie. Le fond du fond, c'est qu'il était éminemment généreux et joyeux. Et très fidèle. Plus tard, avec Pouic mon mari – il nous appelait Pouic et Pouiquette – on a déménagé à Bordeaux, et dès qu'il donnait son spectacle près de Bordeaux, il passait nous voir. Un jour, il a voulu venir de Paris, juste pour le plaisir, et il s'est trompé de train. Il a atterri à La Rochelle. Il était humilié et complètement furieux.»

A *L'Aurore*, Pouiquette rencontre Madeleine Loisel et Francis Schull, qui habite alors chez Pierre. Assistante de Gilbert Guilleminault, patron de la rédaction et directeur d'une collection aux Presses de la Cité, elle veut lui faire lire des nouvelles que Pierre a écrites et, par la même occasion, lui trouver du boulot: «Gilbert m'a dit d'aller voir Bernard Morrot, qui venait de remplacer Jacques Perrier. J'y suis allée avec Madeleine Loisel, et on a assiégé Morrot. On lui a expliqué qu'on avait un copain formidable, incroyablement talentueux… Bref, il n'avait pas le choix.»

Mais pour une raison que tout le monde a oubliée, Pierre se retrouve d'abord à *Paris-Turf*. Pronostiqueur, d'après lui. «*C'était très drôle parce que tous les types pétaient de trouille à l'idée que je leur vole leurs tuyaux. Il n'y avait pourtant aucun danger. Je sais à peine reconnaître un cheval d'une vache.*» En réalité, on le charge surtout des reportages rigolos style «portrait d'un parieur» ou «ambiance au Prix de Diane», et il ne pronostique pas grand-chose, d'après Schull : « Il interviewait parfois un jockey qui lui disait que son cheval allait gagner, mais ça n'allait pas plus loin. En tout cas, une chose est sûre, il avait une haine féroce pour les turfistes. Ça ne lui plaisait pas qu'on utilise les chevaux à des fins mercantiles. »

Puis il est réintégré à *L'Aurore* en 1970, où il se remet aux chiens écrasés, avec tournée des pompiers et des commissariats, comme, encore une fois, Vialatte en début de carrière. « Un jour, il a fait un reportage sur un avion qui s'était écrasé dans la région parisienne. C'était assez dégoûtant, il y avait des bouts de viande dans les arbres, ça l'avait beaucoup marqué » (Annette Kahn). Une autre fois, histoire de dénoncer l'incurie des services publics, il bidonne un reportage sur les routes verglacées à Fontenay-aux-Roses. Catelin pose pour la photo, accroupi au pied d'une voiture de luxe, en train de mettre des chaînes à ses pneus : « Je disais un truc du genre : "C'est intolérable, je ne peux même pas sortir de ma villa, etc." Trois jours plus tard, on a reçu une lettre de lecteur qui disait, en gros : c'est bien fait pour lui. Si monsieur habitait le 18e arrondissement comme tout le monde, il n'aurait pas ce genre de problèmes. »

Bref, Desproges continue d'exercer le métier à sa manière, très personnelle. Ça plaît ou ça ne plaît pas. En 1973, ça déplaira très fortement à Jacques Mesrine, l'ennemi public n° 1.

73

M. Jacques Mesrine, 42 rue de la Santé, Paris 14^e

Le 6 juin de cette année-là, Mesrine s'est évadé du tribunal de Compiègne en prenant le juge en otage. Depuis, plus de nouvelles. Jusqu'au samedi 29 septembre, où il est arrêté à son domicile. A cette occasion, le 1er octobre, Desproges raconte l'épopée de Mesrine dans *L'Aurore*, le traitant au passage de «fanfaron suicidaire» et terminant son papier par quelques propos désobligeants sur son arrestation toute fraîche : «Mesrine est fait. Il parlemente derrière la porte, pour la forme, pendant vingt minutes, puis se rend, après avoir réfléchi au bon mot qu'il pourrait lancer en tendant les mains aux menottes. Mais il est épuisé. Cette fois il fanfaronne du bout des lèvres et ça vole bas.» Mesrine est vexé et, le jour même, il lui expédie une missive. Au dos de l'enveloppe : M. Jacques Mesrine, 42 rue de la Santé, Paris 14e. (C'est mignon.) Il n'aime pas le mot «fanfaron», ni la manière dont sont relatés certains épisodes de sa glorieuse saga. Par exemple : «Mesrine se fait prendre comme un novice en rentrant au nid, retour de chez l'épicier, cabas sous le bras.» Très mécontent, Mesrine rétorque : «Si un jour, neuf hommes armés vous tombent dessus pendant que vous avez les mains chargées, j'aimerais savoir comment remporter le combat !» De plus, il trouve l'article truffé d'erreurs, menace d'un procès en diffamation et, extrêmement pointilleux, rectifie le moindre détail. On sent qu'il n'aime pas beaucoup le vocabulaire de Desproges – le verbe « se terrer », par exemple : « Après mon évasion de Saint-Vincent-de-Paul au Québec, je n'ai jamais été me terrer dans des cabanes de bûcherons. J'aime Line Renaud, mais *Ma cabane au Canada*, c'est périmé, mon petit. » (Humour.) De plus, il n'a pas abattu les deux gardes forestiers québécois, il n'a pas fait les deux hold-ups dont on l'accuse, qui, par conséquent, ne lui ont pas rapporté 600 000 francs. Pour une fois, lui qui se vante toujours d'avoir fait des tas de choses, il n'a rien fait. Mais son fameux côté fanfaron l'emporte : « Par contre, pendant deux mois à Trouville, j'avais le plaisir de boire et de manger avec la police du coin qui, me prenant pour un inoffensif touriste, avait sympathisé avec moi. » Bref, cette première lettre est rigolote et presque amicale, dans le style « T'vas ouar ta gueule à la récré », à une ou deux nuances près : « Je n'ai aucune rancune contre vous. Si j'en avais eu, le problème aurait été vite réglé. Maintenant, Monsieur Desproges, vous pouvez m'écrire à la Santé. » La nuance est dans le « vite réglé » et le « maintenant, vous pouvez m'écrire », qui sonne comme un ordre.

En effet, la deuxième lettre de Mesrine, datée du 1er novembre, est nettement plus agressive. Desproges ne s'est pas donné le mal de répondre et ça l'agace : « Ne me faites pas regretter d'avoir employé la méthode bourgeoise qu'est le courrier, pour vous toucher. J'en connais une autre qui est toujours livrée avec avis de réception !!! Alors, ayez au moins la politesse de répondre à ma première lettre. Maintenant, Monsieur Desproges, cela sera comme vous voudrez… et comme je voudrai.»

Là, Desproges répond, et la troisième lettre de Mesrine est datée du 6 novembre. Il a bien reçu sa lettre mais il n'est toujours pas satisfait. Il est même complètement furax. Il attendait des excuses et elles ne sont pas venues. «Je n'ai pas la renommée de laisser passer quoi que ce soit, et comme je constate que vous n'avez pas l'excuse facile, cela va simplifier les choses. Je vais faire en sorte que vous me preniez au sérieux. […] J'ai connu beaucoup de clowns qui, en s'amusant à mes dépens, ont fait leur dernier tour de piste!» A part ça, le mot «fanfaron» continue de lui rester en travers et il a engagé des poursuites contre *L'Aurore*, qui lui attribuait trente-neuf meurtres alors que c'est même pas vrai. Pourtant, magnanime, il sollicite encore une fois une réponse de Desproges: «Je pense que nous allons nous entendre très bien, mon cher Pierre!» Là, le cher Pierre ne répond plus du tout et Mesrine arrête d'écrire. Mais en 1975 il revient à la charge et menace un autre journaliste de *L'Aurore* en précisant: il va vous arriver la même chose qu'à Desproges. Et là, Desproges a peur, se rappelle Bernard Morrot: «Il avait une trouille épouvantable. Il avait pris ça comme une tragédie personnelle: le plus grand tueur de France voulait sa peau. Il faut dire tout de même qu'il était très égocentrique.» En tout cas, Desproges est vraiment mal et Hélène n'a pas oublié: «Il a fait une déprime post-partum après la naissance de Marie. On montait le petit lit à barreaux, il était complètement miné et je lui disais : "Tu me gonfles avec tes dépressions, passe-moi une vis." En fait, il ne m'avait rien dit parce qu'il essayait toujours de me protéger, mais Mesrine avait recommencé à le menacer. Et il flippait parce que *Le Petit Rapporteur*, avec ses dix-huit millions de téléspectateurs, avait fait de lui une cible plus médiatique, donc plus intéressante pour Mesrine. Il a fini par me le dire, et de toute façon ça commençait à se voir. Un toubib lui avait filé du Valium et ça avait amplifié ses angoisses au lieu de les calmer. Il n'arrivait même plus à entrer dans un bureau de tabac pour acheter des tickets de métro. »

Bref

Revenons au début des années 70. Pouiquette a eu un bébé : « Comme l'échographie n'existait pas, Pierre avait passé une soirée à brancher des micros sur mon ventre pour entendre le cœur du bébé. Et quand le bébé a eu quatre mois, il l'a embauché pour un roman-photo, une histoire qui tournait autour de l'évêque Cauchon. On lui a mis une perruque, et Schull prenait les photos. » C'est à cette époque que la bande de copains loue une maison de week-end à Vieux-Moulin, dans la forêt de Compiègne. Francis Schull se souvient surtout du propriétaire : « On s'est fait escroquer. On avait passé l'année à retourner la terre, semer du gazon, retaper le garage, isoler et repeindre entièrement la maison. On avait même posé des rideaux aux fenêtres. L'année suivante on s'est fait virer. » Et Pouiquette se souvient du voisin : « La maison était à côté d'un presbytère. Chaque fois qu'on faisait une connerie, Pierre disait : "Oh pardon, monsieur le curé !" Un jour, on a vu une échelle se dresser au-dessus du mur et une tête apparaître. C'était le curé. Il a dit : "Coucou, c'est moi !" On l'a invité à manger, et comme il était très marrant, on est devenus copains. »

Côté boulot, Desproges patauge toujours dans le chien écrasé avec, une fois, un bonus-cadeau dont Hélène se souvient avec émotion : « Pierre avait fait un reportage sur un commandant de bord qui avait loupé son entrée dans le port et viandé son bateau. Au retour, on a sympathisé avec le directeur de la Transat, qui nous a déposés en Rolls rue Godot. Deux jours après, on avait des billets pour une croisière. Évidemment, je n'avais pas la moindre robe convenable pour ce genre de festivité, mais une copine m'en a trouvé une dans une poubelle chic – une taille 48 qu'on a transformée en 38… » Mais le plus beau cadeau va venir de Bernard Morrot : « On m'avait employé à *L'Aurore* comme électron libre. Un jour, Jacques Perrier, qui était un fou furieux, a fait une connerie plus grosse que les autres et s'est fait virer, ce qui fait que je l'ai remplacé à la tête des Infos générales. Desproges était aux Faits divers, et c'était vraiment pas son truc. Il écrivait bien mais il manquait la plupart des infos. La description des lieux, les témoignages des voisins, même l'adresse, il s'en foutait complètement. Et il se marrait déjà de trucs qui ne faisaient marrer personne. Alors je lui ai confié une rubrique qui s'appelait "Bref".»

Cette rubrique, qui donne à Desproges l'occasion d'exploiter son sens de l'humour et du raccourci, va avoir une incidence majeure sur la suite des événements. Récupérant les dépêches d'agence que les journaliste sérieux mettent à la poubelle – style «Johnny Hopkins, de Memphis, champion du monde des mangeurs de vélos, a mangé son vélo en six semaines, trois jours et deux heures» –, il y ajoute une chute de son cru ou les arrange à sa sauce. Ce qui nous donne :

Censure

A quarante-deux ans, Mme Anna Muelhburger, de Linz, a donné le jour à son vingtième enfant. A un journaliste qui lui demandait à quoi elle occupait son temps entre deux accouchements, elle a répondu des trucs censurés.

Onze contre un

Un remarquable crétin a volé l'autre jour un car de police dans une rue de Londres. Il y avait onze flics dedans.

Mari d'occasion

Parce qu'il ne voulait pas l'aider à repeindre les murs de leur maison de campagne, Mme Barrett a mis son mari en vente pour la somme de cinquante francs, par voie de presse. Le texte de l'annonce précise : «Il est beau. Il est propre. Il est sobre. Il sait dire "quand est-ce qu'on mange?" et" silence, je lis".»

CUICUI

« *Les biens matériels ne m'apportent rien. Mes seules joies, je les vis dans les bois, quand je me promène en parlant aux petits oiseaux !* » Ce message, tout nimbé de tendresse bucolique, n'est pas de saint François d'Assise, mais du vieux Paul Getty, qui se trouve être, on se demande pourquoi, l'homme le plus riche du monde.

LE HIC

Charles Osborne, soixante-dix-neuf ans, de Breckenridge (Minnesota), avait le hoquet depuis 1923, et sans relâche. Imaginez sa joie quand cela s'est arrêté, l'autre jour, pendant une demi-heure.

CHAT

Perdu un mois plus tôt à Versailles, Bibi, le petit chat, a parcouru deux cent quarante kilomètres avant d'arriver, fourbu mais en vie, à Saint-Pierre-des-Corps, dans la banlieue de Tours. Cette histoire est d'autant plus triste que Bibi habitait Vierzon[1].

Au sein du journal, il n'obtient pas un franc succès. Au début, la direction ne prête même aucune attention à ses élucubrations, jusqu'au jour où l'un des directeurs alpague Bernard Morrot en pleine confé-

1. Vous trouverez le reste dans *Le Petit Reporter*.

rence de rédaction. Très mécontent, il veut savoir quel genre d'hurluberlu tient la rubrique « Bref ». Bernard Morrot lui demande le motif de son courroux et le directeur lui tend un bout de journal arraché, avec ce texte : « Un groupe de dix-neuf Écossais ivres morts circulant dans un taxi a été intercepté par la police d'Aberdeen au motif que le chauffeur était noir. » Le directeur ne trouve pas ça drôle du tout. Un chauffeur de taxi noir avec dix-neuf clients pétés à Aberdeen, ça n'existe pas. Accablé, Bernard Morrot tente d'expliquer qu'il s'agit d'un jeu de mots entre « ivres morts » et « noir ». Comme l'humour ne s'explique pas, c'est assez pitoyable, et, dans un silence gêné, le directeur finit par lâcher : « Dites à l'auteur que nous ne sommes pas au *Hérisson*, ici ! » Pour tout arranger, la direction commence à recevoir des paquets de lettres indignées, du genre « votre collaborateur Machin dépasse les bornes ». A l'époque, le journal tire à trois cent cinquante mille ou quatre cent mille exemplaires et, dans l'ensemble, défend les valeurs de la France profonde. Alors, Desproges là-dedans... Bernard Morrot tente de sauver son copain : « Je lui ai demandé de mettre un bémol, ce qu'il n'a pas fait, bien sûr. Je voyais sa carrière mal partie, mais il y a eu un miracle : Françoise Sagan a écrit pour dire qu'elle ne lisait pas *L'Aurore* mais qu'elle l'achetait tous les matins pour Desproges. » Et bizarrement, alors que *L'Aurore* condamne chaque jour la frivolité parisianiste dont Sagan semble être le plus bel échantillon, la direction est impressionnée. Elle oublie de virer Desproges et la vie continue. Il se plaît bien au journal. Il a souffert sous le règne de Jacques Perrier, mais avec Morrot il est libre. « Et puis l'ambiance était chaude et on buvait pas mal, se rappelle Morrot. La presse était bien imbibée, à l'époque. A la rédaction, on marchait au whisky. Après, on allait chez lui, rue Godot, et il nous faisait sa purée de sardines[1]. Bien tassé avec du whisky, ça arrivait à passer, mais il fallait au moins ça, ou la nitroglycérine. Après, on déconnait. Il jouait de la guitare et je lui écrivais des chansons. On se battait avec les serveurs d'un restau, ça faisait une chanson. On tombait sur un chauffeur de taxi con et raciste, ça faisait une chanson. On s'amusait bien avec la misère du pauvre monde, aussi. Dans un bulletin du Secours catholique, on avait rigolé comme des ignobles avec le cas 2301 : une petite annonce dramatique genre "cancéreuse aveugle et enceinte collecte des fonds pour l'achat d'un fauteuil à roulettes". On se désangoissait en rigolant de ce qui fait hurler quelqu'un de normal. On avait une complicité totale là-dessus, on avait à peine besoin de parler, on communiquait par code. Dans la petite bande – Pierre, Francis Schull, Odile Grand, Jacques Catelin –, il y avait quelque chose que je n'ai jamais retrouvé ailleurs. On était des intégristes du bonheur. On voulait tout, et on était teigneux parce qu'on n'avait pas tout. En revanche, lui et moi, on ne s'est jamais engueulés. On était heureux ensemble, c'est

1. Il s'agit du fameux Pâté de Sardines à la Desprogienne, et non d'une vulgaire purée…

tout. Parce que c'était lui, parce que c'était moi, comme dit l'autre. Mais lui, sa trajectoire est unique. Un journaliste devenu ce qu'il est devenu, c'est sans précédent – si on oublie ce pauvre Mabille. Il a eu l'intelligence de creuser sa voie là où il était bon. Moi, je suis incapable de savoir où je suis bon. Et il a eu la veine de tomber sur Hélène. Elle est sérieuse et elle a l'esprit pratique, mais elle sait apprécier un texte loufoque et elle comprend particulièrement bien les cinglés. Sans elle, il aurait pu sombrer dans l'alcool. Mais il a eu du courage, aussi. Parce que faire le con avec les copains, c'est une chose, mais débarquer de but en blanc à la télé, c'est autre chose…»

En effet, il semble que l'arrivée d'Hélène dans la vie de Pierre coïncide avec un redressement général de la situation : il abandonne une conduite amusante, certes, mais globalement suicidaire, pour quelque chose d'à peu près viable. Et il ne cesse de le répéter à Catelin : «Pierre avait décidé qu'Hélène était le point fixe de sa vie, définitivement. Le nombre de fois où il m'a dit : "Si je n'avais pas Hélène, je serais foutu"… Même quand il a eu son boulot, et même quand ça s'est mis à marcher très fort.» Quant à Francis Schull, s'il regrette vaguement l'époque «flamboyante» de Desproges – comme on regrette sa jeunesse –, il admet que cette époque devait finir un jour : «Avant, c'était un traîne-savates absolument séduisant, toujours entre deux alcools, qui arrivait à ses rendez-vous avec trois jours de retard. Six mois après son mariage, il s'est calmé. Il s'est imposé une discipline d'enfer. Il a arrêté de boire, de sauter sur tout ce qui portait une jupe, d'engueuler les gens. Il a quitté son habit d'Arlequin, ou plutôt, il l'a retaillé pour en faire quelque chose de bien. Aucun d'entre nous n'avait essayé de le calmer. On n'avait pas envie, il nous plaisait comme il était : toujours disponible, toujours partant.»

Pégurier & cie

Au début de l'année 1973, Hélène et Pierre quittent la fameuse rue Godot pour la rue des Martyrs, non loin de Pigalle. Un quartier populaire. «*Je ne pourrais pas vivre à Neuilly. Consternant, le côté chic du quartier. Très habillé, pas habité. Les gens circulent en auto ou en ascenseur. Qui aurait l'idée de marcher dans un coin pareil ?*» Et les voilà repartis pour les travaux. Pierre participe activement : il arrive avec un pinceau à trois poils, une fois qu'Hélène a bien enduit et poncé les kilomètres de murs. En revanche, il adore faire le marché rue Lepic. C'est là qu'il filmera pour *Le Petit Rapporteur* le marchand de légumes qui crie pendant des heures, une salade à la main «Mangez de la salade, mesdames, mangez de la salade !». Et le marchand de poissons du bas de la rue, un grand brun qui plaît aux femmes : «*Quand je ne fais pas le marché moi-même, on mange souvent du poisson à la maison.*» Il leur exprime son enthousiasme en vers : «Salut la rue Lepic, salut les commerçants, vous êtes sympathiques à mon vieux cœur d'enfant.» Et ils lui répondent en vers également.

Et c'est rue des Martyrs qu'on le voit balader un petit clébard ahurissant, une sorte de teckel à tête de berger allemand – genre corgi, chien royal de la reine d'Angleterre, mais dans la version corniaud pur porc. A une dame qui lui demande de quelle race est cet individu, il répond que c'est un pégurier des lagunes d'Abyssinie, *« race d'autant plus rare qu'il n'y a pas de lagunes en Abyssinie »*. Et la dame se tourne vers son mari : «Ah oui ! C'est cette race dont j'oublie toujours le nom.»

A propos, Desproges adore les chiens. Après Spa (chienne de chasse estampillée SPA et fugueuse récidiviste, qu'il devra envoyer à la campagne au bout de huit jours), puis Julie (de race imprécise), il aura deux bergères allemandes respectivement baptisées Alarme et Bélotte, qui resteront ses amies jusqu'à sa mort et au-delà : «Quand on rentrait en voiture, comme c'était moi qui conduisais, les chiennes se précipitaient à la porte du passager. Pendant deux mois après sa mort, elles ont continué, et puis elles ont fini par changer de portière» (Hélène). Il aime particulièrement les bergers allemands et prend leur défense dans un beau texte intitulé *Plaidoyer pour un berger*[1] où il vilipende ceux qui, «confits d'amour tremblant pour les bébés phoques et les punaises des bois», ont par ailleurs décrété que le berger allemand était une carne. «Ineptie. La seule

---

1. *Chroniques de la haine ordinaire*.

bête féroce qui existe au monde s'appelle Marcel. »
Dans un autre texte très émouvant baptisé *Au
voleur*[1], il fustige de son profond mépris un cam-
brioleur (« Al Capone de poubelle, Mandrin de mes
couilles ») qui, s'étant introduit nuitamment chez lui,
avait flingué son vieux cocker pétri d'arthrite et de
tendresse. Dieu merci, pour une fois, cette histoire
était inventée. Elle n'était qu'un prétexte à dire son
amour des chiens et sa haine des indélicats.

Et puisqu'on est chez les chiens, penchons-nous sur
ce numéro spécial de l'émission 30 Millions d'amis,
qu'il ponctuera (plus tard) de fantaisies à sa manière,
avec l'aide dynamique de Daniel Prévost, sur une
réalisation enlevée de Jean-Luc Prévost – ami du premier, sans aucun lien familial. Cette émission a cou-
tume de présenter des vedettes avec leur animal
préféré, et on a parfois l'impression que la vedette en
question ne connaît pas bien son animal préféré,
qu'elle l'a en quelque sorte emprunté pour l'occasion. Donc Desproges emprunte la chienne de la voisine, Vavache, qu'il papouille en braillant une
chanson niaise – « oooh mon cher compagnon, toi
qui manges des oignons », parce que « steak » ne rime
pas avec « compagnon ». Suit un reportage où Évelyne Grandjean lui explique que, pour résoudre le
problème des crottes de chiens sur les trottoirs, elle
avait deux solutions : supprimer les trottoirs ou supprimer les chiens. Ces deux propositions ayant sou-
levé des tollés, elle a finalement expérimenté une

1. *Idem.*

troisième solution, sur un éléphant : «Pour plus de clarté, nous avons pris un gros animal.» La solution consiste à filmer un éléphant en train de chier, et à passer le film à l'envers – ce qui fait que tout rentre dans l'ordre, si l'on peut dire. Passons, c'est dégoûtant. Et nous retrouvons Desproges aux Buttes-Chaumont, déguisé en flic, en train d'alpaguer les promeneurs équipés de clébards informes, sous prétexte qu'il est interdit de promener des chiens sans pedigree dans les jardins publics. Ensuite, nous avons droit à la séquence «Docteur Rousselet-Noir» (clone du célèbre docteur Rousselet-Blanc), où Desproges, vêtu en vétérinaire de choc, lampe de mineur sur le front, me rappelle un peu un ami vétérinaire qui, occupé à opérer un matou, le téléphone coincé contre l'épaule, me disait l'autre jour : «Ch'peux pas te parler maintenant, j'ai les mains dans un chat.» Mais mon vétérinaire n'est pas un amateur, il fait ça très bien. Tandis que Desproges nous expliquant comment distinguer le chien à truffe comestible du chien à truffe vénéneux, ça ne va pas. Et pourquoi ça ne va pas? Parce que le chien comestible n'existe pas, lui rappelle patiemment Daniel Prévost. Sous nos climats, on ne mange pas les chiens.

«Jacques Martin, je lui dois beaucoup, j'en suis malade.»

En janvier 1975, Jacques Martin lance *Le Petit Rapporteur* sur TF1. Précisons à l'adresse des jeunes générations qu'à cette époque Jacques Martin ne s'est pas encore enlisé dans les guimauveries zen-fantines. Il a officié sur Europe 1 avec Jean Yanne, il a l'humour assez corrosif. Très vite, *Le Petit Rap-porteur* passe de 6 % à 95 % d'écoute – sans moi : la seule fois où j'ai aperçu une bribe d'émission, j'ai vu des abrutis chanter *La Pêche aux moules* et ça ne m'a pas ravie. Mais l'équipe est fluctuante. Certains membres, se lassant plus vite que d'autres du carac-tère affirmé de Jacques Martin et de la lourdeur de certains gags, s'en vont. Et Jacques Martin est sans cesse à la recherche de rigolos en état de marche. Feuilletant *L'Aurore*, il tombe sur la rubrique «Bref», et plus précisément sur cet échantillon : «Le Belge John Huismans a réussi à tirer une locomo-tive sur cent cinquante mètres à la seule force de ses dents. A notre connaissance, c'est la première fois qu'un Belge s'appelle John.» Ça lui plaît, il appelle Desproges : s'il est aussi drôle devant une caméra, il est embauché. Desproges y va, pas plus emballé que ça, jamais emballé, doutant toujours de l'utilité de se déplacer pour aller faire quoi ? Bof… Ce qu'il ne cesse de dire et redire : *« J'ai une constante dans ma vie. Je n'ai jamais eu envie de faire quoi que ce soit. Je n'ai jamais été chercher quiconque. Je ne veux pas mourir. Le reste ne m'intéresse pas. »* Néan-moins, il assiste sagement aux réunions de travail du lundi qui ont lieu chez Jacques Martin, et s'intègre vaille que vaille. Pour son premier passage télé, le 26 octobre, il interviewe un Auvergnat qui raconte des histoires en patois. Il a une vraie trouille, mais il a aussi cette force qui consiste à utiliser en virtuose ses peurs et ses faiblesses : s'étant dit la veille qu'il allait être bredouillant et sinistre, il décide d'être bredouillant et sinistre. *« J'ai écouté le gars, l'air navré, tandis que le traducteur américain des* Dossiers de l'écran *traduisait imperturbablement le patois en français. Martin a été emballé : garde cette tronche, coco ! »*

En réalité, il avait préparé un autre sujet, et Jean-Luc Prévost, qui est alors monteur au *Petit Rapporteur*, s'en souvient : « On m'avait dit : il y a un nouveau, tu vas monter avec lui. J'ai vu arriver Pierre avec des bottes et un pantalon grenat qui bouffait dans les bottes. C'était la grande époque baba, et moi c'était pire. Je ne portais pas de sabots, mais c'était tout juste. Pierre était d'une grande timidité et il m'a dit : "J'ai fait un sujet mais je crois qu'il est mauvais." Il avait fait un micro-trottoir où il abordait les gens dans la rue en disant : "Je suis une star, est-ce que vous me reconnaissez ?" Évidemment, personne ne le reconnaissait puisqu'il n'était jamais passé nulle part. Mais Jacques Martin n'a passé ce sujet que plus tard, quand il était déjà un peu connu. Et son deuxième sujet, c'était l'interview de Françoise Sagan. C'était formidable, tout était bon, il y avait très peu de chutes au montage. Il découvrait la télé, mais il a très vite saisi l'importance du montage. Il a compris que le monteur peut tout, mais dans certaines limites. Quelquefois, les rigolos rigolent bien au tournage, mais après, le monteur ne peut rien en faire. Comme on dit : qui rigole au tournage pleure au montage. Mais lui, il avait compris, il était efficace. »

Cette fameuse interview de Sagan fait date dans l'histoire de la télévision, comme on dit – sur une idée qui, vingt ans plus tard, sera joyeusement pillée par d'aucuns. (Un seul « d'aucun », en fait, qui ne se reconnaîtra sans doute pas, puisqu'il a le formidable culot de nier toute filiation entre la rencontre Sagan-Desproges et les trente-huit mille interviews qu'il a faites lui-même sur le même modèle.) Peu importe. Sagan-Desproges reste le chef-d'œuvre incontesté du genre « patinage artistique ». Mais pourquoi Sagan ? Tout logiquement, se rappelle Hélène : « Il lui était arrivé aux oreilles qu'elle achetait *L'Aurore* pour sa rubrique. Donc il y est allé. Il n'avait aucun blocage, là-dessus. » Rappelons en effet que Sagan a écrit à *L'Aurore* pour dire le bien qu'elle pensait de Desproges. Le recevant chez elle, elle s'attend vraisemblablement à discuter avec un homme intéressant, doté d'un humour plutôt vif. Or, elle voit débarquer une parfaite andouille, empêtrée de timidité et de nullité professionnelle grave, qui attaque en lui demandant des nouvelles de sa petite santé et qui enchaîne sur le tissu de sa robe – il s'inquiète de savoir si ça peluche et comment ça se lave. Ce à quoi Françoise Sagan répond avec une courtoisie exquise que ça ne peluche pas, mais qu'il vaut mieux porter ça chez le teinturier. S'ensuit un bombardement de banalités sur l'utilité des teinturiers, sans lesquels on passerait son temps à faire la lessive, n'est-ce pas ?

Après un silence empesé, au bout duquel Sagan arrive à marmonner d'un ton désinvolte « eh bien, c'est très bien, ça », Desproges a une idée : il tient une romancière mondialement réputée, il lui demande comment se sont passées ses vacances. En tout cas, les siennes étaient formidables. C'était chez son beau-frère, près de Limoges, et justement il a les photos. Sagan est tout à fait ravie. Desproges lui tend une photo : « Ça, c'est moi, là. » Sagan proteste poliment, mais fermement : « Ah non, c'est un chien. » Desproges ne se démonte pas pour si peu. Il a aussi une photo de son beau-frère. Sagan (vivement intéressée) : « Ouiii ? » Non, finalement, c'est pas son beau-frère, c'est seulement un copain. Sagan (avec un sourire qui en dit long sur l'épreuve qu'elle est en train de vivre) : « Il est sympathique, de toute façon. » Et puis, pour meubler, elle lui demande s'il souhaite boire quelque chose. Il veut bien. Du tilleul. Sagan n'a pas l'habitude de boire du tilleul à cette heure de la journée, mais elle peut faire chauffer de l'eau et mettre du tilleul dedans. Mais lui, il change d'avis. Il trouve que c'est l'heure : « Bon, ben c'est pas tout ça, mais moi je vais y aller. » Il se lève, elle se lève poliment, il se rassied, elle se rassied poliment.

Cette élégance totale, cette loufoquerie en état de grâce, on les doit autant à Sagan qu'à Desproges : *« Je ne sais pas si elle a fait semblant de parler à un imbécile ou si elle a vraiment cru que j'en étais un, mais il y a eu une espèce de complicité surprenante. »* Quoi qu'il en soit, le 5 janvier 1976, elle l'invitera à dîner chez elle autour d'un mouton-rothschild 47. Il trouvera le mouton et la dame formidables – l'appartement de la rue Guynemer aussi, sauf qu'il est exposé à l'est et que c'est bien dommage… Jean-Luc Prévost pense que, vraisemblablement, Sagan a compris en cours de route, mais qu'elle a continué de jouer le jeu. «En tout cas, le cameraman, lui, était très mal à l'aise. Les équipes techniques n'étaient pas encore habituées à ce genre de choses.»

A *L'Aurore*, c'est la liesse et on interviewe «la vedette», qui n'a pas encore la tête enflée, mais ça va peut-être venir : *«J'ai donné mon premier autographe à la dame du vestiaire du studio 101 de la Maison de la Radio. J'étais très content. Dans la foulée, j'ai téléphoné à des gens pour savoir s'ils voulaient que je leur dédicace ma photo, mais ils n'avaient pas le temps.»* Malgré tout, avant, deux cent mille lecteurs le lisaient peut-être. Maintenant, dix-huit millions de personnes le regardent. Et on le reconnaît dans son quartier. Ou plutôt, on hésite à le reconnaître, à cause de cette tronche lugubre qu'il affiche à l'émission. Une dame se penche vers son mari : «Tu vois bien que c'est pas lui. Il rigole !» Ou encore, comme s'il n'était pas le genre de type à promener un chien, quand bien même ce serait un pégurier des lagunes d'Abyssinie : «Tu vois bien que c'est pas lui, il sort son chien.»

Pour Noël, Desproges a une idée de saison. Il se balade dans les beaux quartiers et arrête les passants. Il est très embêté : un copain juif et charpentier est venu pour Noël avec sa femme très enceinte, et il cherche quelqu'un qui puisse les héberger. Il se récolte un bide poli, mais un bide. Puisque c'est ça, il tente sa chance dans un autre décor – un petit bistrot de la place du Colonel-Fabien, près du QG du parti communiste, se rappelle Jean-Luc Prévost en rigolant. Le bistrot est d'allure misérable, et le patron, arabe, est carrément emmerdé : c'est qu'il n'a pas de place. Son bistrot est tout petit et son appartement minuscule. Ça fait rien, il va se débrouiller. Desproges insiste sur le fait que ce sont des Juifs, mais le patron s'en fout. Juifs, Arabes, c'est pareil quand on est dans la mouise. Le reportage vaudra à l'émission les félicitations des autorités juives, chrétiennes et musulmanes de France et de Navarre, ainsi que la médaille d'or de la LICRA.

A part ça, Desproges interviewe des hommes politiques – au nez desquels il s'endort et se met à ronfler – et pousse chaque semaine son célèbre cri de cochon dominical – uiiiiirrrrkkk. (Il fait ça très bien, il a un don.) A l'occasion de son premier uiiiiirrrrkkk, une copine lui offre un cochon, point de départ d'un troupeau de trois cent cinquante individus de toutes les couleurs, toutes les tailles et tous les pays, portraitisés ou sculptés, en bois, en verre, en tirelires, en pots de moutarde, en familles ou célibataires – qu'il présentera un jour à l'émission *30 Millions d'amis* : «Là, ce sont des cochons de Beatrix Potter, la grande dessinatrice anglaise qui m'en a fait cadeau au cours d'un après-midi que je passais avec elle dans une meule de dans une auberge des campagnes britanniques.» Il a toujours aimé le cochon, cet «animal humilié».

Et puis, bien que ça n'ait aucun rapport, Desproges copine avec Daniel Prévost, se rappelle Jean-Luc Prévost : «A la réunion du lundi, Jacques Martin était assez dur avec eux et ils étaient tous sous pression. Il fallait absolument qu'ils aient trouvé leur sujet pour le mardi ou le mercredi. Un jour, Daniel et Pierre n'ayant rien trouvé du tout, ils se sont dit : on va faire un truc sur le boudin. Sans savoir quoi. Ils ont débarqué dans une charcuterie et ils ont improvisé. Ils ont commencé à goûter les boudins blancs avant d'acheter, ça s'est fini en champ de bataille, ils en ont mis partout. Comme j'étais fan du duo, je les ai poussés à travailler ensemble.»

Ce qui donne, entre autres, l'interview de Jean-Edern Hallier, exécutée (c'est le mot) par Desproges et Daniel Prévost, dans le rôle de deux journalistes qui se montent sur les pieds. Alors que Jean-Edern, qui ne se prend pas pour une queue de cerise, entame un discours pontifiant sur l'édition, ils commencent à s'engueuler, puis à se battre et à se rouler par terre, tandis que Jean-Edern essaie de les calmer sur le thème : «Mais enfin, messieurs, un peu de dignité.» Jacques Martin apprécie moyennement. Il dira après l'émission : «Maintenant, Laurel et Hardy, c'est fini.» (Comme si Laurel et Hardy, c'était bas de gamme.) Les duos, c'est fini, et Jean-Luc Prévost le regrette. «Martin était quelque peu de mauvaise foi, et il y avait de plus en plus de tensions. Une fois, Pierre a interviewé le général Bigeard sur le mode

Sagan. L'heure était grave, il y avait le fameux malaise de l'armée, avec des mutineries dans les casernes. Pierre n'arrêtait pas de dire à Bigeard : "J'ai un neveu qui habite Neuilly, il vient d'être incorporé à Vincennes, ça fait loin. Vous ne pouvez pas le rapprocher ?" Bigeard, qui avait son discours tout prêt en langue de bois, ne l'écoutait pas du tout. Et Pierre revenait à la charge avec son neveu qu'il fallait rapprocher. Bigeard ne l'avait pas reconnu – il ne devait pas beaucoup regarder *Le Petit Rapporteur* – mais, à la sortie, un gendarme l'a reconnu et a informé la hiérarchie : Bigeard avait été piégé par *Le Petit Rapporteur*. A la suite de quoi Martin a reçu un coup de fil de Bigeard en pleine salle de montage. Il semble qu'il ait été question de "fibre patriotique". Toujours est-il que Martin nous a dit qu'il fallait savoir être humain, et le sujet n'est pas passé. Pierre n'était pas du tout d'accord avec cette vision "humaine" des choses. Il disait : "Quand même, ce Bigeard qui a torturé en Algérie, etc." Après, il a continué à travailler un peu, mais un jour, pour un mot plus haut que l'autre, ça a été le clash.»

En effet, au bout de six mois, Desproges est devenu la vedette du *Petit Rapporteur* mais il en a marre. Le 11 avril 1976, il claque la porte vingt minutes avant l'émission. Et comme il fait beau ce jour-là, il s'en va retrouver les copains à la campagne. *«Quand je n'ai plus envie d'une chose, c'est à en vomir et je m'en vais facilement.»* Depuis quelques semaines déjà, l'atmosphère était lourde. Et le fait que Jacques Martin lui sabre ses sujets lui enlevait toute envie de rire. *« C'était le drame chaque vendredi quand on passait nos films devant Martin. On était comme des petits garçons. S'il rigolait, c'était bon. Sinon, c'était cuit. »* Est-ce que, par hasard, Jacques Martin aurait une petite tendance à tirer la couverture à lui ? *« Non, il te fout carrément en bas du lit. »* Et puis Desproges a un bébé tout neuf – Marie est née en 1975 – et il aimerait bien en profiter un peu, mais *Le Petit Rapporteur* lui bouffe la vie. *« Pendant six mois, je n'ai pas pu rester une demi-journée avec ma femme et ma fille. Or, je tiens avant tout à ma vie privée. »*

Il était le chouchou des téléspectateurs, son départ fait des vagues, et il est obligé de se mettre sur liste rouge pour échapper aux abondants témoignages de sympathie. Tout le monde râle. Même les colonels. La preuve, un colonel de Sarreguemines, profondément attristé, écrit au *Républicain lorrain* : « L'homme qui ne riait jamais faisait mieux que faire sourire : il mettait la joie au cœur. Il se vérifie donc que ce sont toujours les meilleurs qui s'en vont. » Au début de l'été, un article du *Monde* nous décrit un *Petit Rapporteur* lessivé, qui a bien besoin de vacances et qui a perdu en poésie ce qu'il a gagné en lourdeur depuis le départ de Desproges.

« Prendre la décision de partir a tout de même été dur pour lui. Il fallait vraiment qu'il en ait ras la casquette », pense Jean-Luc Prévost. En effet, on ne quitte pas un tremplin de dix-huit millions de téléspectateurs sans se poser des questions. D'un autre côté, Desproges se fout des tremplins et de la célébrité. Ce qu'il veut, c'est s'amuser et se sentir bien. A *L'Aurore*, il se sent bien. Il n'y travaillait plus qu'à mi-temps, il reprend du service à temps complet, au même salaire que précédemment. (Malgré tout, il finira par quitter son cher journal. D'abord parce qu'on lui proposera de plus en plus d'activités désopilantes, et ensuite : « *Mon texte, si je le gueule à la radio, il me rapporte le salaire de six PDG. Dans un journal, faut avoir de l'idéologie pour supporter le prix de la différence.* »)

Et puis l'été arrive et il va passer ses vacances à Saint-Gilles, où il pêche le maquereau avec l'évêque d'Ajaccio. « *Personne ne me croit. Pourtant, c'est vrai. C'est l'ancien coadjuteur de Luçon, un ami de la famille. Et il a bien le droit d'aimer pêcher le maquereau.* »

« *Ce goût du bide qui m'est cher…* »

Mais les vacances ne durent pas. On l'a repéré, on le réclame partout. Et comme il faut payer les factures, il y va. Bruno Coquatrix, tenancier de l'Olympia, lui propose un petit boulot de Monsieur Loyal. A l'époque, le vrai music-hall à l'ancienne est en perte de vitesse : ça commence à déprimer les chanteurs de passer entre un phoque et un fakir. Ou une vieille lionne un peu mitée qui, d'ailleurs, s'endort sur scène. « La nuit, elle dormait aussi sur la scène, et quelquefois elle poussait un rugissement à vous glacer le sang. En fait, elle devait bâiller », se rappelle Jean-Michel Boris[1]. Donc l'Olympia ne présente plus de bestioles, mais il y a encore le lever de torchon, la vedette indonésienne, la vedette américaine, la vedette tout court, et le boulot de Monsieur (ou Madame) Loyal consiste à présenter tout ce monde-là. La liste des prédécesseurs est longue et glorieuse. Parmi eux, Yvonne Solal, restée célèbre pour finir ses baratins en hurlant « youpiiii », le dos tourné, le tutu en l'air ; une certaine Nadine Tallier, ravissante jeune fille qui allait devenir baronne de Rothschild et spécialiste du savoir-vivre chichiteux ; la belle-sœur de Jean Richard, devenue elle aussi baronne (c'est à se demander si Desproges n'espérait pas devenir baronne en acceptant ce travail) ; Suzanne Gabriello, le grand amour de Brel, pour qui il écrivit *Ne me quitte pas* ; Jacques Martin, livré en pâture au public des Musicorama-rock – être sorti vivant de cette galère est resté longtemps l'un de ses sujets de fierté. Mais le roi incontesté des présentateurs est Jean-Marie Proslier. Cet homme-là a tenu dix-sept ans, commentant l'actualité à chaud, parfois accompagné du singe Jojo, prononçant un discours électoral pour un parti baptisé PQLTNRPTDCDB – Pour Que La Tartine Ne Retombe Pas Toujours Du Côté Du Beurre – et se fichant de Mme Dassault qui avait été enlevée et s'était déclarée enchantée de ses kidnappeurs : ils lui avaient fait un bifteck et des nouilles. Mais voilà que

1. Neveu de Bruno Coquatrix et directeur artistique de l'Olympia depuis 1959.

Jean-Marie Proslier tombe malade et qu'il faut le remplacer. La tradition du déconnage étant bien ancrée, Coquatrix appelle tout naturellement Desproges. Hélène en garde un excellent souvenir : «Coquatrix m'a dit que, bientôt, je ferais mes courses chez Van Cleef & Arpels. Je ne connaissais pas ces gens-là et je ne savais pas du tout où il m'envoyait faire mes courses, mais je le trouvais bien gentil.» Quant à Desproges, il ne sait pas trop ce qu'il fabrique à l'Olympia – dans un souci pratique, il regrette que l'occasion ne se soit pas présentée plus tôt, quand il habitait à côté, rue Godot – mais il apprécie. En tant que journaliste à *L'Aurore*, il gagne dans les trois mille francs par mois. A l'Olympia, c'est plutôt deux mille francs par jour. *« Et ça compte, bordel, l'argent. »* Donc, il attaque avec Nicole Croisille et enchaîne en 1977 avec Thierry Le Luron – et le petit Souchon en première partie. Il présente Le Luron comme un bon imitateur, certes, mais un peu moins bon que lui. La preuve : il est le seul à imiter correctement son beau-frère Georges. S'ensuit, côté public, un silence consterné qui le ravit. Le bide l'intéresse et l'attire. Pour un provocateur pure laine et un individualiste viscéral, le bide représente l'espoir fou de rencontrer, enfin, l'incompréhension totale, la solitude absolue.

Il retrouvera cette sensation jouissive pendant la tournée qui suivra son passage au Théâtre Fontaine, quand Hélène le poussera à aller au Québec : «Il ne voulait pas y aller, il avait horreur de voyager. Moi, ça me disait bien et je l'avais convaincu. C'était une soirée sous chapiteau, avec une foule d'humoristes et Le Luron en Monsieur Loyal. Pendant que Pierre choisissait son sketch et le répétait, je suis partie visiter Montréal. Quand je suis revenue, il m'a dit qu'il avait choisi le sketch qui commence globalement par "je m'emmerde ici, ça me gêne d'être debout comme un con, devant vous qui êtes assis comme des cons". J'ai blêmi intérieurement et je lui ai demandé comment s'était passée la répétition. Il m'a répondu : "Très bien. La script m'a expliqué qu'elle était obligée d'être assise parce qu'elle prenait des notes." Il trouvait ça drôle. Moi, non. Malheureusement, j'avais raison : elle avait répondu très sérieusement à son "vous êtes assis là comme des cons". Je me suis dit que, devant des milliers de gens qui venaient pour du comique groupé et ne le connaissaient absolument pas, ça promettait. Et j'ai commencé à regretter d'avoir été visiter Montréal. Bilan : il est monté sur scène, il a commencé "je m'emmerde ici, vous êtes assis là comme des cons" et j'ai entendu monter une espèce de rumeur hostile, suivie d'un silence glacial. Pas l'ombre d'un rire. Voyant ça, il a sorti le reste du texte à tout berzingue, sur l'air de la table de multiplication, histoire d'en finir. Le lendemain, un journal a titré "Desproges face à l'iceberg". Après, avec sa mauvaise foi crasse, il m'a dit qu'il avait raison : il n'aurait jamais dû venir à Montréal. » On en déduit qu'il aime l'idée du bide abstraitement, esthétiquement, en rêve – mais pas sur le tas, en direct. N'empêche, il n'est pas allé au Québec pour des prunes et il revient chargé de cadeaux : « *Un rebutant porte-clés en pépé phoque pour mon aînée, et un improbable cache-pot en genou de caribou pour ma cadette.* »

Toujours est-il que le bide olympiesque amuse Coquatrix et que Desproges devient le présentateur préféré de Jean-Michel Boris : « Le soir de la dernière de Le Luron, traditionnellement voué aux fameuses blagues de dernière, il avait foutu une merde noire, avec Évelyne Grandjean et Catherine Allégret. Et il nous avait tellement fait marrer, Bruno et moi, qu'on a décidé de lui faire présenter Dalida. On pensait tenir l'idée du siècle. Lui, il renâclait un peu : Dalida, tout de même… Mais Bruno a insisté et il s'est laissé faire. Bien sûr, il a présenté ça comme un cochon et il s'est fait harponner par Orlando, le frère de Dalida, qui la vénérait et ne supportait pas qu'on la mette en boîte. Dalida, qui était une femme très gentille et tolérante, ne disait rien. Mais lui, il coursait Desproges dans les coulisses : "Arrêtez vos humourteries et arrêtez de vous moquer de ma sœur, c'est oune starrr ! Oune starrr !" En plus, le public, qui était totalement acquis à Dalida puisqu'il venait pour elle, accueillait Desproges avec une franche hostilité. En fait, avec notre idée géniale, on a bien failli l'esquinter, en le faisant débuter sur scène dans les pires conditions possibles. Mais lui, il s'en fichait complètement. Il était assez lucide pour mesurer son insolence et il était prêt à encaisser les retombées. Alors il revenait tous les soirs et il recommençait… J'ai toujours eu des rapports délicieux avec lui. Plus tard, il a fait une émission de télé où il a invité les gens qu'il aimait bien. On n'était pas des douzaines. Il y avait Antoine de Caunes, une petite qui faisait la météo, et moi… Et puis on avait convenu de faire un Olympia, un jour, mais ça n'a pas pu se réaliser… »

La recette de l'eau chaude et le dressage de puces

Desproges est resté copain avec Jean-Luc Prévost, et ils cherchent toujours des idées de projets – difficiles à placer, l'humour n'étant pas à l'honneur sur les chaînes de télé. « A un moment, j'étais monteur sur *75 Paris*, une émission de variétés de TF1, et Pierre était guest star. Il faisait de la figuration muette dans des espèces de petits clips, avec son copain Catelin. Je les revois tous les deux avec Mort Shuman, l'espèce de montagne qui chantait *Il neige sur le lac Majeur*. Ils étaient déguisés en scouts et ils forçaient Mort Shuman à traverser la rue. Après, je suis passé réalisateur et on s'est retrouvés sur *Quatre Saisons*. C'était une émission d'Antenne 2 qui parlait de tricot, de jardinage et de bricolage. Mais le producteur, Henri Slotine, avait de l'humour et il savait que j'étais ami avec Pierre. Il nous a donné carte blanche et il a intégré nos sketches par petites doses dans son truc de tricot et de bricolage. On a fait l'ouverture de la chasse à Paris, par exemple. Il existe un décret qui doit dater de 1800 et des poussières, où il est question de l'ouverture de la chasse à Paris, avec, entre autres conditions, l'obligation de respecter une certaine distance des agglomérations. On a donc tourné ça à l'hippodrome de Longchamp, sans autorisation : je crois qu'on était entrés en escaladant les barrières. Pierre était dans les tribunes avec un fusil, et moi, je montais là-dessus des archives de chevaux qui se cassent la figure. Il avait l'air de flinguer les chevaux.» Autre sketch : la recette de l'eau chaude, including Desproges et Catelin – Desproges dans le rôle du chef et Catelin dans celui d'une espèce de Catherine Langeais qui suit avec un vif intérêt les différents stades de la cuisson de l'eau. Ça dure des plombes et on les retrouve le lendemain matin – l'eau doit reposer toute la nuit –, en pyjama, les cheveux en pétard. Petit détail amusant trouvé par Prévost, et qui passe totalement inaperçu : après une nuit qu'on imagine agitée, Pierre tutoie son assistant. Plus tard, Jean-Luc Prévost réalisera *Les Bons Conseils du professeur Corbiniou*, ils feront un remake du sketch de l'eau chaude et Prévost reprendra le rôle (inoubliable) de Catelin. Toujours dans le but de s'amuser, chaque fois que Desproges peut travailler avec un copain, il ne se prive pas. Ce qui nous vaut de retrouver Catelin, toujours pour *Quatre Saisons*, en jogger des Buttes-Chaumont, alpagué par le flic Desproges qui veut lui faire payer une taxe sur le jogging. En effet, «les trépidations» des coureurs à pied déforment la chaussée et provoquent «une certaine frayeur chez les mammifères volatiles de nos arbres qui finit par perturber la nature». Et Catelin répond d'un air emmerdé : « Admettons que je me promène un peu vite, mais enfin… » Et puis Desproges et Jean-Luc Prévost cherchent une idée pour le 1er janvier 1979 et décident de faire, dans le décor du vrai journal télévisé, un faux journal de saison, avec dinde, cotillons, etc. La dinde, ulcérée de passer à la casserole, vient avec son avocat. Desproges interviewe un collectionneur de confettis – il en a 257 843, dont un énorme, monstrueux – qui a répertorié dans un registre l'origine de chaque confetti, sa date d'envoi, et le nom de la personne qui l'a reçu à travers la tronche. Et surtout, il y a ce gag immortel où l'on voit le pape, désireux de distribuer ses vœux à sa fenêtre de Saint-Pierre de Rome, s'énerver parce qu'il n'arrive pas à ouvrir la fenêtre. Et ça aussi, c'est une idée de Jean-Luc Prévost. « On cherchait un gag d'ouverture, on séchait et je gribouillais "ouverture, ouverture". Là, j'ai eu un flash : il n'arrivait pas à ouvrir la fenêtre. Plus on monte dans la dignité, plus le moindre incident technique devient marrant. Pour faire Saint-Pierre de Rome, il fallait trouver une fenêtre un peu chic. Hélène connaissait un agent immobilier qui avait un bel appartement avenue Foch, avec des beaux balcons en fer forgé. Pour les scènes extérieures, on tournait au troisième étage, mais pour les scènes intérieures, ça n'allait pas et on tournait au deuxième. Alors tout le monde passait d'un étage à l'autre, Pierre habillé en pape, Henri Slotine en cardinal, et les autres en diacres. Une fois, on a croisé du monde dans l'escalier, et Pierre a présenté sa main à une brave dame qui la lui a baisée. »

Jean-Luc Prévost étant réalisateur free-lance, il continue de proposer des idées aux patrons des émissions. C'est ainsi que Jean-Pierre Hutin leur donne carte blanche pour *30 Millions d'amis*. A ce moment, la famille héberge Spa, la chienne de la SPA, qui fait de la figuration. Et on voit Desproges, un minuscule lapin sur les genoux, expliquer que Spa, officiellement chienne de chasse, a une trouille bleue des lapins. D'ailleurs, *« ce lapin, quand on le laisse seul avec le chien, il se met sur son petit derrière et il file des gifles au chien »*. En effet, Spa n'a qu'une envie : se tirer hors de portée du minuscule lapin. Et puis il y a Fifine la grenouille. Le gag est venu tout naturellement, se rappelle Jean-Luc Prévost : « On ramène cette grenouille du quai de la Mégisserie – on ne l'a pas dit à Jean-Pierre Hutin, vu la réputation de ces animaleries –, Pierre lui caresse la tête et me dit : "Regarde, quand on lui caresse la tête, elle fait croâh." Alors on a fait la grenouille qui sait compter. » Ils commencent par une addition toute simple, puis ils compliquent un peu. « Six moins un, attention, Fifine, c'est une soustraction », dit Desproges en caressant cinq fois le crâne de la grenouille qui fait cinq fois « croâh » en gonflant ses joues comme une malade. Ensuite, Prévost ayant demandé à Fifine la date de la bataille de Marignan, Fifine s'exécute. Quinze cent quinze « croâh »… On y est encore.

Un jour, dans la série « pourquoi faire simple

quand on peut faire compliqué ?», Desproges explique son idée à Jean-Luc Prévost : il serait dompteur de puces et il raconterait sa passion des puces, assis à un grand bureau. Bien sûr, on ne verrait pas les puces. Et puis, à la fin, Prévost lui demanderait ce que ça mange, une puce. Et là, la caméra se tournerait et on verrait deux éléphants. Chouette idée. Prévost lui fait remarquer que ça ne va pas être facile, les deux éléphants. Qu'à cela ne tienne, ils trouvent un cirque qui leur prête les éléphants et la piste. Ils installent sur la piste le grand bureau, les fauteuils, quelques plantes vertes pour faire joli, et se préparent à tourner. Là, Prévost voit arriver un cornac avec six éléphants : «Je dis au cornac que six, c'est trop, qu'il en faut deux seulement, mais il me répond que c'est impossible parce qu'ils sont habitués à être six. Donc, on commence à tourner avec les six éléphants derrière, et j'entends des bruits de discussion. C'est le cornac qui parle aux éléphants. Je lui demande de bien vouloir arrêter, mais il me répond que c'est impossible parce que, s'il arrête, les éléphants s'énervent. Je lui demande d'arrêter une minute seulement et il accepte. Au bout de quarante secondes, je vois passer une trompe et, en effet, un éléphant très énervé qui déracine une plante verte. Ça a fini dans le fou rire total, comme souvent. On a connu des vaches maigres, mais on rigolait. Pour ça, il fallait se mettre dans l'humeur adéquate. Et l'humeur, on la provoquait en faisant des blagues de potaches. Ça allait des pétards au gobelets d'eau en équilibre sur les portes. Un jour, ils ont claqué des boules puantes sur le plateau de l'émission des Carpentier, il a fallu aérer pendant vingt minutes… »

« Ma fille, ma petite, ma porcelaine, toujours je t'imagine brisée [1]. »

L'année 1977 est marquée par la naissance de son deuxième bébé, Perrine. Ce qui l'occupe bien, à la maison. *« Il se trouve que ma femme, quand elle attend un enfant, est obligée pour des raisons techniques de rester allongée huit mois, sinon elle laisse tomber les fœtus par terre, ce qui fait désordre. Ma seconde fille est née vingt-deux mois après la première. C'est-à-dire que, pendant que la première était en bas âge, ma femme était allongée et c'est moi qui ai fait la mère. Enfin… je n'ai pas fait la mère, j'ai été la mère. J'ai torché la nuit, j'ai donné les biberons, j'ai fait faire les premiers pas au jardin public. J'ai été la mère parce qu'il fallait bien qu'il y en ait un des deux qui le fasse, l'autre ne pouvait pas, il était couché. Et là, je ne sais pas… Je n'ai jamais essayé d'analyser vraiment, mais je suis persuadé que les notions de père et de mère en tant que mâle et femelle peuvent très bien s'interchanger totalement, sauf évidemment que le mâle ne peut pas être enceint. Mais à partir de la naissance du gosse, je suis persuadé qu'on peut parfaitement interchan-*

1. *Chroniques de la haine ordinaire.*

ger les rôles, et que la mère peut aller travailler dehors. »

Toujours est-il que ses filles, c'est son bonheur, et quand on lui demande ce qu'il garderait de sa vie s'il devait la revivre, il répond sobrement et, pour une fois, sérieusement : « *Je referais des enfants à la même femme.* » Néanmoins, en raison de son caractère affirmé, Perrine hérite très vite du surnom de Pinochette. « Elle n'avait pas deux ans, elle boudait déjà et Pierre s'énervait : "Ou tu manges, ou tu continues de bouder et tu vas te coucher." Elle escaladait le bord de sa chaise haute, elle dégringolait comme elle pouvait et elle montait se coucher avec beaucoup de dignité » (Hélène).

Quant à Marie, dès qu'elle est en âge de répondre correctement à une interview, il lui met un micro sous le nez :

« Alors comme ça, vous êtes à l'école, mademoiselle ?

– Voui.

– Et vous êtes en quelle classe ?

– En maternelle.

– Vous avez une maîtresse ?

– Voui, elle s'appelle Josiane.

– Moi aussi, j'ai une maîtresse.

– Ah bon ??? »

Et il lui apprend des chansons. Il existe un enregistrement très émouvant où ils chantent chacun leur tour un couplet de *Simone ma Simone*, fleuron de notre patrimoine. Desproges chante extrêmement bien, Marie fait tout ce qu'elle peut pour rattraper la guitare et, à la fin, la chanson étant une vraie tragédie, elle dit d'une petite voix joyeuse : « C'est triste. »

Il a également une idée formidable, qui consiste à apprendre aux enfants un langage complètement tordu. Par exemple, il montre une fourchette à Marie et lui dit : « Ça, c'est un cheval. » Mais Hélène trouve ça nul et s'y oppose fermement. Dans le même ordre d'idée, quand Perrine a trois ans, il teste son humour. Dans un coin de la cuisine, il y a un radiateur enfermé dans un coffrage, avec juste un trou pour le robinet. C'est la maison de la sorcière Cramouquette, dit-il. Et, après avoir enregistré un affreux rire de sorcière sur un petit dictaphone, il met sa main dans le trou avec le dictaphone, déclenche le rire, se met à hurler : Cramouquette l'a mordu, et ne veut plus le lâcher. Résultat, Perrine est complètement folle de trouille, et Hélène engueule Pierre, qui répond : « Oui mais quand même, elle a pas beaucoup d'humour. »

La maison est sans cesse pleine de mômes, et Pierre dépense beaucoup de temps et d'énergie à les distraire, utilisant les événements qui se présentent : à Noël, si un bébé est né dans la famille, il bâtit une crèche vivante autour du bébé, et le père d'Hélène est embauché pour faire le bœuf… Ou alors il organise des mariages de mômes : Perrine a été mariée trois fois avec le même cousin. « Il trouvait toujours des idées marrantes. Dès qu'il disait : "Je vais vous montrer quelque chose", on fonçait tous parce que c'était forcément une connerie. Par exemple, il nous montrait comment faire cuire des œufs au plat sur la table de ping-pong, au soleil. Ça cuit pas du tout mais ça attaque bien la peinture » (Perrine).

Il aime tellement les gosses que, vers 1987, au moment de la guerre du Liban, il envisage d'adopter un enfant libanais. Les filles sont ravies, elles aiment bien l'idée d'un petit frère tout fait. Hélène veut bien, mais elle propose d'abord un parrainage : on invite un enfant en vacances, histoire de voir ce que ça donne dans la réalité. Tout le monde est d'accord. Et puis, les choses se compliquant très vite et finissant mal – par la mort de Pierre –, ça ne se fera pas.

Mais tout le monde sait que le bonheur est une chose fragile, sujette aux accidents de parcours, et ses filles sont aussi son angoisse majeure. Cette angoisse nous vaut ses plus belles pages dans « Les aventures du mois de juin (suite)[1] ». « Du jour où ses enfants sont nées, il n'a cessé, au creux de ses nuits blanches et de ses jours noirs, de les entrevoir courant nues sous les bombes, éclatées sous des camions distraits »... Entre légèreté et amour fou, « exhibant sans vergogne son humour clés en main avec vue imprenable sur le cimetière », il se ronge parce que les filles (cette fois, c'est Perrine et sa copine), en vacances au bord d'une plage atlantique, ont disparu du paysage. S'ensuit un féroce inventaire de ce qui a pu leur arriver – noyade, sadique des plages, enlèvement – et des symptômes ressentis quand, après avoir sorti « la voiture, le vélo, les voisins, la police et les chiens », passées l'heure du loup et celle où les

1. *Chroniques de la haine ordinaire*.

lions vont boire, on n'a toujours rien retrouvé. Et puis, le miracle : «On s'a endormi, dit la plus petite hébétée qu'un voisin découvre à la nuit, assise au milieu du jardin, échevelée, bouffie de torpeur, ronronnante. » En effet, Perrine et sa copine avaient joué au sous-marin noir dans le placard de leur chambre, elles « s'avaient endormi » au fond du placard, et après, elles « s'avaient réveillé ». Et maintenant, elles « torturent en piaillant des langoustines défuntes », sous la lune qui est toujours si belle dans ces cas-là.

« Au secours, docteur, je ressens comme un point, là.

– Faites voir… Ah oui, je vois ce que c'est ; c'est un bonheur insupportable.

– Ah ! bon. »

Salades, varech et saltimbanques

La famille s'étant agrandie, tout le monde a déménagé rue de la Mare, à Belleville, dans une jolie maison avec un jardin, que Desproges repeint lui-même de ses petites mains – la maison, pas le jardin – malgré sa fameuse dyslexie. Côté boulot, il retrouve Évelyne Grandjean, rencontrée à l'Olympia. Ils s'entendent bien et, ensemble, tricotent des sketches pour la scène des 400 Coups, un petit café-théâtre de la Contrescarpe qui contient jusqu'à soixante-dix spectateurs les bons jours, mais les bons jours sont rares. En fait, *Qu'elle était verte ma salade* ne marche pas fort, et le souvenir de cet échec le fera longtemps hésiter à remonter sur scène en solo. Était-ce vraiment mauvais, comme certains le disent, ou seulement inégal ? Il en reste, çà et là, des bribes parsemées au fil d'une émission de Michel Drucker. On les voit, respectivement déguisés en damoiseau et damoiselle, en train de chanter *La Complainte de Renaud le roi et de sa doulce épouse en leur foyer françois*, avec, entre autres tracas, leur chauffe-eau qui merdoie.

En janvier 1978, il fait ses débuts à la radio avec *Saltimbanques*, l'émission de Jean-Louis Foulquier[1], où il vient baver trois minutes sur l'invité du jour. «C'est en lisant sa rubrique de *L'Aurore* que j'ai eu envie de l'intégrer à *Saltimbanques*. Il avait une écriture fabuleuse. D'ailleurs, avant, je griffonnais pas mal, mais après son passage j'ai arrêté. Ça m'a miné. A part ça, ce qui m'a épaté, c'est la façon dont il a basculé : il était journaliste, et plutôt du genre discret, pudique, et il est passé sur les planches. Souvent, tu franchis le pas parce que tu es cabot. Lui, non. Il disait qu'il faisait les choses parce qu'on le poussait. C'est peut-être pour ça qu'on s'entendait bien, je suis un peu pareil. J'atterris dans un truc par un concours de circonstances, et une fois que j'y suis, ça va. Sinon, je suis plutôt contemplatif… Donc, en discutant, on a eu l'idée de faire des fausses bios et des nécros de l'invité. C'était sa première radio, ça lui a plu et il m'en a toujours été reconnaissant, je crois. Il n'oubliait jamais de me

1. Capitaine des Francofolies de La Rochelle et animateur de *Pollen*.

citer quand il parlait de radio. Et il n'oubliait jamais de préciser que je le payais très mal. Remarque, il touchait cinq cents balles par émission, il faisait vraiment ça pour le plaisir… Je ne lisais jamais ses textes avant, pour découvrir en même temps que tout le monde. Si bien que, pendant l'émission, je piquais des fous rires communicatifs, paraît-il. Ça a fait mon image de marque : Foulquier, c'est pas tellement ce qu'il dit, mais alors quand il se marre… C'est pour ça que je ne voulais pas lire avant. Mais j'ai eu des inquiétudes, aussi. Des fois, je me demandais : "Où il va, là ?" Et puis hop, une pirouette, et il s'en sortait. Je jetais un œil discret sur l'invité, qui gardait généralement un sourire figé – il n'avait pas le choix. Pour Denise Fabre, qui venait d'épouser son pâtissier, il a fini son baratin en disant : "C'est quand même la première fois qu'un pâtissier épouse une tarte." Mais les gens l'aimaient bien, même s'ils s'en prenaient plein la gueule. A cause du côté courtois du mec, grand seigneur, profondément attentionné, gentil. Bien plus tard, je l'ai invité à *Pollen*, au Square, et j'avais dit à Sylvie Coulomb : "Ça serait marrant de faire sa nécro." Elle a donc fait sa nécro, il a éclaté de rire, et j'ai appris après qu'il était déjà malade. Il y a des gens à qui je pense tous les jours : mon père, Léo Ferré, Bernard Dimey et Desproges. C'est un mec qui me manque. Sur les trucs qui me révoltent, j'aimerais bien avoir sa version et sa voix, parce que ça soulageait. J'étais complètement desprogien et j'avais du mal à être coluchien. Coluche flirtait avec la démagogie et le racisme. Quand il sortait ses vannes sur les Arabes et les Noirs, le lendemain, un beauf pouvait les reprendre dans un bistrot. Desproges non, parce que les beaufs n'étaient pas ses clients. Il était une liberté vivante, et crédible : il n'a pas bouffé à tous les râteliers. Ce qui me désole, c'est que j'avais tous ses trucs de *Saltimbanques* sur bandes. J'avais aussi Brassens, débarqué par surprise à trois heures du matin à *Studio de nuit*, en train de chanter Fréhel, Enrico Macias et Tino Rossi, qu'il connaissait sur le bout des doigts. J'avais plein de documents formidables... Mais un jour, j'ai eu la bonne idée de tout classer proprement, à l'occasion d'un déménagement de bureau. J'ai fait un beau carton avec écrit dessus "ne pas jeter". Le lendemain, il avait disparu. On n'a pas dû le jeter, mais c'est pire : il y a des gens qui se resservent des bandes pour enregistrer leurs trucs. Si ça se trouve, c'est un sous-Brassens qui s'en est servi, sans même les écouter, pour enregistrer ses gratouillis de guitare. Ça m'a écœuré. Depuis, je ne range plus rien et je ne garde plus rien. »

Foulquier n'a pas gardé non plus le souvenir des nécros – vingt-deux ans, c'est long – et je n'en ai retrouvé aucune trace. Mais des fausses bios, si. Par exemple, Jane Birkin : « Il faut une volonté de spartiate pour garder la tête froide et les mains dans les poches quand on est assis à côté de Mlle Birkin. Personnellement, j'ai la gorge nouée, l'estomac noué, je suis noué d'un petit peu partout. Mais enfin, comme dit Foulquier, t'es pas là pour parler de tes nœuds. » Ou Laurent Voulzy, un enfant musicalement surdoué, comme le petit Mozart : « En effet, à l'âge de trois ans déjà, quand on lui demandait 9 fois 9, le petit Wolfgang Amadeus répondait : "Fa de vaire voutre, mutter, ich arbeit der partoche", ce qui peut se traduire par : "Un instant, petite maman chérie, je travaille sur une partition." » Ou encore, Gainsbourg et sa conjoncture planétaire « fâcheuse, dans la mesure où elle détermine chez le sujet un caractère ombrageux avec tendances schizo-morosito-taciturnes. C'est-à-dire (en bon français) que plus il fait moins sombre, moins il fait plus noir et moins le sujet va plus mieux ». Ou encore, Jean-Louis Foulquier lui-même : « En fait, s'il évoque plus un Picasso de la période glauque qu'une Madone de Botticelli, avec sa tronche de voyage organisé, c'est que Jean-Louis Foulquier est une authentique gloire du rugby français. Malheureusement, au départ, le ciel l'avait pourvu d'une belle tête ovale. Or, il est extrêmement périlleux de bondir sur un terrain de rugby avec une tête ovale. » Mais la plupart du temps, qu'il présente Michel Jonasz, Yves Simon, Annie Cordy ou Serge Lama, Desproges ne fait que digresser sur n'importe quoi. Par exemple, Brigitte Bardot et la vache enragée, la mort de Louis XVI, le comportement sexuel des mites ou ses propres succès scolaires : nous apprenons ainsi qu'il fut deuxième en histoire pour avoir collé Marignan en 1514. « Pour être premier, il fallait dire 1515, j'étais pas loin. » Et de temps en temps, il revient à son sujet en affirmant avec satisfaction : « Il me semble que nous avançons à pas de géant dans la biographie de l'invité. »

C'est un peu plus tard que Le Luron embauche Desproges et Évelyne Grandjean pour son émission de radio *Des parasites sur l'antenne*. Ça se passe le samedi matin sur France Inter et c'est la liberté totale, mais Desproges s'amuse à moitié et en garde un souvenir mitigé : «*C'est pas mon meilleur souvenir de radio. Y avait des gens que je n'aimais pas.*» Pendant l'été 1979, il enchaîne sur *Du varech dans mes espadrilles*, toujours avec Évelyne Grandjean. Mais décidément, il n'est pas fait pour écrire en duo. «*On a écrit à deux, en six mois, trois quarts d'heure de spectacle. Alors que tout seul, en deux mois, je fais du meilleur travail. Ce n'est pas de sa faute, ni de la mienne.*»

«*Qu'est-ce qu'il est con, ton père…*»

En 1980, le réalisateur de *L'Ile aux enfants*, une émission de TF1 ciblée pitchounes, lui propose une participation. On l'a vu, Desproges aime les enfants. Surtout ceux qui lui écrivent des lettres. «Une auditrice de neuf ans, qui a malheureusement oublié de me communiquer son adresse, me dit : "Non mais ça va pas la tête de dire des choses pareilles sur le bon Dieu. Crétin, va. Imbécile." […] Tu as raison, Anne, ça va pas la tête. Je ne le ferai plus, je te le promets. N'empêche que c'est pas moi, c'est le bon Dieu qui a commencé[1].»

1. *Chroniques de la haine ordinaire.*

Donc, il s'y colle. Il écrit et joue une quinzaine de sketches dont le héros est le professeur Corbiniou [1], distributeur de conseils foireux à l'usage des gamins qu'il espère ainsi «abêtir davantage». Généralement vêtu d'une blouse grise boutonnée de traviole avec une fleur à la boutonnière (qu'il bouffe quand il est en colère), il leur apprend ainsi à reconnaître la sonnerie du téléphone de celle du réveil de tante Mimi, ou à repeindre un vieux mur pourri de façon à lui donner de la joie – en passant, il barbouille sa Joconde personnelle et déclare : Je m'en fous, j'en ai une autre. Il leur donne la recette des macaronis farcis au poulet – «C'est facile, y a qu'à entrer le poulet dans le macaroni» – et leur apprend à faire cuire des carottes sans gaz ni électricité : il étale neuf carottes sur la table et en balance une dans le décor. «Qu'est-ce qui se passe? Les carottes sont qu'huit… cuites… Si on en enlève deux, elles sont que sept, c'est moins drôle.» (Sourire consterné.)

Sur le plan zygomatiques, le résultat est inégal mais certains sketches, tournés en extérieur, sont des chefs-d'œuvre : «Comment pêcher à la ligne», par exemple, d'où il ressort à moitié noyé après avoir voulu récupérer son plomb qui coule et son flotteur qui flotte, ou «comment demander un renseignement dans un jardin public sans être grossier», d'où il repart couvert de gnons pour avoir

1. En 1997 a été publié un très joli petit livre intitulé *Les Bons Conseils du professeur Corbiniou*, illustré avec loufoquerie et talent par Mahi Grand.

compliqué à l'extrême ce qui était d'une simplicité biblique.

En ce qui concerne l'hypothèse de travail – un imbécile veut absolument nous apprendre des choses –, Corbiniou est l'ancêtre de Cyclopède. Mais il tient également de Mister Bean, bien avant que ce farfelu ait atterri sur nos petits écrans : s'acharnant à prendre les choses par le mauvais bout, il développe fièrement des projets cafouilleux et prend un air dramatiquement emmerdé quand l'affaire tourne en eau de boudin. Bref, en résumé, Corbiniou n'est pas une flèche, et les filles du héros sont mortes de honte. « Les copines nous disaient : qu'est-ce qu'il est con, ton père. Et on lui interdisait de venir nous chercher à l'école » (Marie).

« Je continue de collaborer à "Pilote" dans l'indifférence générale… »

C'est en 1980 que Desproges commence à écrire dans le journal *Pilote*. A l'époque, on y trouve des gens comme Pétillon, Martin Veyron, Lauzier, Régis Franc pour la bande dessinée, et Louis Nucéra, Dominique Jamet, André Laude pour l'écriture – des gens de sensibilités variées et même contradictoires, comme le souhaite le rédacteur en chef d'alors, Guy Vidal : « J'ai rencontré Pierre par hasard : il prêtait sa voix à une pub radio pour *Pilote*. J'avais entendu parler de lui par mon père. Il l'avait connu à *L'Aurore* et il n'avait pas le caractère facile, mais il en gardait un souvenir lumineux. Pierre s'en souvenait aussi, on a sympathisé et je lui ai proposé d'écrire dans le journal. C'était un vrai plaisir. Comme René Goscinny, qui nous avait quittés définitivement trois ans plus tôt, Pierre bouillonnait d'idées et ça partait dans tous les sens. Il ne roulait pas les mécaniques, il doutait beaucoup trop pour ça. C'était un bon petit camarade et nos rapports étaient très simples. On se téléphonait souvent. Pour le boulot, je lui donnais le thème du numéro, il s'y glissait à peu près ou pas du tout. De toute façon, j'étais content du résultat. A l'époque, j'ai essayé d'informer la direction qu'on tenait quelqu'un d'intéressant, et qu'il fallait peut-être en faire quelque chose sur le plan édition, mais personne n'a fait attention... La première fois que je l'ai emmené déjeuner, il m'a demandé s'il pou-vait amener sa femme, sa maîtresse et la mère de ses enfants. Je trouvais que ça faisait du monde, mais pourquoi pas ? En fait, tout ça, c'était Hélène... A part ça, il m'a bien aidé dans ma carrière d'ivrogne. Avant lui, je buvais un peu n'importe quoi : bière, whisky, vin rouge, eau de Cologne. Et puis un soir, à l'occasion d'un cocktail qu'il offrait quelque part vers l'Opéra, il m'a guidé avec mansuétude vers un graves blanc inoubliable. Depuis, je n'ai jamais cessé de chercher cette marque qu'il avait fait venir de je ne sais où. C'est la quête du graves. C'est dur, mais ça vaut la peine. » Depuis cette époque, Vidal a conservé, agrandi et collé aux murs de ses bureaux successifs, un mot de Desproges qui résume assez bien sa propre vision de l'existence : « Guy. Où es-tu ? Qu'est-ce qui se passe ? Qui sommes-nous ? Quand est-ce qu'on mange ? Et Dieu ? A bientôt ? Pierre.»

Donc, le thème du premier numéro de *Pilote* où écrit Desproges, c'est «Le Grand Dépaysement – troisième guerre mondiale». Là, il se glisse dans le sujet et signe l'édito, qui commence ainsi :

«A la guerre, l'ennemi est très important, pour ne pas dire irremplaçable. C'est même l'élément le plus totalement irremplaçable de la guerre. En cas de pénurie de tromblons, on pourra avantageusement s'entre-tuer au glaive, au bazooka, à l'énergie nucléaire, voire à coups de microbes pathogènes. Car les armes, Dieu merci,

– Y a pas de quoi !

– Mais si, mais si. Car les armes sont remplaçables. Mais pas l'ennemi. Sans l'ennemi, la guerre est ridicule.»

Plus loin, il trace un portrait de l'ennemi. Entre autres choses, l'ennemi n'est pas contagieux mais il est héréditaire, il porte un uniforme ridicule et il devrait consulter son dentiste. Et puis il nous retrace la vie édifiante de Césarien de la Baïonnette, inventeur de l'instrument qui porte son nom. «Césarien de la Baïonnette était un homme réservé pour tous pays, y compris l'URSS. Mais sous ses dehors discrets d'éventreur mondain, il cachait une putain d'âme de poète délicat.»

Il écrit pour *Pilote* pendant deux ans, dans l'indifférence générale, sans qu'aucun journaliste y fasse allusion – ce qui le navre, car il aime la liberté dont il jouit dans ce journal. Mais le bon côté de la chose, c'est qu'il peut refourguer les trouvailles de *Pilote*, re-bidouillées, dans ses différentes prestations télévisuelles, livresques et scéniques, sans que personne s'en offusque.

C'est à *Pilote* que je le rencontre. J'y suis alors tenancière de deux pages où, moi aussi, je m'exprime librement – merci, Vidal. En tant que fan de ses prestations dans les *Flagrants Délires*, je fonce gaiement interviewer le monsieur, avec toutefois une légère appréhension : il ne semble pas porté sur l'indulgence chrétienne. Mais j'ai tort, et je découvre à cette occasion que Desproges est le plus gentil, le plus doux, le plus courtois des teigneux patentés. Puisque je l'ai sous la main et que nous sommes dans un journal de bande dessinée, je teste ses goûts en la matière, dans un excellent restaurant thaïlandais où il a ses habitudes – il n'est pas homme à bouffer n'importe quoi n'importe où. Il couve une passion pour Édika *« qui ne sait pas finir ses histoires, mais c'en est touchant »*. Et pour Pétillon *« qui est un grand avec son espèce de Columbo ramassé »*. Et aussi pour *Lucky Luke*, parce que Morris sait s'entourer de vrais scénaristes, comme Guy Vidal, par exemple, *« qui est un vrai chrétien et un honnête homme avec cravate »*. (Ça, c'est du lèchebottisme caractérisé.) D'ailleurs, il aimerait bien, lui aussi, faire un scénario pour *Lucky Luke*. Là, je suggère que c'est peut-être par attrait du pognon. *« Non, pensez-vous, j'ai le goût du pognon mais j'en ai l'habitude, aussi. Non, ça serait un vieux rêve, comme dîner avec Brassens, ce qui paraît exclu vu l'état actuel de sa santé.* » (Il est mort.) Il aime bien aussi *Pim Pam Poum* et les *Idées noires* de Franquin. En revanche, le succès des Schtroumpfs l'offusque et il trouve scandaleux que Peyo soit milliardaire. Il déteste également tous ces sous-Hergé qui racontent des climats sociaux dans le « fog » parce que dans le « fog », on voit moins bien que le dessin est nul. « *Et je marche encore moins à la BD flamboyante : tous ces gens qui sont infoutus d'écrire un scénario, infoutus de dessiner un monsieur qui court, et qui vous font des vaisseaux spatiaux de toutes les couleurs. […] On retrouve la même outrecuidance chez certains chefs de la nouvelle cuisine qui se prennent pour Rembrandt parce qu'ils ont pondu des œufs au plat.* » Le voilà très mécontent. Moi, je m'en fous. Je ne vois pas pourquoi j'irais au casse-pipe pour défendre la BD flamboyante. Je suis bien trop occupée à essayer de dompter le poulpe à ventouses que j'ai réussi à coincer entre mes baguettes et qui va lui gicler sur la chemise si ça continue. Devant un tel professionnalisme, il se marre : « *On se croirait dans une radio libre : s'cusez-moi, M'sieur Marcel Desborges, on m'a dit que vous faisé un pestak ? C'est bête, ça tombe mal, je peux pas ce soir, y a le match.* »

Mais, un jour, Vidal passe la main et ça se gâte : « Je me souviens d'un déjeuner avec le nouveau rédac chef frais émoulu qui allait me succéder – ça défilait beaucoup, les rédac chef frais émoulus, à cette époque. Ce jeune cornichon avait entrepris d'expliquer à Desproges ce qu'il devrait faire doré-navant pour s'intégrer à la nouvelle ligne éditoriale. Je crois que ça a mis fin à sa collaboration.» En effet, si Desproges se sentait bien à *Pilote*, c'est parce que Vidal avait compris un truc tout bête : Desproges n'était bon que s'il était heureux, et il n'était heureux que s'il était libre.

Mais pendant ce temps-là, comme on dit dans les bandes dessinées quand on veut signifier que l'attaque de la diligence se passe au moment précis où la cavalerie va arriver en retard parce qu'elle en est encore à enfiler ses caleçons… Donc, pendant ce temps-là, des tas de gens s'agitent en coulisse.

Écriveur

Aux éditions du Seuil, Édouard de Andréis, Nicole Vimard et l'écrivain Claude Duneton mijotent un pro-jet de collection qui va s'appeler Point Virgule. Une collection libre de ton, ouverte à des écritures neuves, et drôles de préférence. Ils jettent leur dévolu sur Des-proges pour le premier livre – et pour le deuxième sur Howard Buten avec *Quand j'avais cinq ans, je m'ai tué*. Donc, les éditions du Seuil appellent Desproges pour lui commander un livre. Hélène trouve l'idée sympa, Pierre marmonne «bof…». Malgré tout, il y va. Il préfère Le Seuil à Gallimard : *«Certaines femmes du Seuil mettent des porte-jarretelles, alors qu'il y a beaucoup de collants chez Gallimard. C'est une raison qui m'a fait choisir Le Seuil.»*

J'en profite pour aller le visiter dans sa maison de Belleville, dont je garde pour seul souvenir son fameux troupeau de cochons. Il est donc en train de fabriquer son premier livre, le *Manuel de savoir-vivre à l'usage des rustres et des malpolis*. Se considère-t-il pour autant comme un écrivain ? *« Sûrement pas. Maurice Genevoix qui marche pensivement dans la forêt en regardant les écureuils s'enculer dans les arbres, ça c'est un écrivain… Je suis écriveur, peut-être. »* Écriveur… le mot resservira copieusement (il le trouve « moins prétentieux et plus diffus » qu'écrivain), mais quand il fabrique ses vannes en direct, comme ça, sobre et sérieux, sur « Maurice Genevoix qui marche pensivement », et subitement jouasse comme un môme sur les écureuils qui font des choses, c'est un vrai bonheur. On sent que le rire est son oxygène, son moteur, son premier réflexe. De la même manière, le jour où je lui demanderai une phrase d'exergue pour mon livre sur Goscinny – en le priant de ne pas faire ça comme un sagouin –, il répondra au quart de tour : « Ah bon, alors je peux pas dire tout le bien que j'ai pensé de sa carrière de coureur cycliste ? » (Goscinny est mort en exécutant un test d'effort sur un vélo chez son cardiologue.)

Pour ceux qui l'ignoreraient, chaque maison d'édition a un service de presse pendu au téléphone toute la sainte journée, chargé de persuader les différents médias de parler de tel livre ou d'inviter tel auteur. (Quand j'étais jeune et naïve, je l'ignorais. Je croyais que Bernard Pivot se promenait dans une librairie, achetait vingt-trois livres d'un coup et décidait d'inviter les auteurs qui lui avaient bien plu…) Le service de presse doit également convaincre l'auteur d'aller s'exprimer chez Pivot – en général, ce n'est pas un problème parce que l'auteur souhaite s'exprimer chez Pivot – ou d'aller faire le clown dans des émissions tragiquement nulles, ou d'aller poser avec sa femme et ses enfants dans n'importe quel torchon à scandale. Là, ça peut coincer davantage, et les gens du service de presse encaissent les réactions diverses de l'auteur. Ils sont donc aux premières loges pour entrevoir quel genre d'homme se cache derrière l'auteur. A l'époque, Françoise Peyrot dirige le service de presse : « Desproges était un inquiet, mais très professionnel. Contrairement à d'autres, il n'avait pas d'ego surdimensionné, mais une angoisse surdimensionnée. Il s'inquiétait d'être compris ou pas, et de l'attention qu'on portait à ce qui était important pour lui. De temps en temps, son angoisse l'amenait à se buter. Et quand il disait non, c'était non. Non à des gens qui ne lui plaisaient pas, dont il méprisait le travail. *(« Si je me mets à m'abaisser à mes propres yeux, je deviens malheureux, je baise moins bien. »)* Dans ces cas-là, il était capable de violence, mais il n'était pas parano et son refus était toujours argumenté. Sa ligne de partage entre le "oui" et le "non" était très personnelle, avec des critères logiques ou parfois passionnels, mais ça n'était jamais du caprice. Il ne nous disait pas : "Aujourd'hui ça m'emmerde, j'y vais pas." Tout simplement, il avait besoin d'estimer les gens. Mais c'était quelqu'un avec qui on pouvait discuter. Il ne cherchait pas la complaisance. Quand on lisait son manuscrit et qu'on disait: "J'aime ça, j'aime moins ça", il écoutait. Il ne se sous-estimait pas, il ne se surestimait pas non plus. Un jour, il pouvait piquer une crise et hurler: "J'ai écrit un livre et on me prend pour un clown!" Le lendemain, il disait: "Attends… je suis juste un scribouillard." Il n'avait aucune prétention. Mais le plus étonnant chez lui, c'était l'énorme contraste entre la personne privée, d'un raffinement et d'une gentillesse rares, et la brutalité du personnage public. Chez lui, la frontière entre l'intérieur et l'extérieur était très sensible et très visible. Il ressentait les agressions de manière plus violente qu'un autre, et ses réactions aussi étaient plus violentes. Hélène contribuait énormément à faire le lien entre l'intérieur et l'extérieur, le raffinement et la brutalité. »

Personne n'étant parfait, Françoise Peyrot émet un petit bémol tout de même, lié à quelques bavures: « De temps en temps, il passait sa colère sur des gens qui ne pouvaient pas se permettre de lui répondre. Il adorait qu'on lui réponde, mais quand il traitait de conne une petite assistante de vingt ans qui, par ailleurs, l'admirait profondément, elle ne pouvait pas lui dire: "Vous m'emmerdez, vous me rappellerez quand vous serez calmé." Elle pouvait juste fondre en larmes. C'était un trait de son mauvais caractère, mais pas de sa personnalité. » Et on peut parier que, si Desproges avait mesuré l'ampleur du désarroi provoqué, il aurait cavalé acheter trois bouquets de fleurs pour la « conne ».

Toujours est-il que son *Manuel de savoir-vivre à l'usage des rustres et des malpolis* sort en septembre 1981. Il distribue aux malpolis toutes sortes de conseils précieux – « Sachons mourir sans dire de conneries, Qui emmener en voyage de noces ? » –, rédige son testament (déjà) et répond poliment au Trésor public, qui se dit « heureux » de lui annoncer qu'il va lui rembourser une somme de un franc et trente centimes : « Mon Trésor, merci de ta gentille lettre P14B7624, elle m'a fait bien plaisir. » Et il ne se prend toujours pas pour un écrivain. « Il disait qu'il en serait peut-être un quand on cesserait de mettre sa photo en couverture de ses livres » (Hélène). Ce qui finira par arriver avec *Des femmes qui tombent*, dont la couverture sera agrémentée d'une minuscule bonne femme à vélo dessinée par Sempé.

Son deuxième livre, *Vivons heureux en attendant la mort,* paraît en novembre 1983 : « *Un livre bien astiqué en deux parties égales. La première : les raisons de vouloir mourir sous peu, la seconde : les raisons pour remettre à plus tard (dont la bouffe et les porte-jarretelles), le tout très sournois.* » En fait, le découpage est assez arbitraire et la première partie (« En attendant la mort ») ne donne pas plus envie de mourir que la seconde (« Vivons heureux »), et vice versa – je trouve. Il aurait baptisé son livre *Vivons en attendant*, c'était pareil. Simplement, en prélude à la première partie il se découvre des symptômes de pourrissement : « Adieu l'âge vert. Je suis dans l'âge mûr. L'âge mûr, par définition, c'est la période de la

127

vie qui précède l'âge pourri. Récemment, les occasions de constater mon entrée irréversible dans l'âge mûr m'ont méchamment sauté à la gueule à maintes reprises. Par exemple, je me suis surpris à m'essouffler bruyamment dans certains escaliers trop raides ou dans certaines femmes trop molles.» Et cette découverte l'incite à nous «fossoyer le moral», tandis qu'à l'orée de la seconde partie, il se dégote une raison très chouette d'espérer : le Z de sa machine à écrire était coincé, et le fils adoptif de sa concierge l'a décoincé. Il «a desserré le bidule qui est sous le bitonio derrière le truc du ruban où on se noircit les doigts quand on touche au machin qui se soulève quand on tape». Ce qui prouve bien que l'homme (ou, du moins, le fils adoptif de la concierge) est bon. Entre les deux, il nous balance en vrac des trucs sur les coiffeurs, les hippopotames et la condition humaine en général, en piquant largement dans ses réquisitoires des *Flagrants Délires*. Comme il l'avoue lui-même à propos de ce livre : *« C'est le titre qui m'a botté. Restait à le justifier.»* Peu importe, Desproges est typiquement le genre d'auteur qui n'a aucun besoin de justifier quoi que ce soit : il nous cueille à chaque mot, y compris quand il met vingt-neuf lignes à nous expliquer qu'il a oublié le début de sa phrase. Et comme dit la publicité parue dans *Le Monde*, un écrivain est né : «Je viens de lire *Vivons heureux en attendant la mort*, de Pierre Desproges. Un écrivain est né. Et je pèse mes mots comme il sait peser les siens» (Pierre Desproges, *Journal de Pierre Desproges*).

L'écrivain est donc invité à *Apostrophes*, « une émission de télévision très populaire avec des chaises et des gens dessus », dit-il quelque part. Ce jour-là, l'émission porte sur le rire, et les chaises sont occupées par quelques spécialistes, dont l'un se présente sans rire comme un « pince-sans-rire ». Malgré tout, on n'est pas venu pour rien, on apprend que le rire permet de guérir la constipation car il brasse les boyaux. Ce à quoi Desproges rétorque joyeusement que les sanglots, ça doit bien marcher aussi. Et le pince-sans-rire répond (sans rire) que oui-mais-les-sanglots-c'est-triste. A mon avis, on aurait invité Desproges à un débat sur le suicide, il se serait amusé davantage, lui qui disait préférer faire l'idiot un 11 novembre qu'un 1er avril. On le voit également dans une émission intitulée *Le Rendez-vous d'Annick*, avec l'auteur d'un livre intitulé *Le Foie des Français*… Mais bizarrement, il ne s'endort pas sur le canapé, car il s'intéresse toujours, de près ou de loin, au monde médical, et des souvenirs lui reviennent : « *Quand j'avais vingt ans, je ne savais pas si je voulais devenir moine ou ministre ou clochard, alors j'ai tâtillonné à droite à gauche et j'ai fait un stage de kinésithérapie. On massait les os cliquetants des vieillards décharnés, les malheureux. C'est là que j'ai vu la misère humaine et le médecin debout, qui regarde la maladie, et non le malade.* »

Et puis il y a le mémorable *Droit de réponse* de Polac. Comme d'habitude dans cette émission, tout le monde se gueule dessus, sous la direction orchestrale d'un Polac infiniment patient. Desproges est venu parler de deux livres, le meilleur et le plus mauvais de l'année 1983, à son goût. Il annonce donc son livre préféré, *A bas la critique et vive le Québec libre* de Raymond Cousse, et le plus mauvais : l'annuaire du Vaucluse. Pourquoi ? *« Parce que si vous ouvrez page 2127 à Carpentras, c'est fou le nombre d'Arabes qu'il peut y avoir »*... (Il lit la liste des noms, avec l'accent.) Là-dessus, un écrivain nommé Jack Thieuloy se met à glapir. Il est contrarié et on ne peut plus l'arrêter. Et pourquoi on vedettise Desproges ? Et pourquoi on l'a déjà vu six fois à la télé pour son « opuscule », alors que lui, il est interdit de télé ? Il y a dix ans qu'il n'est pas venu à la télé, alors que les plus grands critiques ont prononcé le mot de « génie » à son sujet. Et il n'existe « qu'en état d'éruption », et là, il est « au niveau du hurlement », et il est interdit de télé, et il est en état d'éruption – il est un peu monomaniaque, aussi. Et comme meilleur livre de l'année 1983, il a choisi son propre roman, sorti en 1982 – là, il rigole, car, entre les éruptions, il a tout de même un peu d'humour. Sinon, il a choisi aussi le livre de Raymond Cousse, au sujet duquel il ne dit pas grand-chose, sauf qu'il est interdit de télé – lui, pas Raymond Cousse. (Je ne connais pas l'œuvre de Jack Thieuloy, mais de toute façon, c'est mal de se moquer d'un écrivain qui rame, je ne devrais pas.) Bref, quand Desproges arrive enfin à en placer une, il vend Cousse en ces termes : *« Dans un pays où la plupart des gens pensent mou, dorment mou, réfléchissent mou, votent mou et bandent mou, y a un type qui a des couilles et*

qui s'appelle Raymond Cousse! » Tout ça pour dire
qu'il faut lire Raymond Cousse[1], bien que ça ne
l'aide plus tellement puisqu'il s'est flingué bêtement
à l'âge de quarante-neuf ans, lui qui disait : « Ce sont
les éboueurs qui jugeront du poids de mon œuvre. »
(Petit détail en passant : lui aussi aimait les cochons,
il s'était penché sur leur triste sort dans son terrible
Stratégie pour deux jambons.)

L'affaire Thieuloy se résoudra en coulisses : « *Il se
trouve que Jack Thieuloy m'a vu six fois à la télévision et qu'il n'a pas supporté ça. Je comprends très
bien : quand je vois une fois Sabatier, ça m'énerve
autant que lui quand il me voit six fois. [...] Mais on
ne voit pas tout à l'antenne, et après l'émission, il
m'est tombé dans les bras en me disant : "Je ne suis
pas méchant, mais malheureux." Je ne lui en veux
pas du tout. Ça aurait été quelqu'un de puissant,
oui, mais on ne tire pas sur une ambulance.* » Néanmoins, Thieuloy n'en démord pas : « Je suis persuadé
que Desproges n'est pas un écrivain, je le vois mal
parti pour faire une œuvre », déclare-t-il au micro
d'Europe 1. Quant au choix de Desproges concernant l'annuaire du Vaucluse, il aura des suites
inattendues, relatées à la rubrique *Racisme* de l'abécédaire final, parce que, sinon, de digression en
coq-à-l'âne, on n'en finit plus.

Le troisième livre, *Dictionnaire superflu à l'usage
de l'élite et des bien nantis*, paraît en 1985.
C'est « *un dictionnaire incomplet, complètement*

1. Flammarion et Le Dilettante.

malhonnête, avec un seul mot par lettre, choisi de façon totalement arbitraire et fasciste». Par exemple, à la lettre C, nous avons : «Chaussure n. f. Objet que l'on porte à son pied dans le but de l'isoler des sols froids ou grumeleux. La pénurie de chaussures désoblige le grincheux.» Et nous apprenons à la lettre Y, catégorie noms propres, que le Yang-Tseu-Kiang est un fleuve «surprenant» : «Un de mes amis brasseur d'affaires internationales, qui l'avait bien descendu et à qui je demandais ses impressions, m'a répondu : « "Le Yang-Tseu-Kiang est un fleuve surprenant." C'est bien ce que je disais.»

Des femmes qui tombent paraît également en 1985 et c'est un roman. «C'est lui qui a voulu faire un roman. Ce n'est pas un vrai roman, mais on n'aurait pas pu lui dire ça à l'époque. C'était là qu'il était le plus inquiet – il jouait sur quelque chose de décalé» (Françoise Peyrot). En fait, il s'attache plus à la «chair humaine» qu'à la bonne tenue de l'action, réputée essentielle à l'épanouissement d'un «vrai» roman. Il aime trop ciseler chaque mot pour laisser couler paisiblement une histoire. Peut-être même se fiche-t-il de l'histoire. Nous aussi, d'ailleurs. Pourtant, de l'action, il y en a, dans ce roman un peu policier et vaguement science-fictionnesque : des femmes sont assassinées à la chaîne dans un bled du Limousin, un Ficusien projette d'anéantir la race humaine, et voilà que sévit une invasion de moustiques tropicaux, alors qu'il a encore gelé dimanche… Le résultat est drôle, émouvant et sanglant, et le citoyen de la planète Ficus très pittoresque : voilà un type banal, « plausible jusqu'à l'écœurement », qui bouffe des pneus et se transforme au quart de tour en bombe sexuelle ou en enclume volante. Il a aussi la particularité d'être soluble dans l'eau – c'est même son talon d'Achille. Mais ce qu'on aime surtout, c'est l'humanisme et la délicatesse avec lesquels Desproges traite ses personnages d'ivrogne, d'enfant pas chanceux et de femme en chute libre. L'ivrogne, c'est Jacques Rouchon, toubib désabusé noyé dans le Picon-bière, qui offre aux regards « les abords hirsutes et déconnants des vieux médecins de western ». L'enfant, dix-sept ans au moment des faits, c'est son fils – un ersatz d'humain, une « approximation filandreuse », une pauvre chose déglinguée tout juste capable de « meugler sa joie de vivre en tombant de sa chaise ». Mais également capable de souffrir, sinon c'est pas drôle : « L'enfant cassé pousse des brames déraisonnables. Il donne des coups de tête sur le cercueil fermé de son père. Il voudrait jouer encore et lui mettre un doigt dans l'oreille. » Et la femme qui encaisse tout ça, c'est Catherine, épouse du toubib et mère du débris, qui a faim d'amour en rentrant des cimetières, et sait depuis longtemps que le rire, « c'est la dernière bouée ». Et puis il y a le vieux curé sympa qui couve encore quelques ardeurs amoureuses, et François Marro, talentueux journaliste à « l'élégante désespérance de raté d'élite ». A qui l'auteur s'identifie-t-il le plus ? *« Un peu au journaliste, et pas mal au médecin alcoolo qui pousse trop loin l'humour noir.*

Moi, je suis un alcoolique qui ne boit pas. » Dans le personnage de Marro, il enferme également des souvenirs du Bernard Morrot de *L'Aurore* – « Il a fait son boulot de cuisinier », marmonne l'intéressé. Et dans la peau du toubib, il glisse aussi le père de Jean-Louis Fournier : « Je lui avais raconté l'histoire de mon père et il était fasciné. Le médecin alcoolique dans *Des femmes qui tombent*, c'est lui. Indirectement, ça m'a aidé à écrire mon livre[1]. »

Ce qu'on retient finalement du livre, outre une écriture éblouissante et un humour féroce, c'est que Desproges y exprime plus clairement que jamais sa compassion pour les êtres brisés, sa tendresse pour ceux qui tentent de vivre, et son mépris violent pour la connerie humaine, équitablement répartie ici entre la police, le corps médical et « les bonnes gens du cru ».

Malgré tout, il n'a pas l'air très heureux dans le cadre du roman, qui demande patience et longueur de temps, acharnement monomaniaque et optimisme délirant : pour attaquer l'écriture d'un texte un peu long, il faut croire mordicus qu'on arrivera au bout – ce qui semble improbable quand on en est encore à raturer les trois premiers feuillets en « méticulant les mouches ». *« Étant velléitaire par nature, je suis plus à l'aise sur les petites distances. Car pour le roman, le vertige de la page blanche, c'est pas de l'affabulation ! C'est affolant de commencer et de se dire : il*

---

1. *Il a jamais tué personne, mon papa*, Stock, 1999, et Le Livre de poche.

m'en faut deux cents pages! Et ce n'est pas du tout dans ma nature. Je suis très malheureux. Je veux tout, tout de suite. J'achète jamais un pantalon s'il faut le raccourcir. » Pourtant, il n'abandonnera pas complètement l'idée du roman : « J'ai écrit ce roman parce que j'avais le temps. En fait, je croyais avoir le temps. J'en écrirai un autre quand je serai vraiment vieux et usé. »

Et puis il y a les magnifiques *Chroniques de la haine ordinaire* et *L'Almanach*, pour lequel Desproges suivra son ami Édouard de Andréis aux éditions Rivages, et dont nous parlerons en temps voulu.

« *Public chéri mon amour…* »

1980 : Claude Villers cuisine pour France Inter une émission-tribunal avec plaidoiries, réquisitoires et effets de manches. Parfaitement : en costumes, à la radio, avec un petit public. Il a pensé à Luis Rego pour l'avocat de la défense, mais il cherche encore le procureur. Comme Jacques Martin, Villers a été séduit par les exploits de Desproges dans *L'Aurore*, et, un joli matin plein de lumière, il l'appelle. Cette fois encore, Desproges accepte la proposition avec un enthousiasme qui fait plaisir à voir : « J'ai pensé beurk, quelle idée grotesque ! Et j'y suis allé à contrecœur. Je fais tout à contrecœur. »

La première émission a lieu en septembre 1980. Pierre Perret essuie les plâtres au banc des accusés, et Luis Rego en garde un souvenir plutôt mitigé : « C'était nul. Une catastrophe. Villers m'a interrompu en cours de route parce qu'il me trouvait mauvais, et on s'est fait engueuler après. Moi, en tout cas. Pierre, je ne sais pas. Et puis, d'un seul coup, au bout d'un mois, on a appris que les auditeurs aimaient beaucoup… »

C'est parti. « Françaises, Français, Belges, Belges, socialistes, socialistes, public chéri mon amour. » Et surtout, « Bonjour ma hargne, salut ma colère et mon courroux coucou ». Cette formule restera dans la mémoire des auditeurs passionnés jusqu'à ce que mort s'ensuive. Villers n'ayant pas une âme de censeur, l'émission est un espace de liberté totale, se rappelle Luis Rego : « Villers ne demandait jamais avant ce qu'on allait faire. Au début, on lui disait : "Je vais faire ça", et il répondait : "C'est mauvais ton truc, on va avoir des ennuis." Après, on ne lui disait plus rien, il ne demandait plus rien, tout passait tel quel et il était content. » Pour l'écriture des réquisitoires et plaidoiries, le procureur et l'avocat ne se consultent pas avant. Deux ou trois fois, ils tenteront de collaborer, mais le résultat ne sera pas concluant : « *On a écrit à deux une plaidoirie-réquisitoire, en s'enfermant quatre jours à la campagne. Il a failli me tuer, il a failli m'occire, c'était horrible. Je suis trop autoritaire peut-être, je ne sais pas.* » Luis Rego, dans sa grande sagesse, voit la chose avec indulgence : « J'ai connu beaucoup plus difficile que Desproges… Avec lui, c'était juste le truc habituel des auteurs : toujours en train de vouloir prouver que notre idée est meilleure que celle du voisin.» Malgré tout, Rego prend quelques précautions : «Si je sentais qu'il pouvait faire un jeu de mots facile à partir d'un truc que j'avais écrit, j'évitais de lui tendre la perche, je rayais mon truc.» Sinon, globalement, tout se passe bien. Rego appelle Desproges «l'enfoiré de procureur» – le mot «enfoiré» fera un tabac plus tard – mais c'est bienveillant. D'autant plus bienveillant qu'il ajoute, l'œil amusé : «Desproges, c'était plutôt un gentil pépère avec les gens.»

Avec les gens peut-être, mais pas avec les accusés, qu'il expédie avec un entrain sadique. Rego se souvient de François Béranger, entre autres, qui, bizarrement, ne s'attendait pas à se faire maltraiter et s'est senti très mal. Que dit Desproges de Béranger, chanteur «correctement pensant» des années 70 ? Trois fois rien, avec beaucoup d'affection : «Sérieusement, François, mon petit lapin, pourquoi vous faites pas de la peinture ? Même si vous n'êtes pas plus doué pour mélanger les couleurs que pour faire bouillir les bons sentiments, au moins, la peinture, ça fait pas de bruit.» Roger Coggio, lui, en prend plein la poire, sans la moindre affection : «Roger Coggio, Mesdames et Messieurs les jurés, a un point commun avec son illustre idole Jean-Baptiste Poquelin : ils sont morts tous les deux. A cette différence près que le premier restera encore vivant dans la mémoire des hommes, grâce à son immense génie créatif, alors que l'autre ne laissera pas plus de traces dans le souvenir culturel de l'humanité que le photocopieur IBM qui lui sert de seul et unique talent pour se gaver de l'esprit du premier, comme le ridicule oiseau pique-bœuf se goinfre à l'œil sur le dos de l'énorme hippopotame. […] S'il vous plaît, Monsieur Coggio, voyez les choses en face. Vous n'existez pas.» Et comme si ce n'était pas assez : «Ras-le-bol les Coggio, ras-le-bol les Robert Hossein et autres ravaleurs besogneux du talent des autres.» Et encore un petit compliment pour la bonne bouche : «Vous êtes incontinent, vous faites Molière sous vous.» Il a dû se sentir extrêmement bien, Coggio, ce jour-là. Même le public semble souffrir – joyeusement mais tout de même. D'autant plus que, bien évidemment, Desproges ne tire pas au hasard. Ses plaidoiries les plus vaches ne sont jamais gratuites. Et ce qui passe, sous des airs de fariboles, c'est le vrai fond de sa pensée, qui, le plus souvent, rejoint la nôtre. Il dit ce qu'il pense et il pense ce qu'il dit, sinon c'est pas drôle. Et cette fois, lui qui prétend éviter de tirer sur les ambulances, il a flingué une ambulance.

Comme dans son ancienne vie de potache, Desproges se permet à peu près tout, sans que personne songe jamais à lui casser la gueule, ni même à lui apprendre la politesse. Est-il conscient de sa vacherie ? En gros, «oui mais», dit Hélène : «Il avait peur d'aller trop loin, d'arriver à blesser vraiment quelqu'un, mais il allait quand même trop loin parce que le plaisir l'emportait. Et puis il était sidéré, et pas dans le bon sens du terme, par les invités. Il se demandait jusqu'où pouvait aller leur lâcheté. Qu'on vienne se faire injurier dans une émission à la mode, ça le dépassait.»

Tous vont défiler aux *Flagrants Délires* : Daniel Cohn-Bendit (« ancien poilu des tranchées de la rue Saint-Jacques »), Georges Guétary, Gisèle Halimi, Huguette Bouchardeau (qu'il fait mine de prendre pour Arlette Laguiller), Sapho, Léon Zitrone, Jacques Seguela, Alain Gillot-Pétré, Jean d'Ormesson, Yannick Noah, Patrick Poivre d'Arvor, William Sheller, Inès de la Fressange, Jean-Marie Le Pen, etc.

Patrick Poivre d'Arvor, « un homme déchiré par les contradictions insupportables de sa personnalité de dieu vivant, moitié Chateaubriand, moitié Jean-Claude Bourret », est cuisiné le 29 octobre 1982. Il vient de publier un roman romantique baptisé *Les Enfants de l'aube*. Ce qui nous vaut une jolie tartine sur le romantisme : « Et nous sommes des milliers, nous sommes des millions d'enfants de l'aube qui souffrons, l'âme écorchée comme Lamartine, le cœur en pleurs comme Chopin et l'air con comme Gonzague. » Desproges lui-même s'avoue d'une famille romantique : « Père allait, l'écharpe au vent mauvais, frissonnant dans l'éprouvante amertume des herbes en friche de l'automne – père était romantique exhibitionniste au bord du périphérique nord… » Au passage, il s'offre une digression sur Saint-Brieuc, chef-lieu des Côtes-d'Armor : « Saint-Brieuc, terre sauvage où chante la bise et fiente la mouette, Saint-Brieuc où la Bigoudenne est de passage puisqu'elle est du Finistère et pas des Côtes-d'Armor – faut pas chercher à me baiser sur la géo –, Saint-Brieuc dont je me demande pourquoi j'en parle... Ah oui, Saint-Brieuc est le berceau du romantisme, à cinq cents bornes près... » Et puis il attaque la critique du livre. «*Les Enfants de l'aube* nous conte l'histoire d'un adolescent leucémique qui rencontre dans un hôpital à leucémiques une jeune Anglaise leucémique. Dans un style leucémique également, l'auteur nous conte la passion brûlante et désespérée de ces deux êtres fragiles et tremblants d'amour, qui vont vers leur destin la main dans la main et la zigounette dans le pilou-pilou.» Bref, ils décident plus ou moins de procréer, et, la sexualité romantique consistant à observer deux papillons, Desproges s'en donne à cœur joie dans les «observons deux papillons», «observons trois papillons», etc. Conclusion: nous avons là «203 pages de romantisme décapant pour le prix d'un kilo de débouche-évier». Sa grande carcasse pliée en deux dans le box des accusés, Poivre d'Arvor, rebaptisé tour à tour «Passe-moi le poivre d'abord», «Patrick file-moi le sel» et «Fais voir aussi la moutarde pendant que tu y es», rit beaucoup aux digressions mais semble se crisper un peu quand il s'agit du livre. Un peu, pas trop. Il se tient bien, somme toute.

Il y en a un qui se tient un peu trop bien, c'est Jean-Marie Le Pen, invité en septembre 1982, sur une idée de Villers. Rego n'est pas chaud: «Je n'aimais pas l'idée. Le Pen n'avait pas encore la cote médiatique qu'il a eue plus tard, et je trouvais que c'était un coup de pub pour lui. En tout cas, Villers en a chié. Je ne l'ai jamais vu transpirer autant.» Guy Bedos en garde une sensation mitigée: «Disons que ça m'avait interrogé. Le Pen riait, et l'homme qui rit de lui est forcément sympathique. Mais il a dû se forcer un peu à rire.» Quant à Desproges, qui a toujours dit qu'il fallait rire de tout – Francis Schull se rappelle qu'à *L'Aurore* il disait déjà qu'il fallait rire du cancer et des fours crématoires –, l'idée ne l'emballe pas non plus, comme il le rappellera à *Apostrophes* : «*J'avais eu une réaction un peu sotte, j'avais dit à Villers : "Si ce monsieur vient à l'émission, moi, je n'ai plus envie de rire." Et puis je me suis repris, j'ai réfléchi.*» Cette réflexion l'oblige à cerner les limites de sa gaieté chronique et lui arrache, entre autres, ce cri du cœur : «Peut-on rire de tout ? Oui. Peut-on rire avec tout le monde ? Non.» (Aujourd'hui, on nous sort cette maxime à tous les coins de divertissements télévisuels, mais le premier à l'avoir prononcée, avec un sourire chafouin, c'est Desproges. Merci, Le Pen.) L'émission est filmée par Claude Berri. Desproges est bon, mais le malaise reste. Parce que le rire de Le Pen n'est pas communicatif.

En revanche, il y a les accusés que l'humour n'étouffe pas. Le mime Marcel Marceau, par exemple. Lui, c'est la poésie qui l'étouffe. (Et à ce sujet, bien que ce soit hors sujet, il faut lire «Pour en finir avec les spectacles de mime», de Woody Allen[1], où le pauvre Woody, terrassé d'ennui, n'arrive pas à comprendre si le mime, censé illustrer un pique-nique, est en train de déplier une couverture

1. Woody Allen, *Opus 1 et 2*, Le Seuil, «Point-Virgule».

ou de traire une chèvre.) Extrait, donc, du réquisitoire de Desproges contre le mime Marceau : « Le hasard voulut que je tombasse sur une demi-douzaine d'individus des deux sexes qui gesticulaient désespérément en s'autobalançant des mandales dans la tronche sans dire un mot. C'était mon premier contact avec une équipe de sourds-muets. [...] Et ensuite, ce monstrueux clown au cynisme glacé, la gueule enfarinée pour pas qu'on le reconnaisse, qui les singeait sans pitié, ces pauvres sourds-muets... » Et voilà que Marceau s'indigne. *« Il a interrompu le réquisitoire pour dire que pas du tout, au contraire, il aidait les sourds-muets à se réadapter. On peut difficilement être plus bête que ça. »*

Les jours où l'invité l'inspire moins – pour cause de sympathie ou d'antipathie trop molle –, Desproges en profite pour balancer quelques vérités d'intérêt général : « Françaises, Français, réjouissons-nous, nous vivons dans un siècle qui a résolu tous les vrais problèmes humains en appelant un chat un chien. » Ou encore, une évidence plus ciblée : « Quand il a fini d'écrire des conneries dans le dictionnaire, à quoi sert un académicien français ? A rien, à rien du tout. »

J'ai eu le plaisir (relatif) d'assister à un procès en tant que témoin à décharge de Plume Latraverse, chanteur québécois réputé bon vivant sur le plan picole. La victime étant sympathique, le procès fut relativement banal, mais l'ambiance était chaude. On sentait que le public présent attendait beaucoup – sans parler de la France entière – et ça fichait la trouille. Pour être franche, au moment de descendre dans l'arène pour aller bafouiller mon impro, j'ai failli prendre l'autre porte – celle avec le panneau «sortie». Mais je me suis dit que ça n'était pas poli, j'ai pris mon courage à deux mains et je ne l'ai pas regretté, car ces messieurs avaient ceci de très professionnel qu'ils ne vous laissaient pas vous embourber. Ils aidaient, ils faisaient rebondir.

Au quotidien, la préparation des *Flagrants Délires* représente un énorme boulot et exige une organisation sévère. A Belleville, Hélène et Pierre ont chacun leur bureau. Celui de Pierre est nickel, avec tous les crayons bien parallèles aux feuilles de papier, elles-mêmes perpendiculaires aux gommes et disposées à égale distance du téléphone et du taille-crayon. Celui d'Hélène est nettement plus accidenté, ce qui le fait râler, mais il respecte : après tout, c'est son territoire. Les bureaux sont l'un à côté de l'autre mais les deux occupants communiquent par interphone. Quand Pierre appelle Hélène, elle est censée débarquer sur-le-champ – ce qu'elle ne fait pas. A propos, vous ai-je dit qu'Hélène était l'agent de Pierre ? Je ne sais plus. De même qu'elle ne sait plus quand elle est devenue agent : «C'est un peu comme une femme d'artisan. Elle s'occupe de l'intendance et des mômes, et puis un jour, entre deux couches, son mari lui demande gentiment de faire un devis, et elle devient comptable. Moi, je suis devenue agent.» Elle est aussi son premier public et ce n'est pas une sinécure : «Au moment des *Flagrants Délires*, il menait une vie frénétique. Il avait un petit magnéto sous son oreiller et il bondissait dès qu'il avait trouvé un jeu de mots. Il était debout à 5 heures et demie le matin, j'arrivais trois heures plus tard et il me faisait lire. Au premier café, je trouvais tout vachement bien, et au troisième on commençait à défricher. Le lundi matin, on avait conférence. Il me convoquait à 9 h 30, j'arrivais à 9 h 35, on s'engueulait jusqu'à 9 h 43. A 9 h 48, la conférence était terminée, mais ça le rassurait. » Et pourquoi tant de cérémonie quand il suffirait de passer le nez dans le bureau voisin ? Parce que c'est plus marrant et qu'il convient de glisser une distance dans la proximité, histoire de bien ranger sa vie et de sérier les problèmes. *« Ça me fait rire, je la convoque à 9 heures et demie, elle en a rien à foutre, alors je l'engueule si elle vient pas. Et je l'appelle par interphone. Ça a l'air dingue, mais quand on vit avec quelqu'un et qu'on travaille avec cette personne et qu'on fait l'amour avec et qu'on dîne avec et qu'on va se promener et jouer au golf avec, c'est bien de séparer les choses. Alors on a chacun notre bureau, je lui donne des rendez-vous et je lui parle pas sur le même ton que quand on va se promener...»* Non mais sans blague ! Et du côté d'Hélène : « Je ne passais jamais la porte de son bureau sans invitation parce qu'une ménagère qui entre en te demandant si tu préfères de la blanquette de veau ou des rougets, ça déconcentre. Perrine était la seule à avoir le droit de s'asseoir à côté de lui et de dessiner, à condition de ne pas moufter. »

Bref, les *Flagrants Délires*, c'est le bagne : *« Pas*

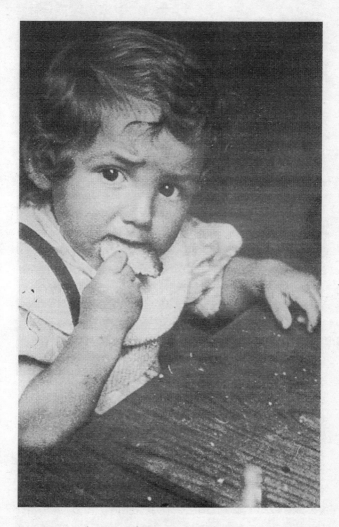

Desproges enfant, vers deux ou trois ans.
« Un archange… Maman, rappelle-toi, j'avais une tête de poire quand je suis né… »

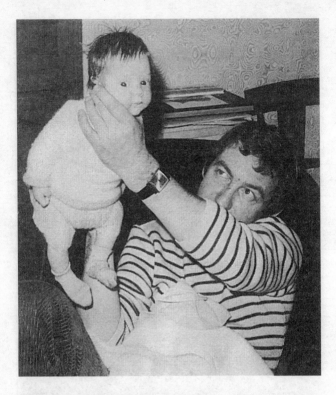

Beaucoup plus tard, bourreau d'enfants :
il étrangle Marie, avril 1975…

… il dévisse Perrine, janvier 1979.

...et il dompte Marie, Saint-Gilles, 1979.

Le Pot-au-feu Marie-Croquette : « Plongez votre petite Marie dans une cocotte pleine d'eau froide. Si elle se sauve, faites-la revenir avec des échalotes. »

Bourgueil, avril 1975. « Un de mes délassements, quand j'ai fini d'écrire, c'est d'écrire. »

Bourgueil,
1981.

Noirmoutier, 1975.

▲ Les premiers *Flagrants Délires* : Gotlib, Jean-Marie Rivière, Claude Villers, Pierre Perret, Pierre Desproges, Luis Rego, 1980.

« Service après-vente » dans une radio quelconque… ▼

Les jardins de Belleville, avril 1983.

Ibiza, 1984, avec son copain Catelin.

Une sortie de *Flags* avec Guy Bedos.

Cyclopède et Dominique Valadié en Josette d'Arc, soeur de la fameuse Jeanne qui ne danse jamais au bal : « J'peux pas, j'garde la quenouille à ma soeur. »

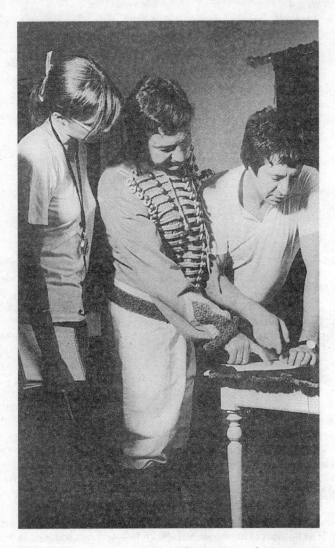

Avec Jean-Louis Fournier, sur le tournage de *Monsieur Cyclopède*.

Port de Paris, 1979. « Je fais de la planche à voile parce que c'est un bateau où on est tout seul. Pas besoin de dire bonjour. »

Avec Hélène, au cocktail de première du Grévin, 1986.
« Les cocktails me brisent… »

Sur scène, Clermont-Ferrand, 1987.
« On me dit que des Juifs se sont glissés dans la salle… »

«Mais moi, je vous préviens, croque-morts de France : mon cadavre sera piégé. Le premier qui me touche, je lui saute à la gueule.»

marrant, d'écrire chaque jour six feuillets mar-rants. » Et un énorme plaisir, aussi, partagé par Luis Rego : « La réponse du public était très forte. Pour une fois, on n'était pas en train de faire du marke-ting. Et quand on est partis en tournée, en 1983, on avait des salles de deux mille places complètes. On était portés. » Et finalement, *« je ne me suis jamais tant amusé professionnellement. Pendant l'émission, c'est le bonheur parfait »*.

Le drame de la rupture

D'une part, une sorte de désenchantement couve du côté de Desproges en ce qui concerne l'ambiance de travail : *« A Inter, quand ça marche, ça n'intéresse personne. Les* Flagrants Délires *avaient multiplié l'écoute par quatre ou cinq et on avait toujours un seul bureau pour quinze personnes. Il nous arrivait de plancher une journée, Luis Rego et moi, pour écrire une plaidoirie et un réquisitoire, et quand on arrivait, on nous disait : ce n'est pas Marchais qui vient, c'est Le Pen. On l'apprenait par ce qu'on appelle Radio-Moquette à France Inter, les gens qui travaillent dans les couloirs. Le fait que vous ayez – je vais employer un mot cochon – du talent n'inté-resse absolument pas l'administration de France Inter. »*

Mais l'étincelle, c'est, en 1983, un projet de disque « Flagrants Délires » mijoté par Radio France, com-prenant donc les interviews de Villers, les plaidoiries de Rego et les réquisitoires de Desproges. Lequel reçoit un contrat où il est spécifié qu'il est censé céder en exclusivité à Radio France « le droit de reproduire ou faire reproduire, avec ou sans adaptation, tout ou partie de ces émissions ». Quand Desproges reçoit ce contrat, le disque est déjà monté, les textes ont été choisis sans son avis, et la méthode lui déplaît. *« On ne nous consultait même pas sur le choix des textes qui auraient été utilisés sur le disque. Pis, aux termes du contrat, on aurait pu imprimer ma tête au fond d'un pot de chambre sans que j'aie mon mot à dire. »* Le 26 février, il torche une lettre à l'intention de Claude Villers et Jean Chouquet, directeur de Radio France. *« Rego a eu une réaction plus simple, plus directe et moins provocante. Au lieu d'écrire une lettre, il a tout simplement mis le contrat à la poubelle. »* Renseignements pris, Rego a complètement oublié cette histoire de contrat, mais la méthode ne l'étonne pas plus que ça : « De toute façon, France Inter, c'est n'importe quoi. » (A l'heure où il me parle, il est ravi, il vient de se faire virer comme un kleenex de l'émission *Le Fou du roi*.) Bref, la lettre de Desproges est plutôt rigolote, un chouia vitriolée, mais pas trop. Pour le plaisir, il rappelle en passant que l'émission *Le Tribunal des Flagrants Délires* est « dérivée des *Tribunaux comiques*, déjà exploités sur toutes les radios du monde à l'exception de l'URSS et de l'Allemagne nazie ». Sinon, il râle parce qu'on ne le tient jamais au courant de rien dans cette boutique, et que la plupart des informations concernant l'émission (projets de tournées, d'affiches, de spots, résultats des sondages, etc.) lui parviennent par ses camarades de cantine ou au hasard des dîners mondains. Et il n'aime décidément pas que le choix des textes ait été fait dans son dos, par un technicien. « Ayant passé l'âge des brimades censoriales et du bonnet d'âne, je supporte moins bien (que quand j'étais petit) qu'on tranche dans mes filouteries radiophoniques sans mon accord formel. » Des revendications bien légitimes en somme, au bout desquelles, « malgré le peu d'estime que France Inter affiche à l'égard de ses tâcherons », il se déclare prêt à reprendre du service le 7 mars, au cas où, désormais, le producteur de l'émission s'engagerait à l'informer des projets de « ses copains de bureau ». Il expédie la lettre et attend la suite – au pire, une bonne engueulade avec Villers, pense-t-il. Mais Villers le prend un peu plus mal que prévu, et la suite arrive sous forme de télégramme : « Votre désaccord sur vos conditions d'emploi au *Tribunal des Flagrants Délires*, confirmé par votre lettre du 26 février 83, ne permet plus la poursuite de votre collaboration. » En décrypté, il est viré, et plutôt étonné. Dans la foulée, il reçoit par la poste un bout de carton découpé au format carte postale, expédié par le « technicien » évoqué dans sa lettre. Le texte dégouline d'amour et finit en ces termes : « T'es pas grand-chose, t'aimes pas les gens ! Suicide-toi jeune, on profitera de la vie ! » La dernière phrase reprenant et adaptant un bout de réquisitoire où Desproges disait : « Suicidez-vous jeune, vous profiterez de la mort. » Bref, l'ambiance est chaude. Ou glaciaire, comme on veut.

Et puis, les journaux ayant annoncé l'éviction de Desproges, s'ensuit un échange de gracieusetés : *« Dès le premier papier paru dans la presse sur notre froid polaire, Villers a appelé lui-même les journaux en disant : "C'est pas à Desproges qu'il faut demander des détails, c'est à moi." Voilà : Villers est mon vieil amant, je lui appartiens, je n'ai pas le droit d'aller baiser ailleurs ou de raconter aux autres pourquoi je n'ai plus l'élan pour lui. »* Dans *Le Nouvel Observateur* du 11 mars, Villers parle du contrat (un contrat type, tout à fait correct, pas du tout abusif) et décrit Desproges en ces termes : « C'est, hélas, quelqu'un qui ne pense qu'au fric et qui ne parle que de ça. » C'est aussi un mégalo. La preuve : « En tournée, il lui fallait une voiture avec chauffeur. » Malheureusement, l'exemple est mal choisi. En effet, Desproges n'ayant pas son permis de conduire, il était plus raisonnable de lui allouer un chauffeur. Et Villers finit ainsi son exposé : « Quand mon équipe a appris son licenciement, nous avons sablé le champagne. »

Bref, c'est la fin. Éva Darlan reprend la robe du procureur et les *Flags* continuent sans Desproges, qui s'avoue assez tristoune : *« J'étais bien dans cette émission. Nous étions complices. Je voulais la reprendre dans de bonnes conditions. J'ai passé mon année à refuser des tas de propositions pour la continuer. Pourtant, six feuillets par jour, c'est un sacerdoce. La nuit, je dormais avec mon magnéto sous mon oreiller. Je criais des calembours au lieu de sauter ma femme. Une vie de fou pour presque rien : quand on dit aux gens des autres radios le salaire que vous donne France Inter, ils hurlent de rire. »*

Un peu plus tard, un journaliste lui faisant remarquer que sa carrière est ponctuée de brouilles retentissantes, il répond : *« Ça me fait rire quand on dit ça. Ça fait dix ans que je fais un métier public, j'ai dû rencontrer trois mille personnes, je me suis fâché avec deux ou trois. »* Et comme le journaliste insiste – il semble tout de même qu'il se fâche toujours avec les professionnels de l'humour –, il re-répond : *« Je vais vous le dire clairement si vous n'avez pas compris : je suis parfaitement odieux quand on m'emmerde. Je suis très exigeant avec moi et les gens avec qui je bosse. Je crois que je ne peux pas faire mieux que ce que je fais, et je ne veux pas qu'on marche dessus, qu'on chie dessus. C'est vrai que je ne suis pas très tolérant. »* Exigeant, perfectionniste, il l'est. Par exemple, avant d'écrire ses réquisitoires, il réclame toujours des dossiers complets sur les gens qu'il va assassiner, histoire d'étayer la chose sans trop se fourvoyer. Moyennant quoi il passe pour un emmerdeur. Tous les perfectionnistes passent pour des emmerdeurs.

Malgré tout, Hélène se rappelle une réconciliation tardive, après l'emménagement à Chatou : « Villers est venu déjeuner avec son vieux chien. Nos bergers allemands étaient jeunes et j'avais un peu peur qu'ils le bouffent. Mais ils ont fait attention, ils ont vu que c'était un brave vieux chien. A part ça, Pierre a été d'une courtoisie élémentaire avec Villers.» Du point de vue canin, c'était sympathique.

«*Un fou chiffonné d'angoisse…*»

Desproges accumulant les activités parallèles, la complexité de son planning nous oblige encore une fois à revenir en arrière : en 1981, il s'est fait un nouveau copain, Jean-Louis Fournier[1], rencontré au hasard d'un dîner. «C'était chez Serge Kaufmann, un compositeur. Je ne connaissais Pierre que de nom, et il était très discret, très timide. On a beaucoup parlé de télé et, à la fin du repas, il a dit : "Il y a quand même un truc bien à la télé, c'est l'histoire de l'oiseau qui a le vertige." C'était *Antivol*, un dessin animé que j'avais fait pour *L'Ile aux enfants*. J'avais fait aussi *La Noireaude*, l'histoire d'une vache neurasthénique qui téléphone à son vétérinaire. J'aurais fait les aventures de Tarzan, ou celles de Bernard Tapie, on ne serait pas devenus amis. Il était attiré par les faibles, le mal de vivre, les gens qui dérapent. Et pour ce qui est du mal de vivre, un oiseau qui a le vertige et une vache neurasthénique, on ne fait pas mieux… Pour la première fois de ma vie, je rencontrais quelqu'un qui ressentait les mêmes choses que

1. Réalisateur et auteur de *Grammaire française et impertinente* (Le Livre de poche), *Je vais t'apprendre la politesse, p'tit con* (Le Livre de poche) et *Il a jamais tué personne, mon papa (op. cit.)*, entre autres.

moi à propos de la bêtise, de la laideur. Et on avait la même arme : on attaquait. »

Chacun à leur manière, ils considèrent l'humour comme un exorcisme. Plus tard, Sempé ayant un jour prétendu à l'antenne que les humoristes n'étaient pas des désespérés, Desproges le contredira en ces termes : « *Mon ami Jean-Louis Fournier, ça l'amuse beaucoup de dessiner des oiseaux qui n'arrivent pas à voler, qui, sans cesse, se cassent la gueule. Or, il est père de deux enfants handicapés. S'il n'y a pas là la preuve que l'humour sert à exorciser l'angoisse, je ne sais pas où il faut la chercher ! Ce que je vous dis maintenant, je n'ai pas osé le dire à l'antenne. Jean-Louis l'a regretté.* »

Donc, réunissant leur humour de détresse et leurs atomes crochus, ils partent en week-end ensemble en Picardie, où Fournier a une maison. « Pierre était un jouisseur de la nature. Il se levait tôt, il sortait, il reniflait tout, il était heureux comme un chien qu'on a obligé à dormir à l'intérieur. » Et Fournier, qui collectionne les belles voitures – aujourd'hui encore, il a un cabriolet Traction Avant, payé mille balles à l'époque –, lui fait conduire sa Bentley. Comme nous l'avons vu, Pierre n'a pas le permis mais il sait conduire, avec toutefois une légère propension à emboutir les platanes. « *Il m'a fait conduire une Bentley, il est fou furieux. J'aurais pu le tuer et casser la voiture... Je confonds la gauche, la droite, le bas, le haut, le rouge, le vert, c'est très dangereux.* » Finalement, ça se passe plutôt bien. En gros, il tourne à droite quand la route tourne à droite. Bien sûr, vissé sur le siège du passager, Fournier veille au grain. Un jour, dans leur belle bagnole, ils doublent un vieil ouvrier triste en vélo et Fournier dit : «Ça, ça fait mal à l'ouvrier.» Ce qui donne, sur fond de rock débile et de bruits de tracteurs, une chanson et un 45 tours. *«Sur un sujet anti-ouvrier, anticommuniste, antipauvre. C'est le moment ou jamais, non ? Et ça rentre dans le cadre de ma campagne : arrêtons de taper sur les curés, changeons de main.»* Mais on ne peut pas être bon partout et le résultat, assez médiocre, ne connaît pas un succès retentissant.

Et puis ils partent en vacances à Venise. Fournier aime la peinture et essaie de partager ce plaisir avec son copain : «Il était d'une mauvaise foi totale. Il me disait : "T'es snob, Le Tintoret c'est des conneries, c'est pas mieux que Mireille Mathieu." Je le traitais de gros con inculte.»

Côté boulot, en 1981, Desproges batifole sur Radio Monte-Carlo avec Valérie Mairesse, dans une émission baptisée *Si c'est pour la culture, on a déjà donné*, où il invite quelques célébrités à participer à son feuilleton, «Le Pavillon des catarrheux». C'est là que Jacques Seguela, annoncé pour le 22 novembre, se ravise après l'enregistrement et invoque le droit de repentir, qui permet à tout auteur d'interdire une diffusion, à condition de dédommager le personnel. Ce qu'il fait, en payant les cachets des techniciens, de Desproges et de Valérie Mairesse. Puis il explique à *Libération* qu'il ne désire pas être utilisé dans une émission satirique sur le président de la République et que normalement, «un publicitaire n'a pas à entrer dans une mise en boîte de son annonceur ». En effet, Mitterrand et sa « force tranquille », c'est signé Seguela.

Tout ça pour dire que Desproges, soucieux de pousser son copain Fournier à écrire, lui commande des chroniques pour l'émission. Lesquelles chroniques donneront le premier livre de Fournier, *Le Pense-Bêtes de saint François d'Assise*. Et c'est dans la préface du *Pense-Bêtes* que Desproges écrit ce raccourci magnifique à propos de Fournier : « Un fou chiffonné d'angoisse pour qui tout allait bien jusqu'à ce jour maudit où il est né. » Raccourci qui, d'ailleurs, semble convenir également à Desproges. Fournier est d'accord à un détail près : « Je pensais qu'il était plus fou que moi et il pensait que j'étais plus fou que lui. On disait tous les deux : je connais un fou… Mais lui, il ne savait pas qu'il était fou. Il prétendait même qu'il n'était pas fou. C'est typique du fou, ça… En tout cas, il était moins déprimé que moi. Ça commençait à bien marcher pour lui, il était content, il avait l'impression de maîtriser les choses. Moi, quand je l'ai rencontré, je passais ma vie à dormir, j'étais plein de Valium, je n'osais pas sortir dans la rue. »

Malgré tout, Fournier réalise des documentaires et donne déjà des signes de loufoquerie bien maîtrisée. Entre autres dans un magazine intitulé *Pare-chocs*, où il demande aux invités d'écrire une lettre à leur voiture, qu'ils lisent devant la caméra. Donc il demande à Desproges d'écrire à sa voiture : « Chère bagnole… »

Là-dessus, Serge Moati, promu directeur des programmes de FR3, propose à Desproges une hebdomadaire en collaboration avec Jean-Michel Ribes. Desproges accepte, à condition que la réalisation soit confiée à Jean-Louis Fournier. L'émission s'appelle *Merci Bernard*, très curieusement. *« Le titre est de moi. J'ai toujours pas compris où je voulais en venir. »* Pudeur et discrétion. Il sait très bien où il veut en venir. C'est un petit signe affectueux à l'adresse de Bernard Morrot, à qui il voue une reconnaissance éternelle pour lui avoir filé la rubrique « Bref » dans *L'Aurore*. Donc *Merci Bernard* débute en février 1982, mais ça ne dure pas longtemps, car Ribes arrive à décourager Fournier : « Il n'a pas supporté le partage du pouvoir. Il m'a rendu la vie impossible, je suis parti et Pierre m'a suivi. Mais l'émission était formidable. Il y avait des sketches de Topor, entre autres. Et des trucs très drôles de Pierre. Avec Piéplu, il avait fait l'ouverture du Musée des cons. Et avec Dominique Valadié, un truc dingue sur les poulpistes. » Qui sont les poulpistes ? Des gens qui, par besoin de se distinguer dans une société robotisée, vivent avec un poulpe sur la tête. Celui de Valadié s'appelle Sultan et celui de Desproges, Salomé – ça doit être une femelle. Et que veulent les poulpistes ? Qu'on cesse de leur interdire l'accès des plages car ils veulent poulper librement. Le couple Valadié-Desproges prenant gentiment le thé avec leurs trucs à ventouses sur la tête, ça vaut son pesant d'or.

Donc, Desproges s'en va aussi, sans regrets, déçu

par Ribes : « *Il m'avait charmé. J'étais persuadé que c'était le type bourré d'idées, de drôlerie, de loufoquerie. Je me suis aperçu que non. Et puis, lorsque Moati nous a demandé de faire* Merci Bernard, *il voulait Ribes et Desproges. Mais Ribes voulait Ribes et Ribes.* »

Dieu merci, Serge Moati a du talent. Il veut Desproges. (A part ça, il trouve ses chaussures formidables et le lui dit, se rappelle Hélène : « Après, Pierre lui a envoyé des photos de ses différentes chaussures. ») Donc, Moati revient à la charge et lui demande autre chose. Si bien que la fin prématurée de *Merci Bernard* ouvre la porte à l'une des prestations les plus épanouissantes (pour lui comme pour nous) de Desproges, *La Minute nécessaire de Monsieur Cyclopède.*

« *Étonnant… non ?* »

Desproges se met au boulot et écrit une vingtaine de sketches, sous la surveillance discrète de Jean-Louis Fournier. Quand il se laisse tenter par une vulgarité (parfaitement, ça arrive), Fournier s'accroche à son ourlet et le freine sec en suggérant que « chapeau », ça serait peut-être mieux que « caleçon ». Desproges livre le résultat à Serge Moati et, pour une fois dans le monde télévisuel, la réponse est rapide et claire : oui.

La série démarre le 29 novembre 1982. Elle comprendra quatre-vingt-dix-sept épisodes. Pour les jeunes générations qui n'étaient même pas nées, en quoi consiste cette *Minute nécessaire de Monsieur Cyclopède*? D'abord, comme son nom l'indique, elle est extrêmement courte : une minute et demie, *« à peine le temps de se baisser pour lacer ses godasses »*, chaque soir entre 20 h 33 et 20 h 35. Ensuite, elle se présente comme une série de fiches pratiques développant l'art de résoudre pompeusement un problème foireux. Exemple : *Comment insonoriser une Andalouse*, sachant que l'Andalouse, traditionnellement équipée de claquettes et de castagnettes, est « un véhicule extrêmement bruyant ». Ou l'art de résoudre un problème grave en appelant un chien un chat. Exemple : la minute sans bedaine, imposée à un surchargé pondéral, est censée résoudre le problème de la faim dans le monde. Globalement, l'ambiance est iconoclaste.

Quant à Cyclopède, c'est une espèce de « je-sais-tout » endimanché (smoking et nœud pap) qui s'acharne à répondre à des questions que personne ne se pose en distribuant des conseils que personne ne lui demande – bien qu'un certain nombre d'épisodes commencent par : « De nombreux imbéciles me demandent… » Universellement compétent, il ne craint pas de s'attaquer aux sujets les plus variés, qu'il massacre avec un cynisme jovial :

Dieu et sa famille *(Rentabilisons la colère de Dieu, Voyons si la Sainte Vierge est malpolie)*.

Les mythes indéboulonnables *(Remettons le Petit Prince à sa place)*.

La généalogie *(Retrouvons le fils caché de Tintin)*.

172

La science (*Tentons en vain d'isoler le virus de la peste, Exultons dès potron-minet grâce à la science*).

Le caritatif (*Compatissons aux misères humaines à peu de frais*).

La mort (*Évitons une mort grotesque au cœur de l'automne, Sachons cacher notre joie à l'enterrement d'un être cher*).

La culture (*Sachons reconnaître la Joconde du Jocond, Esbaudissons-nous de la précocité de Mozart*).

Les mondanités (*Inaugurons avec faste un bocal à poissons rouges*).

La charité chrétienne (*Euthanasions un kamikaze* – ça lui rend bien service, car, en temps de paix, le kamikaze s'étiole).

La libido (*Livrons-nous à la débauche en pleine rue Jean-Jaurès, Faisons succomber une bougresse à l'impétuosité pétaradante de notre fringant amour*).

Les petits problèmes domestiques (*Sachons faire ronronner une secrétaire trilingue, Chassons nos comédons avec tact, Sachons reconnaître une gardienne d'immeuble d'un oléoduc*).

Les vrais challenges (*Démoralisons une majorette* – pour ce faire, il lui flingue son bâton en plein vol ; la majorette est déconfite, c'est très cruel).

Le joli folklore de nos régions (*Rentabilisons une Paimpolaise, Petitpatapons*).

La sagesse de nos dictons populaires – selon lui, après immersion d'un chihuahua dans l'eau bouillante : «Chihuahua bouillu, chihuahua foutu»…

Et chaque fois, sidéré par l'absurdité du résultat obtenu, il clôt sa démonstration par le fameux «Étonnant, non?».

La variété des domaines abordés permet à Desproges de déborder du rôle de Cyclopède pour incarner toutes sortes de personnages mondialement réputés, parmi lesquels Beethoven, Napoléon, Louis XIV, le fils caché de Tintin, Saint-Exupéry, Hitler et Louis Pasteur, génial inventeur de la rage. Face à lui, Dominique Valadié, comédienne hypersensible qui «maîtrise tous les emplois», comme on dit sur la Croisette, joue quarante-six rôles féminins, parmi lesquels celui de l'Andalouse, de la secrétaire trilingue, de la Paimpolaise et d'une inénarrable Jeanne d'Arc dont la virginité coriace s'explique par le fait qu'elle ne peut jamais danser au bal du samedi soir: «J'peux pas, j'garde la quenouille à ma sœur», dit-elle d'un air revêche, enfoncée jusqu'aux yeux dans son armure…

Pour la figuration, Desproges et Fournier embauchent des petits vieux de l'hospice, qui sont ravis d'être là et se montrent remarquables dans leur non-manière de non-jouer un non-rôle. On retrouve Catelin dans le rôle du toubib chargé d'évaluer le QI de Beethoven – il en ressort affligé car, contrairement à ce qu'on croit, Beethoven n'était pas sourd, il était con. Et Perrine apparaît dans *Évitons de sombrer dans l'antinazisme primaire*. Desproges, vêtu en Français moyen (béret), proclame: «Je ne donnerais pas ma fille à un militant du parti national-socialiste», et la petite Perrine, assise sur

ses genoux, hilare, répond : « T'as raison, papa.»
Et dans le rôle de la reine Victoria, on découvre
Paulette, la concierge de Fournier : «Pierre était adorable avec Paulette. Quand il venait chez moi, il lui
apportait des fleurs en douce. Après, elle me disait :
"Monsieur Desproges m'a embrassée !" Plus tard,
j'ai filmé les spectacles de Pierre, et également des
gens en train de regarder le spectacle, dont Paulette.
Chaque fois qu'il lâchait un gros mot, elle faisait
"oooooh…".»

Fournier se charge de trouver les musiques d'in-
tro, qui apportent toujours une note désopilante, et
tourne deux ou trois épisodes par jour – c'était une
époque faste, aujourd'hui il en tourne plutôt onze.
Et comment se passent les tournages ? «Pierre était
très marrant et casse-pieds à la fois. Il faisait des
transferts d'angoisse. Comme il avait peur de ne pas
être bon, il faisait diversion en se fixant sur un accessoire. Si je lui posais une orangeade sur une table de
bistrot, ça n'allait pas, il voulait un truc bleu, ou vert.
Il avait un caractère de cochon, mais c'est la rançon
à payer. Ces gens-là ne sont pas comme les autres,
c'est pour ça qu'on les aime. Le talent, c'est la partie
positive du déséquilibre. Et puis il y a le reste…
Mais je l'admirais tellement que je faisais tout pour
qu'il soit encore meilleur. Je voulais qu'on dise :
Desproges est vraiment fort.»

Pour la même raison – l'angoisse –, Desproges a
tendance à faire de la surenchère, à vouloir s'affu-
bler d'un nez rouge pour meubler. Fournier le pousse
vers la sobriété : «Le poisson pas frais, on le

camoufle avec une sauce au poivre. Le poisson frais, on le grille et c'est bon. Pierre, c'était un poisson frais. Il n'avait pas besoin de sauce.» Il lui rend également service en freinant l'enthousiasme des foules pendant le tournage : «Il n'était pas toujours bon, mais dès qu'il disait "merde", toute l'équipe s'esclaffait. Alors je demandais aux gens de ne pas rire systématiquement à la moindre connerie.»

Pour le tournage d'*Étudions le cochon narquois*, Desproges doit tenir un petit cochon entre ses genoux et il commence à râler dès le réglage des lumières. Pour *Dissolvons la monarchie absolue dans l'acide sulfurique*, vêtu en Louis XIV et planqué dans un tonneau, il rouspète parce qu'il étouffe. Fournier le trouve un peu douillet. Desproges proteste. Douillet ? *«Ça, c'est bien un réalisateur ! Les mecs, ils règlent leurs lumières, ils règlent le son, ils te tournent autour... Pendant ce temps, tu es dans un tonneau avec une perruque de Louis XIV par 40°, ou tu as un goret qui te râpe les couilles entre les jambes. C'est épouvantable. Je ne suis pas douillet, je suis un être sensible.»*

Mais dans l'ensemble la collaboration se passe bien et, en dehors de deux ou trois accrochages – « Tu m'emmerdes avec tes états d'âme », dit Fournier –, personne ne se fâche. Sauf une certaine catégorie de public, qui prend la chose de travers et inonde la direction de FR3 de lettres courroucées : «Monsieur, cette minute est INSUPPORTABLE. Comment pouvez-vous nous OBLIGER à supporter ça ?» Voilà des citoyens qui ont mal dressé leur télé.

La mienne s'éteint au quart de tour dès que j'appuie sur le bouton. Entre parenthèses, cette manie qu'ont les gens vertueux de s'exciter en vain, Desproges l'avait déjà soulignée dans «Bref» à la rubrique «Cochon»: «Au lieu de couper le courant, ou de fermer les yeux, ou de changer de chaîne, ou de tourner le dos, ou de changer de pièce, ou de prier le Seigneur, ou de piquer une colère, six cents pèlerins de Battle Creek, au Michigan, ont solennellement brûlé leurs six cents récepteurs de télévision après avoir vu, de bout en bout, un film cochon[1].»

Avec Cyclopède, Desproges voulait diviser la France en deux – les imbéciles qui aimeraient et les imbéciles qui n'aimeraient pas. Il a gagné. «*Les réactions sont les mêmes que pour les Shadocks: exacerbées. Dès qu'on touche à la religion, c'est violent. Un autre truc qui marche bien, c'est l'esprit de clocher. Quand je propose une minute sans bedaine pour les enfants du tiers monde, personne ne bronche. Mais pour* Rentabilisons une Paimpolaise, *j'ai eu des réactions horrifiées du style "Ô combien de marins, combien de capitaines... monsieur, je ne vous souhaite pas d'avoir un marin mort en mer". C'était pourtant anodin. Je prenais la Paimpolaise chère à Botrel, la main en visière sous la coiffe, vissée sur sa jetée à guetter le retour du marin qui gît par 3 000 de fond avec un harpon dans l'œil. Je mettais une ampoule dans la coiffe et ça faisait un réverbère.*»

1. *Le Petit Reporter.*

En dehors des imbéciles indignés, il y a les imbéciles qui, tout simplement, ne rient pas. L'émission n'ayant d'autre but que de faire rire, les voilà déconcertés. *« Il y a des gens qui me demandent : "Cyclopède, c'est pour quoi faire ?" Ils ne savent pas si ça parle de météo ou de pêche à la ligne. »* Un jour, dans la rue, un excité le prend au collet, le secoue et hurle : « Mais enfin, qu'est-ce que ça veut dire ? Ça sert à quoi ? » Et le voilà contraint d'expliquer que ça ne sert à rien, que c'est pour de rire. Et puis il y a les imbéciles qui aiment. *« Les réactions amicales sont exagérées aussi : on m'arrête dans la rue pour me filer une grande claque sur le ventre en m'appelant Pierrot. »* Ça tombe bien, il adore les familiarités. Quoi qu'il en soit, tout le monde s'autorise à l'alpaguer pour lui demander des comptes. *« Ça, c'est le phénomène télé : on est chez les gens, sous leur géranium, et dès qu'on leur change une émission, c'est comme si on leur changeait le papier peint sans leur dire. »*

Dans les journaux, le courrier des lecteurs condense les réactions furibardes. Dans celui de *Bonne Soirée*, une dame proclame : « J'évite COMME LA PESTE *La Minute de Monsieur Cyclopède* à la télé. » Dans *Télé Poche*, une autre dame s'offusque : elle comprend très bien que Gainsbourg, de passage à l'émission *7/7*, ait brûlé en direct un billet de cinq cents francs – c'est le sujet qui agite les consciences à l'époque – parce que « ça fait partie des libertés que peut s'offrir Monsieur Gainsbourg », et après tout, c'est son argent. Mais qu'on gaspille de l'argent pour

La Minute de Monsieur Cyclopède, ça la révolte parce que c'est l'argent du contribuable, pas celui de Monsieur Gainsbourg. (Certes.)

Et puis il y a les fans, chez qui on observe un véritable phénomène d'addiction. Je me rappelle m'être infligé quotidiennement la fin des *Jeux de 20 heures* et les aventures des couches Pampers pour être sûre de ne pas la rater, la Minute. On n'a rien sans rien. Quant à Desproges, il en tire les leçons : « *Ça a beaucoup plu à une certaine catégorie du personnel, mais je crois, sans me prendre la tête entre les mains, que ça a été incompris. Il y avait un vertige, ce goût du bide qui m'est cher.* » Il en tire aussi les avantages : « *Pendant la diffusion de* Cyclopède, *je descendais les Champs-Élysées, on me claque la main aux fesses. Je me retourne et je vois une fille superbe qui me dit : "Étonnant, non ?"* » Stupéfiant.

Mais les meilleures choses doivent avoir une fin. Et après le tournage de la troisième série, Desproges décide d'arrêter Cyclopède : « *Je n'ai pas du tout envie d'être catalogué à vie comme Monsieur Cyclopède. Souvenez-vous de Jean-Claude Drouot, quoi qu'il fasse aujourd'hui, il sera toujours Thierry la Fronde.* » Donc, exit Cyclopède.

Comment nourrir sa famille en s'amusant

« *Un reste de pudeur m'interdit de faire état des maintes activités paramédiatiques auxquelles je me plie à contrecœur dans le seul but de pouvoir*

m'acheter ici ou là quelque immense bateau à voile
ou quelque villa balnéaire dont la possession, au
dire de mon homéopathe, est nécessaire à mon équi-
libre nerveux. »

LA PUB

Il y a les fausses pubs et les vraies. Quand Desproges tourne ses fausses pubs, c'est pour la promotion de son spectacle du Grévin. Par exemple, la
parodie des piles je-ne-sais-plus-quoi, avec les trois
lapins en peluche qui jouent du tambour – le lapin du
milieu (lui) gardant toute sa vigueur pendant que les
deux autres ramollis s'éteignent. Conclusion : « Les
tests l'ont prouvé : dans une soirée mondaine tradi-
tionnelle, les rigolos ordinaires s'essoufflent et ces-
sent d'être rigolos au bout de quelques minutes.
Alors que Pierre Desproges continue d'être rigolo
pendant des heures et des heures. Pierre Desproges,
le rigolo qui dure vraiment plus longtemps. » Ça,
c'est bien vrai.

Ou encore, la pub pour la lessive. (Pas la lessive
Schpounz ou Smurf. La lessive tout court.) Résumé
de l'action : Marguerite-Sophie, en tenue de tennis,
est dans sa cuisine en train de frotter du linge sur son
évier, quand arrive Amandine-Josette, en tenue de
tennis, qui lui demande ce qu'elle fait là.

M.-S. : Amandine-Josette ma chérie, je lave le
costume de Pierre.
A.-J. (observant la chose) : Oooh ! Mais il salit
beaucoup !

M.-S. (d'une traite) : Je pense bien, Amandine-Josette-ma- chérie, il se roule par terre tous les soirs à 20 h 30 au Théâtre Grévin, 10 boulevard Montmartre, métro Montmartre ou Richelieu-Drouot, relâche dimanche et lundi. (Elle fond en larmes.) Amandine-Josette ma chérie, je n'arriverai jamais au bout de cette tâche.

A.-J. : Ne pleure pas, Marguerite-Sophie-ma-chérie, pour ton linge, fais comme moi, j'ai un truc super. J'utilise de la lessive.

Stupéfaction de Marguerite-Sophie. Quelques jours plus tard, les deux filles et Desproges au milieu, en tenue de tennis :

M.-S. : Amandine-Josette avait raison. Depuis que j'ajoute de la lessive à mon eau, mon linge est moins sale après le lavage qu'avant.

Desproges (sourire indulgent) : Elles sont vraiment très très connes.

Mais le monde de la vraie publicité lui fait parfois des propositions auxquelles il résiste farouchement en demandant des sommes astronomiques qu'il espère dissuasives – et qui ne dissuadent pas toujours. Ou alors, on fait appel à lui pour un dépannage urgent, comme ce soir d'après spectacle où Seguela vient le voir dans sa loge du Théâtre Grévin : il a un problème. Notons en passant que Seguela n'est pas rancunier. Comme tant d'autres, il s'était fait allumer aux *Flagrants Délires* : « Jacques Seguela est-il un con ? De deux choses l'une : ou bien Jacques Seguela est un con et ça m'étonnerait tout de même un peu, ou bien Jacques Seguela n'est pas un con et ça m'étonnerait quand même beaucoup. » Bref, revenons au problème qui agite Seguela ce soir-là dans la loge du Grévin. Rappelez-vous la pub Citroën avec la Muraille de Chine, le vieux paysan chinois, l'index et le majeur levés en V et le slogan « Révolutionnaire ! ». Maintenant, concentrez-vous, car l'affaire est emberlificotée : un second spot a été tourné, simultanément, par Andrěi Konchalovski. Cette fois, dans un décor grandiose emprunté à la Californie (paraît-il, bien que ça ressemble au Canada avec une sorte de Fuji-Yama planté au milieu), on voit l'AX foncer sur le toit d'un train et rebondir joyeusement de wagon en wagon jusqu'au toit du wagon-restaurant, où elle se gare sagement – trois semaines de préparation et quatre jours de tournage pour les cascades. Puis on retrouve la conductrice, une jeune Chinoise, dans le wagon-restaurant, où un serveur chinois lui file un plateau avec une théière. Ils disent tous les deux quelque chose – mais quoi ? Voilà le problème qui amène Seguela : après tout ce fric dépensé pour le tournage, ils sont dans l'embarras, ils n'ont pas la chute… Ils ne savent pas ce que disent les protagonistes. Une fois finies les mondanités d'après-spectacle, Pierre et Hélène prennent leur voiture pour rentrer à Chatou, où ils gîtent alors. Ils devisent gaiement au sujet de la chute, et, au bout de sept minutes et demie, Pierre dit : « J'ai trouvé. » Après, il fait mariner ses employeurs trois jours et demande 50 000 balles qui lui sont accordés sans tergiverser.

Donc, la chute, gribouillée à la main par Desproges

sur un bout de papier dûment classé dans une chemise bien propre : « Le dernier wagon avant le wagon-restaurant doit être une simple plate-forme. L'AX s'y pose en douceur et défonce la porte du wagon-restaurant. Le serveur chinois la voit et, de saisissement, lâche un plateau. La fille, sans sortir de la voiture, ouvre la vitre, passe la tête et le bras gauche hors de la portière, fait un signe de la main (index et majeur levés) et ouvre la bouche pour parler. Le serveur chinois, lui coupant la parole et faisant le même geste, dit : "Oui ! Révolutionnaire !" (en chinois sous-titré français). Et elle, riant aux éclats : "Non ! Deux jambon-beurre !" »

Outre que ça fait cher le jambon-beurre, cette chute a vraisemblablement obligé nos héros à retourner la dernière séquence, puisque, dans le spot d'origine, l'AX ne défonçait pas la porte du wagon-restaurant, et le serveur tendait bêtement une théière…

CHOSES ET AUTRES

Évidemment, la manne céleste est d'humeur variable. *« Cette semaine, ça va. Je peux envoyer chier tous ceux qui viennent me faire des propositions dégradantes. La semaine prochaine, on verra… »* La semaine où il fait *Sacha Distel à Monte-Carlo* sur Antenne 2, par exemple, ça doit aller nettement moins bien, et il avoue y être allé « le chèque en travers des yeux ». Ça se voit. Le ciel est bleu, la mer aussi et Desproges est tout bronzé, mais il a l'air plutôt piteux et ses gags volent à peine plus haut qu'un prime-time du samedi soir. (Pour ceux qui n'ont pas la télé, le prime-time du samedi soir est traditionnellement navrant.)

Mais, dans l'ensemble, il essaie de ne pas trop se compromettre – sachant que, dans ce domaine, son seuil de tolérance est très frileux, puisque déjeuner avec quelqu'un qui ne lui plaît pas est déjà une compromission. Par exemple, on lui propose régulièrement d'être présentateur télé mais il refuse. *« C'est impossible : je suis incapable d'être méchant avec tout le monde et encore plus d'être gentil avec tout le monde. C'est une anomalie qui relève de la chirurgie trépanatoire que d'être aimable tout le temps. »*

En revanche, s'il peut exprimer sa loufoquerie comme bon lui semble, il y va. Petite parenthèse : il arrive qu'on l'empêche d'exprimer sa loufoquerie, comme en témoigne cette anecdote insignifiante. En mai 1983, il est invité par Antenne 2 à disserter sur le thème «Peut-on rire de tout ?», dans l'émission *Aujourd'hui la vie*, en compagnie de Jacques Martin et Louis Leprince-Ringuet. Mais ce dernier, sans doute agacé par les différentes vannes que Desproges lui a expédiées de-ci de-là, refuse de venir si Desproges est présent. Courageusement, la chaîne évince donc Desproges, ce qui permettra à Leprince-Ringuet de clamer à l'émission : «Je suis allergique à ce gars-là» – dans le plus grand confort, puisque «ce gars-là» n'est pas en mesure de lui retourner une vanne de plus.

Donc, quand il peut exprimer sa loufoquerie dans un cadre alimentaire, il y va. En décembre 1982, il anime les Minerves au Théâtre Marigny. Comme chacun l'ignore peut-être, les Minerves sont les Oscars de la publicité, et il est chargé de prononcer un petit discours élogieux sur les spots primés.

Par exemple, pour la pile Wonder, Minerve du montage :

> Je vous soumets l'excellente critique qu'a faite de ce film *Télé 7 jours* :
> Le sujet : un chat court après une souris.
> Cote *Télé 7 jours* : pour tous.
> Cote de l'office catholique : pour adultes et adolescents.
> Si vous avez manqué le début : Un chat court après une souris. Roger Hanin est éclatant de naturel.

On le voit également à l'entrée des studios de l'émission *Champs-Élysées*, réceptionnant les invités à la place de Michel Drucker. Les invités débarquent en limousine et, avant de leur lécher les bottes comme on fait dans ce cas-là, il glisse quelques commentaires. « Ah ! Bernard Giraudeau… je me marre… c'est le mec qui a refusé le rôle de *Trois Hommes et un couffin*… Bonjour, Bernard… […] Après, y a Gainsbourg qui devrait arriver… Dans quel état ?… C'est lui… le pauvre homme… c'est le seul génie qui ressemble à une poubelle… et il est content… »

LE DESPROGES-MELBA

En 1984-1985, gastronome averti et amateur de bons vins, il collabore à la revue *Cuisine et Vins de*

France, où il tient une rubrique intitulée «Encore des nouilles!...». (Clin d'œil à ses filles qui, invitées à dîner dans un excellent restaurant, avaient demandé bien poliment au serveur s'il était possible d'avoir un jambon-nouilles.) Pour la petite histoire, il est payé en «liquide» – en l'occurrence, en château-lascombe. En mai, mois de Marie et des asperges, il salue l'asperge : «On n'a pas assez chanté l'asperge.» En septembre, mois de rien du tout, il nous livre (enfin) la recette de la cigale-melba. (Vous prenez des cigales de La Havane, les meilleures – si vous aimez les jeux de mots –, vous les enfoncez vivantes dans un teckel, etc.) Il nous raconte l'histoire de la femme dont il est littéralement fou, qu'il invite à dîner dans une petite gargote raffinée où il commande un figeac 71, vin sublime à la gloire duquel il nous écrit une tartine de pur lyrisme, jusqu'à l'atterrissage, brutal : «Cette conne a mis de l'eau dedans.» Il nous décrit le douloureux problème des chapeaux de Balenciaga qui ne tiennent plus dans nos mini-bagnoles, et des plats à paella qui ne tiennent plus sur nos mini-fourneaux. Il défend l'idée que l'eau ne vaut rien à l'honnête homme. Premièrement, elle contient un composant toxique «dont les effets extrêmement nocifs sur le comportement psycho-social de l'homme en général, et de la tamponneuse des fiches d'état civil de Vierzon en particulier, restent fort alarmants». Deuxièmement, elle entraîne une dépendance irréversible. «Certes, l'eau est plus digeste que l'amanite phalloïde et plus diurétique que la purée de marrons. Mais ce sont là futiles excuses de drogués. D'autres vous diront que la cocaïne est moins cancérigène que l'huile de vidange… » Un autre jour, il râle contre *Le Corbeau et le Renard*, « œuvrette animalière » qui a le mauvais goût d'associer nos délicieux fromages « à l'imagerie dégradante des deux bestiaux les plus nuisibles de nos clairières ». S'ensuit un portrait des intéressés d'où il ressort que le premier, « charognard, baffreur et plumivore », n'est pas en état d'apprécier un camembert moelleux, tandis que le second « pousse le cynisme jusqu'à s'avérer immangeable après trois heures de courtbouillon ». Tout ça pour dire quoi ? Que, depuis son huitième anniversaire, La Fontaine le gonfle.

MYCOSES

Plus inattendu : en 1986, parcourant l'agenda de Desproges pour son émission justement intitulée *L'Agenda de Pierre Desproges*, Nicolas Hulot lit, le 17 juin à 18 heures : « gynéco ». Ce qui l'étonne un peu. Desproges explique : *« J'ai fait une conférence d'une demi-heure, devant mille cinq cents gynécologues, sur la femme et les mycoses vaginales. Ça a été un grand moment pour la culture* in vitro.* »* En effet, dans le rôle d'un distingué professeur invité par les laboratoires Pfizer, « dont on peut dire que, si on enlevait le F, ça serait quand même moins chiant à prononcer », Desproges disserte gravement sur les différents modèles de mycoses : les superficielles, qui ne sont jamais mortelles – « on leur préférera la mort aux rats ou le coup de pelle à charbon sur la gueule » –, et la tropicale – « elle frappe surtout les nègres, et donc, je pense qu'il est plus honnête de dire qu'on s'en fout ». Il nous délivre quelques enseignements sur les maladies spécifiquement féminines, comme l'éjaculation précoce de l'homme, et l'accouchement : « Depuis que la Vierge Marie a mis bas sous césarienne pour ne pas se déflorer à rebours, on n'a guère progressé dans la guérison de ce fléau qu'est l'accouchement. » Au passage, dans le genre digression vicelarde amenant, de très loin, un jeu de mots calamiteux, il nous apprend à distinguer le chat grec (en provenance de Mycos et porteur de mycoses) du chat breton (correct). Il suffit de gaver le chat d'essence et de frotter une allumette. Si le chat n'explose pas, c'est qu'il n'est pas poreux – donc il est grec et immédiatement recyclé en terrine de canard par Ker Olida. Si le chat explose, c'est qu'il est poreux, donc breton. Car : *« Ils ont des chats poreux, vive la Bretagne, ils ont des chats poreux, vive les Bretons. »*

Pour faire sérieux, le professeur est équipé d'une planche médicale représentant l'appareil reproducteur féminin avec les ovaires et les trompes, et d'une infirmière en mini-blouse – un fantasme ambulant prénommé Clitoria, qui n'est autre que la Marguerite-Sophie de la pub pour la lessive. Le regard vissé sur l'horizon polaire, la pauvre enfant affiche la trombine désespérée d'une héroïne de Bergman douloureusement interpellée par l'exubérance de sa note de gaz. En bref, elle est lugubre, sauf quand elle chope un fou rire irrépressible, apparemment non prévu au programme. Là, un coin de sa lèvre se soulève, on sent qu'elle résiste, puis le deuxième coin se soulève aussi et elle explose. « Cessez de pouffer, Clitoria », balance Desproges, imperturbable. Jean-Louis Fournier a collé sur cette chose une affriolante chanson d'avant-guerre intitulée *Froufrou* – « Froufrou, froufrou, par son jupon la fâââme... » – et l'a filmée, malheureusement après coup, en studio, sans les rires des mille cinq cents gynécologues. Disons mille deux cent quarante – après tout, il est bien possible que deux cent soixante gynécologues n'aient pas ri.

« EN L'ABSENCE DE COLUCHE,
QUI A ÉTÉ RETENU PAR UN CERCUEIL... »

Mais la perle du genre, c'est, en avril 1987, la conférence de presse du Printemps de Bourges (festival de chanson, spectacle vivant et musique du monde, pour ceux qui l'ignoreraient encore). Jean-Pierre Moreau est alors directeur de la communication dudit Printemps : « Je ne sais plus qui a eu l'idée, Daniel Colling[1] ou moi, peu importe. En tout cas, on avait le sentiment que la conférence de presse virait au pensum, on ne savait plus quoi faire pour distraire les journalistes et on a eu envie de casser le truc. Avec Desproges, on savait ce qu'on risquait, mais le Printemps pouvait se permettre l'autodérision, contrairement au Festival d'Avignon, par exemple. Au résultat, je ne sais pas si tout le monde l'a bien

1. Directeur du Printemps de Bourges et producteur des spectacles de Desproges.

vécu, mais nous, on s'est bien marrés.» L'événement se passe au Balajo, guinguette de la rue de Lappe anciennement populaire, recyclée branchée. Perché en chaire tel Bossuet, Desproges officie du haut d'un balcon, surplombant les pauvres nases entassés en bas comme des harengs. «En l'absence de Coluche, qui a été retenu par un cercueil», il nous exécute le discours d'ouverture. Bien sûr – il semble que ce soit sa vocation sur cette terre –, il ne sait pas trop ce qu'il fabrique ici : «Je vous le dis comme je le pense : personne n'était moins désigné que moi pour prendre la parole ce soir. En effet, Mesdames et Messieurs, le Printemps de Bourges, j'en ai rien à secouer : je hais le rock, je conchie la musique classique, le jazz m'éreinte, et Jane Birkin commence à nous les gonfler avec ses regard désolés de mérou au bord des larmes.» Le reste est à l'avenant. Avec le même entrain désinvolte qu'il mettait à flinguer les accusés des *Flagrants Délires*, il pulvérise ce qu'il est censé promouvoir : les «camarades artistes, vedettes ou ringards» ; le buffet, qui n'est même pas de Le Nôtre ; les journalistes présents, «vendus ou à vendre» ; les «bouseux berrichons», le programme des réjouissances, qu'il a tout de même consulté histoire de meubler, et dans lequel, en dehors de Pierre Desproges («qui se donnera en spectacle le samedi 25 à 17 heures au Palais des Congrès, places 100 francs et 75 francs»), il n'aperçoit rien d'intéressant. Sauf peut-être «les noms de vieilles célébrités du flonflon pré-pompidolien comme Charles Trenet, le Fanon chantant»…

Jean-Pierre Moreau regrette de n'avoir pas pensé à convoquer une caméra de FR3 (ou autre) pour immortaliser l'instant. En effet, quand on relit le texte[1], on le trouve amusant mais presque anodin. Il manque l'essentiel : le parterre de journalistes, artistes, sponsors et autres partenaires du Festival, le nez en l'air, en train d'en prendre plein la tronche chacun à son tour. Surtout si l'on songe qu'habituellement ce genre de rituel se présente comme un cocktail d'autocélébration et de brosse à reluire. Dieu merci, il fait court : « Je serai bref, rassurez-vous, comme je sais l'être chaque fois que je m'estime sous-payé par rapport à l'ampleur de la tâche qui m'incombe. » Commentaire laconique de Jean-Pierre Moreau : « En fait, il a été payé assez cher, si mes souvenirs sont bons. »

« T'es sûr que t'as besoin d'une guillotine ? »

Retrouvons Desproges où nous l'avions laissé, chronologiquement parlant. Il a rompu avec les *Flagrants Délires*, continue de diviser la France en deux avec son Cyclopède, et, en juin 1983, il attaque l'écriture de son premier spectacle.

Là, je dois faire encore un zigzag. Je ne sais pas où cet homme trouve l'énergie de faire tout ce qu'il fait, mais il part dans tous les sens, et restituer l'ensemble de manière cohérente est un cauchemar. En

1. *Fonds de tiroir.*

effet, pendant l'été 1983, il arrive à caser le tournage d'un téléfilm, en tant qu'acteur : *L'Œil du mort*, réalisation de Fabrice Cazeneuve, scénario et dialogues de René Belletto d'après une nouvelle de William Irish, musique de Michel Portal. Rien que du beau monde, pour une histoire de gosse plutôt bien ficelée. Résumé de l'action : des gamins font du troc dans une cour de récré. Ils s'échangent un harmonica cabossé contre un couteau à six lames, un vieux ballon de foot contre un œil de verre. Et le petit héros, fils de flic, récupère l'œil de verre. Le flic, c'est Desproges. Un flic pas très battant, qui vient de voir sombrer ses espoirs de passer inspecteur chef, au grand désespoir de son épouse dépressive, qui rêvait d'emménager dans un pavillon grâce au salaire d'inspecteur chef. En effet, on lui a balancé un nouveau supérieur qui veut le voir « faire ses preuves ». Et pour faire ses preuves, il faudrait qu'il arrête un assassin. Et pour ça, il faudrait déjà qu'il y ait un cadavre et des indices, explique-t-il à son gamin. « Un indice, c'est quelque chose qui indique quelque chose. Par exemple, quand les fleurs s'ouvrent, c'est un indice de printemps. » Là-dessus, voulant aider son papa à faire ses preuves pour que sa maman déménage dans le chouette pavillon avant de craquer, le gamin décide que l'œil de verre est un indice et se met à chercher le cadavre et l'assassin qui vont avec : « Avec un indice pareil, il va être au moins commissaire. » Desproges n'étant que le père dans une histoire de gosse, on le voit assez peu mais il est « éclatant de naturel », comme on dit. Touchant, sympa et complice avec le gosse, comme il l'est dans la vie. Ce qui ne nous éclaire pas du tout sur son éventuel talent dans un rôle de composition – gladiateur de péplum, par exemple. Toujours légèrement rabat-joie, il dira plus tard : *« J'ai gardé le clap… En fait, je l'ai gardé parce qu'il y a le mot "mort". J'aime bien tout ce qui rappelle la mort. »* Mais en réalité, ce qu'il a surtout gardé, c'est le souvenir de la rencontre avec le gamin, Hito Jaulmes, qu'il a trouvé formidable et qu'il a embauché pour Cyclopède.

Donc, en juin 1983, il attaque l'écriture de son premier spectacle. Pourtant, il ne voulait pas monter sur scène, il renâclait. Et s'il y va enfin, c'est encore une fois poussé au cul par quelques congénères plus motivés que lui. Entre autres, Jean-Pierre Moreau et Guy Bedos.

C'est dans les couloirs de France Inter que Jean-Pierre Moreau rencontre Desproges : « A l'époque, Colling gérait le théâtre de la Gaîté Montparnasse, et j'étais responsable de la programmation et du service de presse. Desproges faisait les *Flagrants Délires*, et comme tous les gens de goût, j'allumais la radio vers midi moins cinq, pour son réquisitoire, et je l'éteignais juste après. En tant qu'attaché de presse, je fréquentais beaucoup France Inter, et un jour, je l'ai croisé dans un couloir. Je ne le connaissais pas et je suis plutôt timide, mais comme tous les timides, j'ai des audaces. Je lui ai demandé bravement quand il allait se décider à faire de la scène et il m'a répondu : "Oh la la, jamais !" Bon d'accord. Je lui ai précisé que justement, Colling et moi, on s'occupait d'un théâtre, et que ça tombait sacrément bien, mais il ne voulait rien savoir. Il s'était ramassé au café-théâtre avec Évelyne Grandjean et il n'avait aucune envie de renouveler l'expérience. D'un autre côté, Hélène m'a dit de m'acharner, qu'il finirait par craquer. C'est devenu un gag. Chaque fois que je tombais sur lui, je disais : "Alors ?" et il répondait : "Oh la la !" Et puis on a quitté la Gaîté Montparnasse et la vie a continué. Bien plus tard, un matin à l'aube, le téléphone m'a réveillé. C'était lui : "Il y a un an, vous m'avez fait une proposition… Je l'accepte." J'ai transmis la nouvelle à Colling, qui hésitait. Il avait un peu la trouille. Moi, je le poussais. Forcément, il mettait du blé dans l'histoire, pas moi… »

En dehors des « Alors ? – Oh la la » échangés avec Moreau, qu'est-ce qui décide Desproges à franchir l'obstacle après un an de réflexion ? Entre-temps, il a rencontré Guy Bedos aux *Flagrants Délires*. « *Bedos est venu deux fois à l'émission. La deuxième fois, c'était à Grenoble, on était en tournée. Il est rentré à Paris et il m'a appelé à Grenoble pour me dire qu'il avait été ému par certaines choses, qu'il avait ri à certaines autres. Alors je me suis dit : voilà un garçon très occupé qui s'intéresse à mon cas et qui m'a écouté. Ça m'a touché.* » En effet, Bedos s'intéresse à son cas : « Contrairement à ce qui se dit parfois, je suis bon camarade, j'aime le talent des autres. Et si j'aime, je le dis. C'est simple. Ou plutôt, c'est compliqué parce que certains se sentent insultés dans leur hypocrisie. Bref, j'avais pour Pierre une grande admiration et toutes ces choses qui donnent envie d'approcher quelqu'un. Je l'ai rencontré aux *Flagrants Délires*, où j'étais régulièrement convoqué comme témoin et comme accusé. J'ai beaucoup fréquenté cette bande à la fin de l'occupation giscardienne, c'était un espace de liberté assez joyeux. Et puis, avec Pierre, on s'est retrouvés à faire des heures sup, à se voir en dehors, à rire et médire gaiement. A devenir amis, en somme. C'était une amitié d'enfants, d'adolescents, en tout cas. On était deux cancres en vadrouille, on avait en commun une sorte d'enfance inguérissable, le sens du malheur et le goût du bonheur, la même envie de faire du drôle avec du triste. »

Le soir de la première de Bedos au Gymnase, ils s'en vont dîner de conserve et Desproges craque enfin : *« Je lui ai dit : "Quand je te vois, comme ça, j'ai envie d'en faire autant." Il a posé ses couverts, il m'a regardé droit dans les yeux et il m'a dit : "Si tu fais ça, je t'aiderai." Et puis il m'a vraiment aidé avec un A majuscule. C'est-à-dire qu'il m'a donné son théâtre, son temps, son intelligence, son talent et son expérience – qui est immense, vu qu'il est très vieux. »* Attitude partageuse assez rare dans le milieu, il faut le dire. Mais pour Bedos, la question d'une éventuelle rivalité ne se pose pas : « Je n'ai jamais senti de jalousie. C'était une allégresse dans l'estime, très reposante. Tout simplement, voyant aux *Flagrants Délires* l'effet qu'il produisait sur un public restreint, j'ai eu envie de faire ce cadeau à un public plus large : Desproges, autrement que caché sous sa robe de procureur. Ça peut paraître outrecuidant, mais c'est comme ça. Et comme je suis extrêmement têtu, je l'ai amené doucement à envisager la chose. »

Jamais de jalousie ? A l'enterrement, comme Desproges commençait à bien remplir les salles, Bedos glisse à Jean-Louis Fournier : « Il était temps qu'il meure. » Du fin fond de sa tristesse, il essaie de faire du Bedos, ou du Desproges. Il a oublié : « Je suis capable d'avoir dit ça, mais je me rappelle avoir dit avant, beaucoup plus sérieusement : c'est quelqu'un qui ne devrait jamais mourir ».

Pour ce qui est du soutien logistique, Bedos lui refile son producteur (Colling) et l'invite à venir répéter l'après-midi au Gymnase, où il se produit le soir. Concernant l'aspect artistique, Desproges a gardé sa manie de noyer le poisson dans la sauce au poivre, et Bedos remplit un peu le même rôle que Jean-Louis Fournier sur *Cyclopède* : il le tire vers la sobriété. *« J'avais tellement la trouille, au début, que j'avais prévu des costumes, des décors insensés, pour me protéger. Petit à petit, Bedos m'a dit : T'es sûr que t'as besoin d'une guillotine ? T'es sûr de vouloir t'habiller en rouge ? T'es sûr de tenir à cette forêt de sapins ? »* Dans ce domaine, Bedos a de l'avance : « J'avais succombé avant lui à cette manie de se cacher derrière des trucs. A mes débuts, si je jouais un boucher, il me fallait un hachoir… » Évidemment, Desproges ne veut pas vraiment de guillotine ni de sapins, mais il a tout de même envie d'une lunette astronomique. Et Bedos lui explique patiemment que ça va l'encombrer, indépendamment du prix de l'accessoire. Donc, la mise en scène sera sobre et de bon goût. «*La chorégraphie et les cascades sont réglées par Guy Bedos. Par exemple, ma main sortira de ma poche pour aller se poser sur ma nuque.*»

Pour le reste, Desproges lit à Bedos son projet de spectacle. «En dehors des habitants de sa maison, j'ai été son premier public. Je n'ai jamais réécrit une ligne, bien évidemment. Le seul moment où j'ai été un peu directif, c'est vers la fin du spectacle. Le début et la fin, c'est très important, et je trouvais la fin un peu en deçà de ce qui précédait. Je lui ai donc suggéré de couper certaines choses, et j'ai senti que je commençais à l'énerver. Et puis un jour, il m'a lu sa nouvelle fin: il faisait le résumé du spectacle pour ceux qui s'étaient endormis, et c'était génial.» Et ce qui aide surtout Desproges, c'est le rire de Bedos: «*Je lui raconte un peu sujet, mais ce n'est pas encore formalisé. Et il se met à rire. Le jugement de Guy, c'est son rire. S'il ne rit pas vraiment, c'est que ce n'est pas bon. C'est un homme très généreux et il ne regarde pas à la dépense, dans ses rires.*»

Mais pourquoi Desproges finit-il par se hisser sur une scène? Parce qu'on l'a mis là: «*Bedos m'a beaucoup poussé. Il m'aime, je l'aime, on s'embrasse, seule notre hétérosexualité foncière nous empêche d'aller plus loin.*» Par vil intérêt, aussi: «*C'est très rentable. Avec l'équivalent de ce que je faisais en une semaine sur France Inter aux*

Flagrants Délires, *je vais pouvoir vivre plusieurs mois.* » Évidemment, il y a quelques nuisances : « *Il est contre nature d'apprendre par cœur un texte pour le débiter tous les soirs pendant trois ans.* » Mais il y a aussi le plaisir que vous procure la liberté : « *A la télé et à la radio, il faut montrer sa copie aux directeurs de chaîne, et ça, j'en avais un peu marre, à mon âge. Sur scène, je raconte ce que je veux. Je parle même de choses que je n'ai jamais vues. Si on ne parlait que de ce qu'on a vu, est-ce que Giscard parlerait des pauvres ?* »

Théâtre Fontaine, tous les soirs à 20 h 15, dimanche 17 heures

Donc, le 12 janvier 1984 au Théâtre Fontaine, Desproges entre en scène pour la première fois. L'air jouasse, le QI à 130, la maladresse travaillée au quart de lapsus, il commence par se demander, une fois de plus, ce qu'il fout là. (La fameuse approche qui aura des effets désastreux sur les Québécois : « Je me sens extrêmement gêné d'être ici debout comme un con devant vous, qui êtes là assis comme des cons. ») Là encore, il exploite avec la plus réelle sincérité ses doutes quant à l'utilité de s'exhiber sur une scène. Hanté par le spectre de l'ennui – le sien et celui des autres –, trouvant incroyablement culotté « *d'oser supputer qu'on va empêcher les gens de dormir en leur racontant des banalités pendant une heure et demie* », il le dit, tout simplement : « Ils se barrent pas. Vous ne vous barrez pas ? Moi, je vous comprendrais si vous partiez. Moi, je sors jamais le soir de toute façon. J'ai horreur de ça. Même si c'est pour aller voir un spectacle qui sort du commun, j'y vais pas. D'abord, j'aime mieux me faire chier tout seul que d'être heureux avec les autres [1].» Et puis il se moque des coiffeurs, de Montand, de la Résistance française, des cigales provençales et autres foutaises qui font la fierté d'une nation. Il dit et répète qu'il se fout de tout – et surtout du peintre russe à la mode qui lui demande combien il veut de sucres dans son café : «J'me fous de la peinture. J'me fous de la Russie. J'me fous de la mode.» (Il se fout aussi du sucre, sans doute.) Et puis, avec une terrible bonne bouille et une gestuelle auguste de laboureur, il pèse ses mots : il soupçonne certains d'entre nous d'être venus là pour oublier leurs métastases. La métastase : le dernier refuge du sacré et de la trouille pas risible. Il a le sens du sacré : il le ratatine avec un sourire suave.

D'ordinaire, les comiques me font beaucoup moins rire que la vie elle-même, qui est vachement drôle comme chacun sait. Mais là, pliée en huit dans mon fauteuil, je m'offre mon plus long fou rire culturel. Je ne suis pas la seule. La salle n'est qu'éclats de rire, hoquets nerveux et gloussements incrédules. Desproges ayant un instinct parfait du rythme, de l'envolée et de la chute, le public, suspendu à ses lèvres (et à ses pieds car il tourne en rond comme

1. *Textes de scène.*

199

personne), savoure le calme avant la prochaine rafale, et ça s'entend. Les silences entre les rires sont encore du Desproges. Ce qui n'est pas le cas pour tout le monde : *« Un écrivain disait que le silence qui suit l'exécution d'une œuvre de Mozart est encore du Mozart. Eh bien, le silence qui suit un discours de Pierre Mauroy, c'est la France qui roupille. »*

C'est donc un succès total, mais Jean-Pierre Moreau note une bizarrerie dans les fameuses phrases d'après-spectacle glanées çà et là : « Des tas de gens trouvaient le spectacle extraordinaire, tout en disant que Desproges était pataud, qu'il n'avait aucune présence. En fait, il cultivait sa présence à lui, sa fameuse maladresse. Et c'était tellement parfait que, maintenant, les comédiens qui disent ses textes s'aperçoivent que ce n'est pas simple du tout. » Dans l'émission *L'Agenda de Pierre Desproges*, Gérard Depardieu donnera sa vision très particulière de la « chorégraphie » Desproges : « De loin, quand on le regarde en scène, c'est entre le oustiti et… j'allais dire le chameau parce que j'ai une affection particulière pour les chameaux. Il est très synchrone, il a des gestes très précis. C'est pas un animal, c'est plutôt un dessin, un schéma, un point… une ponctuation. Interrogation, exclamation, point-virgule… J'aime bien ses pointillés… » Desproges, ruminant à ce moment-là des envies d'écrire pour le théâtre, lui retournera le compliment : *« J'aimerais bien mettre mes mots dans sa bouche, mais j'ose pas lui demander. […] C'est un type tellement clair, tellement évident, tellement sans détours. En plus, il a plein de talent. »*

Et Desproges, comment vit-il cette première ? Assez bien. Ce qui lui a vraiment fichu le trac, c'est plutôt la toute première fois qu'il est monté sur scène, pour une lecture au Gymnase, devant Bedos et cinquante copains. Après, ça lui passe très vite. *« La scène, ça m'amuse. Je n'ai pas peur du public. Bien sûr, quand on a lancé le spectacle, je me suis posé des questions. Maintenant, je sais que ça fonctionne et j'y vais en rigolant. Je ne suis pas un vrai pro et je n'en ai rien à foutre. Je ne crois pas ceux qui me disent : même après des années de métier, j'ai le trac avant le spectacle. C'est aberrant de claquer des dents tous les soirs. »* En effet, ça fonctionne. Il joue pendant trois mois à guichet fermé, mais il refuse de prolonger. Bosser plus de trois mois lui donne le sentiment d'aller pointer chez Renault. Il est donc globalement content, se rappelle Odile Grand : « Ça marchait bien et il m'a dit : "Tu peux pas savoir, je me fais des couilles en or." Il était ravi et il avait presque honte. Il n'en revenait pas, il était épastrouillé. » Quant à Françoise Peyrot, elle se souvient d'une conversation ambivalente, au sujet de la scène : « Il m'avait dit : "C'est angoissant, mais je sens que ça va devenir une drogue." Il n'était vraiment pas démagogue et il ne cherchait pas l'approbation, mais sur scène il avait un retour qui le rassurait. »

La rage au quotidien, sauf le dimanche

De juin 1984 à décembre 1985, il s'offre une tournée de deux cents représentations. Et puis, en février 1986, il retrouve France Inter, sa «presque famille» malgré les précédents sujets de discorde : «*Je n'arrive pas à partir de France Inter. Même pour un individualiste comme moi, c'est une famille. Une fois, j'ai essayé de travailler à Europe 1. Le PDG de l'époque m'a dit que j'étais trop haut de gamme. C'était la première fois qu'on me parlait comme à une lessive.*» Donc, tous les jours ouvrables à 18 h 55, après une musique de générique signée Paolo Conte, il trouve un exutoire à sa rage : une émission de dix minutes baptisée *Les Chroniques de la haine ordinaire*. Ce qui le met de très bonne humeur. «*Mon but est de pousser une longue plainte désenchantée. C'est un mot que j'ai piqué à Sempé, qui le destinait à son éditeur. Depuis que je sais que je vais faire cette émission quotidienne, j'ai retrouvé cette excitation qui n'existe que dans ce métier. Au lieu de prendre mon chat par la queue pour taper sur mes gosses comme je le fais habituellement, je vais pouvoir passer ma rage dans le poste.*»

Cette chronique sera partiellement immortalisée dans son plus beau livre, paru en 1987 et lui aussi intitulé *Chroniques de la haine ordinaire*. De la même manière qu'il a simplifié les décors et cascades de son spectacle, il dépouille son écriture des accessoires qui faisaient le charme des *Flagrants*

Délires – phrases interminables, adverbes interminables, etc. Et puis, alors qu'il annonce la haine et la
rage, il n'a jamais affiché autant de tendresse. Bien
sûr, il flingue en passant quelques valeurs sûres – la
démocratie, la jeunesse, le caritatif et la psy (cholo-
gie, chanalyse, chiatrie) – et quelques agaçants personnages : Dieu, l'inventeur du fil rouge autour des
portions de gruyère, Haroun Tazieff, ou le critique
de cinéma qui déclare sans vergogne : « C'est un film
qui n'a pas d'autre ambition que celle de nous faire
rire. » Comme si faire rire le monde était 1°) une
sinécure, 2°) une occupation pitoyable. Mais il
exprime fortement son affection pour la vie (sous
forme d'amis, d'enfants, de chiens et de premiers
jours d'été) et se montre hypersensible au moindre
symptôme de bonheur. Dans les deux magnifiques
derniers chapitres – « Les aventures du mois de
juin » et « Les aventures du mois de juin (suite) » –, il
plante le décor d'un roman balnéaire qui commen-
cerait comme ça : « Les enfants jouaient dans la mer
à marée basse. Vus de la terrasse, on aurait dit des
fourmis déconnant sur un ourlet. » Et ces textes lais-
sent présager un tournant qu'il aurait peut-être pris
(mais peut-être pas) vers des régions plus calmes de
l'âme et de la syntaxe. On ne le saura jamais, son
dernier livre étant *L'Almanach*[1], qui n'est pas un
livre mais un almanach, comme son nom l'indique.

En attendant, en mai 1986, la famille emménage à
Chatou, banlieue cossue des Yvelines. A Belleville,

1. Éditions Rivages, 1988.

Desproges était devenu la vedette du quartier, ce qui l'amusait et l'agaçait tout autant. Ne plus pouvoir faire son marché sans être repéré limite la liberté, c'est clair. Et ça énervait aussi Marie : « Quand les gens lui demandaient des autographes, il disait : "Marie, baisse-toi", et il écrivait sur mon dos. Je servais de bureau, j'étais enragée et il le savait. » A Belleville, sa maison était plutôt coquette et il passait pour un châtelain. A Chatou, elle fait figure de niche à côté des demeures voisines – celle de Charlotte Rampling entre autres – et il a une paix royale. *« Ici, les gens croiraient déchoir s'ils faisaient mine de me reconnaître. Il n'y a que les petits Chinois d'un restaurant tout proche qui me disent "Bonjour, Monsieur Pierre" en se pliant en deux, la tête aux genoux. »*

Ce déménagement nous vaut une belle page de parano foudroyante sur l'invasion des déménageurs[1]. Encore que le mot « parano » soit exagéré. Ayant moi-même vécu la chose un certain nombre de fois, j'en garde un souvenir terrifié, et j'évite de la ramener avec les déménageurs : plaquée au mur, je les regarde œuvrer avec un sourire pacifique et modeste, en les priant de bien vouloir m'excuser chaque fois qu'ils m'écrabouillent un pied. Donc, réveillé à l'aube par une sonnerie à sa porte, notre héros se demande kidonk cékça peut bien être. « Ça ne pouvait pas être le laitier. Je ne bois pas de lait le matin, ça fait cailler la tequila de la veille au soir.

1. *Chroniques de la haine ordinaire.*

Ça ne pouvait pas être le KGB, je suis au mieux avec Moscou. [...] Alors que fut-ce ? Qu'ouïssai-je ? Qui donc ébranlait mon huis ? Enfer et boule de bitte : c'étaient les déménageurs.» En l'occurrence, «six gros bras velus, pétants de santé et armés de sangles de cuir», qui lui embarquent son décor, son escalier et sa femme, le laissant seul, caché dans les chiottes, à ruminer le mot de Talleyrand sur son lit de mort, «à moins que ce ne soit un mot de Talleyrand sur le lit de mort de la duchesse de Montorgueil, mais qu'importe, c'est un mot terrible qui nous dit que l'éternité c'est long, surtout vers la fin».

Le voilà donc qui a quitté un «somptueux gourbi parisien» pour «un manoir de banlieue extrêmement surfait» – ce qui l'autorise à prévenir le fisc : «C'est pas la peine de m'emmerder avec l'impôt sur les grandes fortunes, je fais rien qu'à rétrograder dans l'aisance.»

Le Grévin, 10 boulevard Montmartre, relâche dimanche et lundi

Et puis il prépare son second spectacle. Bizarrement, peut-être à cause de l'effet «on t'attend au tournant», écrire l'angoisse de plus en plus, se rappelle Odile Grand : «Chaque fois qu'il réussissait quelque chose, il fallait qu'il fasse plus fort. Et plus il avait de succès, plus il avait la trouille. Il devait avoir peur que les gens voient en lui un usurpateur, qu'ils se mettent à le trouver laborieux, ou pas drôle.

Mais il ne manifestait pas ses angoisses. Je crois qu'il les réservait à sa légitime.» La légitime confirme : «Dès qu'il trouvait une idée, il s'angoissait parce que rien ne lui disait qu'il en trouverait une autre le lendemain. Avant le Grévin, il avait peur de se planter et c'est devenu très dur. Il a vu un psy, début 86. Je n'ai jamais eu de mépris pour l'angoisse des autres et la sienne en particulier. J'étais même très vigilante. (Mais le maternage était réciproque, et quand j'allais moins bien, il faisait extrêmement gaffe.) Alors je le rassurais, je lui disais : si tu te plantes au Grévin, c'est pas grave, on a de quoi vivre deux ans. Ce qui était complètement faux.»

Toujours est-il qu'il vient à bout de la période «gestation» et, le 1er octobre 1986, remonte sur scène avec sa nouvelle facétie, *Desproges se donne en spectacle*, en précisant qu'il y a erreur de vocabulaire – il se vend, faut pas rêver. Avant, il se fait photographier sur toutes les coutures pour l'affiche et le matériel de promotion – et Dieu sait qu'il n'aime pas ça. Mais le photographe, c'est l'excellent Michel Birot, et le résultat, c'est du 100 % Desproges. Il fait le zigoto avec classe et retenue, il est à la fois tout fou et bien propre, parfaitement irrésistible. Depuis, Michel Birot s'est reconverti dans le sport. Il photographie des grosses brutes en noir et blanc pour la revue *Attitude Rugby*, entre autres. Et il a une manière inédite de capter chez les rugbymen une beauté qui, d'habitude, m'échappe totalement, je dois dire. Mais à cette époque, il est dans le show-biz. Un jour, pour une photo de presse, il prend

Bedos et Desproges en train de lever une coupe de champagne, regardant l'objectif d'un air sinistre. La photo plaît à Desproges, qui demande à Jean-Pierre Moreau d'appeler Birot : « Pour la séance, il est venu avec une bouteille de Chivas, on a discuté, le courant est passé. Il n'était pas spécialement timide, mais très réservé. Je l'ai beaucoup encouragé, en lui faisant comprendre qu'on était là pour faire sérieusement des choses drôles. Le titre, c'était *Desproges se donne en spectacle*, et il fallait qu'il se donne. Il fallait que ce soit lui, ou au moins une facette de lui. Le photographe voit toujours un aspect qui le concerne, et je connaissais quelques aspects de sa personnalité pour l'avoir vu de temps en temps chez lui. Son texte sur l'ordre, quand il dit qu'il aime les choses parallèles et sa montre à quartz quand elle indique 11 h 11, c'était bien vrai. Il n'a pas été jusqu'à me ranger le studio, mais chez lui, c'est sûr qu'il aimait l'ordre ménager… Le lendemain de la séance, il m'a appelé pour me dire qu'il était très content et qu'il avait des courbatures partout. Il avait été au-delà de ce qu'il imaginait. Entre parenthèses, c'est bien le seul qui ait pris son téléphone pour me dire qu'il était content. Des comiques, j'en ai photographié pas mal. Le Luron, Bedos, Coluche… Quand je pense que Coluche avait une image de grand frère à tout le monde, alors que c'était un pervers de base… Desproges, il me plaisait dans son travail et humainement. Je l'aimais parce que c'était un homme ordinaire. C'était un homme attentif, et on sentait que ses enfants et sa femme, ça passait avant tout. Il y en a qui ne descendent jamais de scène, qui vous font leur numéro. Lui, non. Quand on se voyait, c'étaient toujours des moments de bonne humeur, mais j'ai oublié autour de quoi ça tournait parce que son humour consistait justement à rire de rien. Un homme ordinaire… je ne peux pas dire mieux. Et qui ne voulait surtout pas être assimilé au show-biz. On a fait aussi la couverture des *Chroniques de la haine ordinaire*, où il étranglait un petit poussin. On s'était bien marrés, avec ce poussin qui lui avait chié dans les mains. Après, on a rapporté le poussin quai de la Mégisserie, en bon état. A la suite de ça, on a imaginé un projet de calendrier Desproges, qui aurait été une succession de photos un peu sadiques. Des trucs qu'on ne ferait pas dans la vie et qu'on voulait mettre en scène pour le plaisir. Dans la vie, il n'aurait jamais étranglé un poussin. Et puis ça n'a pas pu se faire. Ni la séance de photos pour le troisième spectacle. On avait pris rendez-vous, mais un jour Hélène m'a appelé pour me dire qu'il fallait repousser la séance. Et puis, très peu de temps après, j'ai appris par la radio qu'il était mort. Je ne savais pas qu'il était si malade, et ça m'a fait le même effet que pour quelqu'un de très proche. Je reprends toujours ses bouquins. De temps en temps, j'en lis trois pages. C'est comme *Tintin*, on connaît l'histoire mais on trouve toujours quelque chose. Ça fait du bien, ça change. On n'est pas dans une époque où on essaie de s'adresser finement aux gens… »

Et puis, pour le Grévin, Jean-Pierre Moreau retrouve Desproges, en tant qu'attaché de presse :

«C'était facile d'être son attaché de presse : il était très demandé et je devais surtout m'arranger pour que le téléphone ne sonne pas trop. A part ça, il piquait des colères disproportionnées. Dans l'ensemble, il n'avait pas tort, mais, de temps en temps, il avait tendance à oublier qu'on était dans le même camp. Il n'acceptait pas le moindre compromis, et quand je me mettais en situation de médiocrité, il me collait au mur. Une fois, j'avais filé de l'image à une production de télé qui me paraissait acceptable et qu'il trouvait immonde. Il m'a appelé à 7 heures du matin – il avait attendu l'heure légale, celle des huissiers – et il s'est mis à gueuler. Je ne pouvais pas en placer une. Il était en forme, il avait ruminé le truc toute la nuit. Il était injurieux, franchement violent, et j'étais complètement traumatisé. Il a rappelé une heure après pour s'excuser, comme il faisait toujours. Mais après, j'ai dû ramer pour récupérer l'image.»

Desproges reconnaît qu'il n'est pas très facile. Et pour le service après-vente, il y va gaiement s'il aime l'interlocuteur – Jean-Louis Foulquier ou Julien, de Radio Libertaire – ou le climat général d'une émission. *« En revanche, j'ai beaucoup de mal à faire trois tours de piste entre Dalida et Rika Zaraï. Et j'aimerais mieux mourir dans d'atroces souffrances plutôt que d'aller chez Patrick Sabatier. »* Il plaisante, bien sûr, mais, d'après Moreau, il y a un fond de vrai. Disons qu'il aimerait mieux mourir dans des mignonnes petites souffrances – faut pas exagérer.

Donc, le revoilà avec un spectacle *« d'une facture un peu moins sophistiquée que le premier, afin d'être plus compréhensible à l'entendement des plus cons »*. Débarquant sur scène en patins de concierge pour pas salir, il gambade avec des modesties d'éléphanteau et éclabousse partout. Et encore une fois, il lutte seul, à poings nus, contre « la bêtise au front de taureau », comme disait Baudelaire qui avait la muse un peu lourde. Il lutte aussi contre les cintres, ces machins récalcitrants qui s'emmêlent et giclent dans les penderies, arrachant à l'homme ce cri de détresse : « Putain de bordel de merde de cintre à la con chié. » Il nous confie ses doutes quant à l'innocence de Sakharov et autres artisans de la bombe H, comme les époux Curie, qui « passaient leurs nuits à branloter le radium ». Ou Robert Oppenheimer, qui gémissait : « Vous pensez bien, ma chère, que, si j'avais pu me douter qu'on utiliserait mes travaux sur l'atome à des fins militaires, j'aurais fait de la broderie plutôt que de la recherche. » Il étudie le malaise de l'usager d'ascenseur au moment d'escalader sept étages avec un inconnu – et rien d'autre à faire que vérifier s'il y a un Z à Combaluzier. Aux feignants qui n'ont pas le courage de lire Sartre, il conseille d'acheter *Minute*, organe d'extrême droite pour ceux qui l'auraient oublié : « Pour dix balles, vous aurez à la fois la nausée et les mains sales. » Et parfois, histoire de voir jusqu'où il peut aller trop loin, il y va. Après, il se fait pardonner avec des airs de sale gosse qui jure qu'il n'a pas volé le roudou-dou-carambar – la preuve, il le sort de sa poche et vous le rend tout écrabouillé. Il semble qu'il caresse parfois l'espoir fou de se faire haïr, mais il n'y arrive pas. Il est trop mignon – et séduisant, il ne faut pas l'oublier. On dit toujours que, pour séduire une femme, il faut la faire rire. C'est bien beau, mais ça ne suffit pas. Un certain charme est utile aussi. Et Desproges est tout simplement bourré de charme.

Bref, il est le seul à pouvoir attaquer un texte par : «On me dit que des Juifs se sont glissés dans la salle.» Et ça le ravit : *«C'est le meilleur moment pour moi, arriver en scène en disant : "On me dit que des Juifs se sont glissés dans la salle." J'adore dire ça. Les antisémites n'osent pas rire, et les Juifs se croient obligés de rire.»* Ce texte est l'une des choses les plus gonflées qu'on ait osé balancer sur une scène[1]. Badiner avec les fours crématoires est très délicat, et cet humour-là est une bombe à manier avec des pincettes. Desproges manie très bien les pincettes, mais ça reste une bombe. Odile Grand, dont le père, dénoncé par une voisine, est mort à Auschwitz à trente-cinq ans[2], est évidemment sensible au sujet : «J'avais huit ans quand mon père est parti. Tous les soirs, je le pleure et je lui demande : parle-moi, fais quelque chose. Mais quand Pierre faisait ce truc sur scène, je me marrais, j'avais envie de crier : Ouais, je suis là ! C'était tellement énorme que ça ne pouvait pas choquer. On sentait que ce n'était

1. *Textes de scène.*
2. Elle a écrit à ce sujet un beau livre intitulé *Couleur citron, côté cœur* (Anne Carrière, 1998, et Le Livre de poche).

pas de l'antisémitisme, que c'était pour mettre les Juifs à l'aise. Le seul truc qui ne m'a pas plu, c'est les coiffeurs. Mon père était garçon coiffeur.» Décidément, on ne sait jamais ce qui est blessant et ce qui ne l'est pas. D'ailleurs, pensant lui-même être allé trop loin dans le mauvais goût, Desproges corrigera le tir un peu plus tard, à sa façon : «Quarante ans ont passé mais toutes les plaies ne sont pas refermées, c'est pourquoi, afin qu'ils ne me tiennent pas rigueur de l'esprit grinçant que j'affiche dans le seul but d'être à la mode, je prie sincèrement les anciens nazis de bien vouloir m'excuser de me moquer d'eux aussi sottement et aussi peu charitablement[1].»

Et puis il y a ce petit chef-d'œuvre : la balade enchanteresse dans le monde des cadeaux zenfantins concoctés à l'occasion de la Fête des mères et pères (colliers de nouilles, bracelets de haricots, boîtes à bijoux Caprice des Dieux, pieds de lampe Préfontaines), accompagnés d'une «polésie» intitulée *La Merveille*. Perrine, alors âgée de neuf ans, veut aller au spectacle, juste pour voir «la merveille» : «Il me l'avait bien vendue avant, il m'avait dit qu'il se fichait de moi et de la maîtresse. Évidemment, je me suis endormie trois minutes après le début du spectacle, mais j'avais demandé à maman de me réveiller pour la merveille. Elle m'a réveillée et je me suis rendormie aussitôt.» Quant à Marie, l'histoire de la lampe Préfontaines l'amuse moyen : «On lui préparait un cadeau en cachette pour la fête des pères.

1. *Fonds de tiroir.*

Je lui avais dit : "Papa, y me faudrait une très zolie bouteille." Après, on voulait peindre des vitraux dessus avec des feutres. C'est à ce moment-là qu'il a écrit ce texte. Et comme j'écoutais aux portes, je l'ai entendu le lire à maman. Je ne lui ai jamais offert la bouteille. Ça m'avait peinée. Et puis après, je me suis dit : effectivement, ces cadeaux sont monstrueux. Les pauvres, ce qu'on leur inflige ! » Néanmoins, père et mère gardent pieusement les œuvres d'art : « Les colliers de nouilles, on en avait plein un tiroir. Les dessous de plat en pinces à linge, on les a utilisés jusqu'à la mort – des dessous de plat. Heureusement, la colle tenait mal, ils ne duraient pas trop longtemps » (Hélène).

Desproges reste au Grévin jusqu'à la fin décembre, et refuse encore de prolonger bien que la salle soit pleine. Frustrer le monde lui procure un petit plaisir sadique : *« Dans mon petit bibelot rose, il n'y a que trois cent cinquante places. Plus je serai connu, voire illustre (rêvons un peu), plus je choisirai des petits théâtres. Rien ne me botte plus que de savoir que des tas de gens poireautent dehors en sachant qu'ils ne me verront jamais. C'est exquis. »*

« Y va bien me signer mon livre d'or ? »

De janvier à juin 1987, il part en tournée. En juin, il s'isole une semaine dans le Midi. Il a un projet de livre, intitulé *Je les connais bien, je leur ai touché la main*, qui se présente comme un recueil de portraits articulés autour du phénomène «célébrité». D'un côté, les gens célèbres à qui il a serré la main, comme Serge Gainsbourg, Jacques Higelin, Patrick Poivre d'Arvor, Bernard-Henri Lévy et Guy Bedos – le texte qui le concerne est d'ailleurs extrêmement court et mystérieux: «Guy Bedos est mon ami. Il doit le rester.» Point final. De l'autre, les anonymes qui le connaissent très très bien. Par exemple Madame Geneviève, dame pipi au Festival du Son, qui, le repérant dans son local parmi «trente humains post ou pré-vidangés», se met à hurler: «Ah merde! C'est Pierre Desproges! Je le reconnais, je l'ai vu dans *Cyclamen* à FR3! Pas que vous êtes Pierre Desproges?… Ah ben vous, on peut dire que vous faites rigoler ma belle-fille. Ça fait plaisir de vous voir ici. Y va bien me signer mon livre d'or?» Et aussi Jean-Yves, d'autant plus anonyme qu'il se présente sous son seul prénom. «Il ne s'appelle pas Jean-Yves tout court, mais au téléphone, il s'est annoncé comme tel. L'ablation du patronyme dans les présentations est une mode assez récente. Cela a commencé par les femmes: souvent plus misogynes que les hommes, peut-être ont-elles estimé charmant de se faire appeler, comme les putes ou les cyclones, par leur prénom. La mode essaima dans les agences de pub, fondit sur les salons de coiffure, toujours à la bourre d'un snobisme au rabais, avant d'atteindre tous les commerces, à l'exception du Vatican où le patron, dont le conservatisme ne s'arrête pas aux problèmes de cul des autres, continue de se faire appeler Monsieur II.»

Donc, Jean-Yves :

« Allô, bonjour, c'est Jean-Yves.

– ?

– Jean-Yves de SOS Racisme.

– J'ai déjà donné.

– Ah bon ?

– J'ai payé ma place au dernier concert de Ray Charles au Palais des Congrès. Je peux pas faire plus pour les nègres.

– Ha ha ha… »

A un détour de dialogue, Desproges en profite pour glisser ce qu'il a toujours pensé de SOS Racisme. « J'adhérerai à SOS Racisme quand vous mettrez un "s" à racisme. Il y a des racistes noirs, arabes, juifs, chinois, et même des ocre-crème et des anthracite-argenté. Mais par chez vous, à SOS Machin, on ne fustige que le Berrichon de base ou le Parisien-baguette. C'est sectaire. »

Certains textes sont parus dans *Fonds de tiroir*. D'autres sont restés à l'état de manuscrits. A propos, pour ceux qui s'intéressent à la tambouille littéraire, Desproges archive souvent à la machine, mais il écrit toujours à la main, avec assez peu de ratures finalement – en tout cas beaucoup moins que Marcel Proust dans sa dernière mouture du *Temps retrouvé*. Et pour plus de détails, dans quelles conditions écrit-il ? *« Le matin de bonne heure. En chaussettes. A mon bureau pendant que toute la maisonnée dort. Seuls les chiens sont levés. »*

Parmi les inédits, dans le portrait de Monsieur le chef de brigade de la gendarmerie de Chatou, on lit :

«Depuis quelques années, je suis prêt aux pires bassesses pour faire oublier ces débuts intéressants de pitre boulevardier qui me valurent l'estime des employés du gaz et le mépris des piliers de la Closerie des Lilas. Ce n'est pas pour le plaisir que j'ai des amis au *Nouvel Obs* et que je me fais publier par l'éditeur de Julien Green. Aussi, quand un gendarme de banlieue, imperméable à la séduction discrète de mon look ciblé à gauche, s'extasie dix ans après sur la justesse de mes cris de cochon, on comprendra que je me laisse aller à un certain accablement.»

Et dans le portrait de Madame Geneviève :

«On a beau être futile et vaniteux, il y a des jours et des lieux où l'on se passerait volontiers d'être reconnu par le vulgaire. J'en faisais la remarque récemment à l'interne de garde d'un hôpital parisien où j'étais accouru voir mourir d'un cancer une amie très proche.

– La chambre de Mme Martinot, s'il vous plaît ? avais-je demandé d'une voix déjà sépulcrale, car je suis pessimiste.

– Ah putain, s'exclama le jeune homme en blanc, ah putain, c'est vous ! Qu'est-ce que vous me faites marrer, vous alors ! Ah, le con ! Ah, l'enfoiré !»

Ensuite, ayant jeté les bases de l'œuvre à venir, il part en vacances chez Renaud, le chanteur, avec qui il est très pote malgré quelques coups de gueule de nature politique. Et là, alors qu'il est occupé à jouer au golf, il ressent une douleur bizarre dans le dos.

«*Moi j'ai pas de cancer, j'en aurai jamais, je suis contre.*»

Revenons quelques mois en arrière. Hélène fume comme un pompier, tandis que Pierre, après avoir beaucoup inhalé, s'en tient à ses cinq cigarettes quotidiennes. Et il envoie Hélène chez un acupuncteur – d'où elle ressortira aussi fumeuse qu'avant – parce qu'il a peur qu'elle attrape un cancer. Ce à quoi Hélène répond, l'air buté : «J'aurai jamais de cancer, je suis contre.» La phrase lui plaît, il la reprend à son usage personnel et la glisse dans le spectacle du Grévin. Et comme dit Marie, dont l'humour est génétiquement assez proche de celui de son père : «Il lui a volé la formule pour faire son intéressant. Résultat : quand on vole, on est puni.» Et elle ajoute, sérieusement cette fois : «J'en ai marre que les gens disent qu'il a ri de son cancer jusqu'au bout. J'en ai marre de "mon père ce héros". Ça les arrange qu'il soit un héros. Il faut dire la vérité.» Perrine est d'accord. Hélène aussi. La vérité, donc.

Le malentendu est venu de la fameuse dépêche de l'AFP – «Desproges est mort d'un cancer. Étonnant, non ?» – balancée sur les radios dans la nuit du 18 au 19 avril 1988 et reprise dans toute la presse les jours suivants. Par exemple, le 21 avril, *Libération* titre : «Desproges se met en boîte. Il avait rédigé lui-même la nouvelle de sa mort, survenue lundi soir : "Pierre Desproges est mort d'un cancer. Étonnant, non ?"»

En effet, l'épitaphe lui ressemble. Mais il ne l'a pas rédigée, pour la bonne raison qu'il ne s'est pas vu mourir. Ce qui éclaire différemment, entre autres choses, ses nombreuses «critiques» du cancer. (Un jour, un journaliste de radio libre lui avait reproché de «critiquer» le cancer.) Comme nous l'avons vu dans la rubrique *Dieu*, quand il parlait du cancer, il parlait de celui de Françoise, la sœur d'Hélène. Et quand il se payait Schwartzenberg, c'était aussi à travers l'histoire de Françoise. Son angoisse du crabe et de la mort était bien réelle et omniprésente, mais son cancer à lui, il n'en a parlé qu'une fois, alors qu'il en ignorait la gravité, dans un texte écrit pour le troisième spectacle, qui n'a jamais vu le jour, *On n'est pas des bœufs* : «Ainsi caracolais-je de radioscope ordinaire en médecin communal, par un matin d'automne époustouflant d'insignifiance où m'agaçait un point de côté. [...] C'était pas un point de côté, c'était un cancer de biais. Y avait à mon insu, sous-jacent à mon flanc, squattérisant mes bronches, comme un crabe affamé qui me broutait le poumon. Le soir même, chez l'écailler du coin, j'ai bouffé un tourteau. Ça nous fait un partout[1].»

En décembre 1987, il m'appelle pour me dire qu'il a lu mon dernier livre avec beaucoup de plaisir, à l'hôpital. Il glisse «à l'hôpital» comme un détail, mais le détail me ratatine d'angoisse. Alors il me raconte la chose de la manière la plus légère et rassurante possible – la légèreté étant l'une des manifestations de sa profonde courtoisie. Donc, il a ressenti une douleur bizarre en jouant à la pétanque

1. *Textes de scène.*

chez Renaud. (Notons en passant, bien que tout le monde s'en fiche, qu'il me parle de pétanque, et non de golf. Ayant lui-même rechigné à se mettre au golf – « Je trouve extrêmement vulgaire cette façon brutale de lancer le cochonnet avec un bâton[1] » –, il doit penser qu'avec ma manie de voter à gauche je préfère la pétanque.) Bref, la douleur bizarre : *« Tu me connais, j'ai foncé chez le toubib, j'avais une petite tumeur de rien du tout, on me l'a enlevée, et maintenant tout va bien. »* C'est à peu près dans les mêmes termes qu'il a informé Jean-Louis Fournier en novembre, juste après son opération : « Il m'avait dit au téléphone : "J'ai rien, mais toi tu as peut-être des tas de trucs, finalement." Il avait réussi à me fiche la trouille. » Et Guy Bedos, peu avant l'opération : « Un jour, il m'a appelé et m'a dit : "Finalement, on a beau critiquer le cancer, on n'est pas protégé. J'ai un cancer, mais j'en aurai plus dans huit jours." Et après l'opération, à l'hôpital, il était limite smoking, on a bu le champagne et tout allait bien. » (Ce qui prouve d'ailleurs que Desproges s'était sous-estimé, en disant au journaliste de *La Tribune* datée du 29 octobre : *« Dès mes premières métastases, je vais mettre un frein à ma drôlerie. »*)

Cette version des choses, tout le monde – lui compris – s'y accroche. La sale vérité, seuls les médecins la connaissent. Et Hélène, bien sûr. « Les Hélène sont généralement fières, hardies, dures au chagrin mais fragiles au fond », écrit Desproges dans

1. *Chroniques de la haine ordinaire.*

son *Dictionnaire superflu*. Donc, hardie, dure au chagrin et parfaitement désespérée, Hélène va oublier ses fragilités, le temps de vivre comme un brave petit soldat les cinq mois les plus pourris de sa vie – farci d'anxiolytiques et d'antidépresseurs, malgré tout, le petit soldat.

Résumé des cinq mois par l'unique témoin :

« Au retour des vacances, Pierre a commencé à se plaindre vraiment. Il avait des douleurs en coups de couteau, il disait qu'il avait un point de côté dans le dos. En octobre, on a fait des radios et les médecins ont parlé d'opération, en disant : "On l'opère et c'est fini." Mais j'avais vu les radios : c'était un cancer à petites cellules, et les tumeurs au poumon étaient déjà des métastases d'autre chose. Là, je crois que j'ai compris, sans comprendre vraiment, parce que je ne voulais pas. Avant l'opération, il a subi une courte hospitalisation pour examens complémentaires, et ça l'a obligé à annuler un spectacle. Il était furieux, et c'est à l'hôpital qu'il a écrit *On n'est pas des bœufs*. Il m'a dit : "Je me suis vengé." A sa sortie, on est allés manger avec Fournier et sa femme. (Le fameux tourteau.) Ils l'ont opéré le 18 novembre. Ils ont ouvert, ils ont refermé et le médecin m'a dit : "C'est foutu." Évidemment, je suis allée prendre d'autres avis et on m'a proposé une ablation totale d'un poumon, qui ne servait à rien, l'autre étant déjà pris. On s'était toujours promis de se dire la vérité, dans un cas comme celui-là. J'ai donc dit aux médecins que je lui devais la vérité. Ils m'ont répondu : "Il y a des vérités qui ne sont pas bonnes à dire.

On ne peut rien pour lui." Et j'ai décidé de mentir. Dans les deux mois qui ont suivi l'opération, on a parlé de temps en temps de ce "petit" cancer guéri. Il se culpabilisait, il me disait : "Comment j'ai pu te faire ça ?" Mais plus tard, quand il a repris la tournée, il m'a appelée un soir d'une chambre d'hôtel où il lisait des canards féminins pour s'occuper, et il m'a dit : "Tous ces canards parlent du cancer, j'en ai marre, j'arrête de lire ça. Si tu entends parler un jour d'une découverte phénoménale, préviens-moi." A partir de là, on n'a plus jamais abordé le sujet et les mensonges sont devenus plus faciles. Je n'ai rien dit à personne. Sauf à une copine, parce qu'on ne peut pas tenir complètement seul. Mais cette copine, qui avait perdu son mari d'un cancer du cœur, je ne l'ai pratiquement pas revue pendant les cinq derniers mois. C'était plus facile pour elle et pour moi. »

Après l'opération, la tournée prévue est annulée jusqu'en janvier pour convalescence. Depuis un moment, Édouard de Andréis, qui avait quitté Le Seuil pour les éditions Rivages, suppliait Pierre de faire un almanach. Mais Pierre n'avait jamais le temps. Hélène appelle Édouard de Andréis. « Pierre tournait en rond, ça le rendait enragé d'annuler la tournée, il fallait l'occuper. J'ai appelé Édouard pour lui dire qu'ils avaient deux mois devant eux. Donc, ils se sont mis à l'almanach. Édouard de Andréis avait, lui aussi, un cancer – il a survécu à Pierre de très peu. Et c'était terrible de les voir tous les deux dans mon salon, en train de potasser leur almanach… »

L'Almanach sera imprimé en mai 1988, et Jean-Louis Fournier écrira dans la préface : « Il est parti rapidement sans faire d'histoires, il avait bien prévenu qu'il ne voulait pas de rappels. C'était fini, il avait fini, l'almanach était terminé et sentait encore l'encre fraîche. Inquiet comme il était, il aurait certainement déplacé encore quelques virgules. » Il n'a pas eu le temps de s'occuper des virgules, mais pour la semaine du 9 au 15 octobre, il nous livre un « truc » : « En cas de morsure de vipère, sucez-vous le genou, ça fait marrer les écureuils. » (Ne voyez là aucun message caché, je trouve seulement ce conseil merveilleux.)

Pendant ce temps, Hélène continue de faire son boulot d'agent. Elle prépare la rentrée d'octobre 1988 et le troisième spectacle. « Avec Colling, on cherchait un théâtre, et je lui ai demandé de ne rien signer sans m'en parler, parce que Pierre n'était pas assurable. Il m'a répondu qu'avec son dossier (une petite tumeur bien soignée) il était parfaitement assurable. Là, je me suis dit qu'ils allaient sortir les dossiers médicaux, et que Pierre allait en entendre parler. J'ai été obligée de mentir à moitié à Colling. Je lui ai vaguement avoué que le cancer de Pierre était plus grave qu'on ne croyait, mais qu'il pouvait tenir deux ou trois ans. En réalité, les médecins lui donnaient entre deux et cinq mois. Et j'ai continué à visiter des théâtres, à me demander si celui-là lui plairait, si la visibilité était bonne, si le poteau, là, était bien placé… »

Et la vie continue avec, pour Hélène, l'angoisse

mortelle au quotidien. «Quand les médecins vous disent "entre deux et cinq mois", chaque matin est un problème. On en arrive à se leurrer soi-même, à espérer qu'ils se sont trompés. On redemande : vous êtes sûrs ? Et ils répondent oui.» En janvier 1988, Pierre veut reprendre la tournée. Hélène suggère fortement une mini-tournée, mais il tient à la faire en entier. «Je ne l'ai pas suivi en tournée. Ça me permettait de respirer, et puis, au cas où il aurait eu des doutes, ma présence aurait pu les accentuer. Je suis seulement allée à Bruxelles, en janvier, au Théâtre 140. J'avais demandé qu'on déplace le spectacle dans un théâtre plus grand. Ça permettait de ramasser en trois jours au lieu d'une semaine, c'était moins fatigant pour Pierre. Mais le directeur avait refusé. En plus, il y avait un problème de contrat et l'ambiance était glaciale. Le dernier soir, Pierre m'a annoncé qu'il ne monterait pas sur scène tant que le problème ne serait pas réglé. La salle était bourrée et, dix minutes avant le spectacle, on était nez à nez, moi disant "vas-y" et lui répondant "non, j'y vais pas". Finalement, il m'a dit : "Tu me fais passer un papier en coulisses. Avec oui ou non. Si c'est oui, je joue. Si c'est non, je me paie le directeur en scène." J'ai foncé voir le directeur, j'ai fait passer à Pierre un papier avec "oui", et il a joué…»

Pour calmer la douleur, on lui fait de la morphine en intramusculaires, qu'on fait passer pour un quelconque anti-fatigue. De loin, Hélène veille au grain. Quand Pierre joue à Limoges, elle appelle le médecin de Paris qui appelle un médecin de Limoges en lui demandant de donner de la morphine, sans faire de commentaires. Et vaille que vaille, Pierre achève la tournée, à Vienne (près de Lyon) le 25 mars et Aix-en-Provence le 26. Et cette fois-ci, Hélène y va : « A Vienne, il était dans un hôtel magnifique et il voulait absolument m'en faire profiter. Et puis je savais que c'était la dernière fois que je le verrais sur scène. A Aix, il était complètement épuisé. Il se viandait dans son texte – personne ne s'en est aperçu, il aurait pu raconter n'importe quoi – et après le spectacle, il a fallu le soutenir, l'aider à se changer et le ramener à Paris en avion. »

La fin est très proche, mais quand on a décidé d'épargner à quelqu'un une vérité imbuvable, on ne change pas d'avis au dernier moment. On va jusqu'au bout. Hélène planque sa tristesse et se conduit « normalement » – entendez par là que, parfaitement complices, ils n'ont jamais usé de fioritures pour communiquer. Donc, elle l'engueule : « C'était dur, mais il fallait que je sois convaincante, alors je lui ai dit : "T'es un pauvre con, tu as voulu faire une grosse tournée, tu es épuisé, ne me demande pas de te plaindre." On est rentrés le dimanche 27. Le mardi, on est allés à l'hôpital et les médecins ont joué le même jeu, en plus poli : "Vous avez abusé de vos forces, une hospitalisation serait raisonnable." Il n'a pas voulu rester ce jour-là, mais le jeudi, il s'est décidé. Le toubib lui a proposé une vraie cure de repos avec morphine en intraveineuses, et il a accepté. Il m'a demandé d'amener les filles, en ajoutant assez fermement : "Après, je ne veux plus voir personne." J'ai amené les filles, il les a vues un quart d'heure, il était en forme à ce moment-là, ils ont rigolé ensemble.»

« L'état de mort ne me gêne pas, c'est le fait de passer de la vie à la mort qui me gêne. Une fois que je serai mort, je ne suis pas sûr que j'aurai envie de revenir… »

«Les deux ou trois premiers jours ont été extrêmement bizarres. La morphine calmait la douleur mais lui donnait des hallucinations. Il trouvait la chambre dégueulasse et il voyait des chats partout. Je virais les chats… Tout le monde était adorable, le psy passait tous les jours et les médecins trois fois par jour. Après, ils lui ont mijoté des cocktails d'anxiolytiques qui l'ont mis dans un état comateux. Il dormait pratiquement toute la journée. J'arrivais à 7 heures et je repartais à minuit, pendant que Catelin s'occupait des filles avec sa femme Marie-Fred – quand je rentrais, Catelin était toujours là, à m'attendre, et sans lui, je ne sais pas comment j'aurais fait. Je voulais rester la nuit à l'hôpital mais les médecins ne voulaient pas, ils pensaient que je ne tiendrais pas le coup. Alors j'ai pris une infirmière privée pour la nuit, une Australienne en forme de nurse anglaise, avec des bas blancs et des chaussures blanches. Une femme parfaite, qui faisait manucure et massages. C'était elle qui s'était occupée de Brassens (que Pierre adorait) dans les mêmes circonstances, sept ans plus tôt, deux chambres plus loin. De temps en temps, Pierre avait des éclairs de conscience, il discutait avec le psy. Et un soir, il m'a dit : "C'est pas possible, j'ai trop mal, on m'a réopéré." Je lui ai fait toucher pour lui montrer qu'il n'avait pas de pansement, et il m'a dit : "Je sais à quel point tu es capable de mensonge." Je suis partie, les boyaux serrés, et l'Australienne m'a couru après pour me remonter le moral : "Il vous attaque, mais il ne le pense pas." Je lui ai répondu : "Il ne m'attaque pas, il me dit : tu me baiseras pas comme ça." Ah bon, elle a dit. Mais je lui ai demandé de faire gaffe, parce qu'il souffrait. En tout, il est resté deux semaines et demie à l'hôpital. Il m'avait demandé de n'amener personne, mais huit jours avant la fin, en accord avec les médecins, j'ai enfreint sa loi. On a appelé la famille et on a prévenu les amis. Le dernier lundi, je suis rentrée à la maison vers 8 heures au lieu de minuit, et les filles ont cru que c'était parce qu'il allait mieux. Il a fallu que je leur dise qu'il était mort, et ça, de très loin, ça a été le plus dur. »

Le reste relève de la routine sociale et de la légende. « J'ai commencé à appeler tout le monde. Pour la fameuse dépêche AFP, j'avais suggéré : "Pierre Desproges est mort d'un cancer sans l'assistance du professeur Schwartzenberg." Mais les médecins m'ont dit que j'allais au-devant d'une polémique. C'est Jean-Louis Fournier qui a trouvé : "Pierre Desproges est mort d'un cancer. Étonnant, non ?" Et là, bizarrement, tout le monde a cru que c'était signé Pierre. »

En trouvant cette formule classieuse et rigolote, Jean-Louis Fournier sauve les meubles : « Un avocat avait fait un texte du genre "père de famille exemplaire, etc.". On ne pouvait pas laisser passer ça. *(Silence et tristesse.)* Vous dire que je regrette sa disparition est peu… La dernière fois que je l'ai vu, c'était à Chatou. Il s'était endormi à table, ce qui était impensable. Je ne savais pas ce qui se passait. Hélène ne m'avait raconté qu'une petite partie des choses. Elle a bien fait. Si j'avais su la vérité, il l'aurait senti. »

Ça nous arrangeait de croire à la légende. C'était élégant comme tout, cette manière de rire de son cancer jusqu'à l'incinération et même au-delà. Pas très vraisemblable, mais très élégant. Bien sûr, les amateurs d'héroïsme n'aimeront pas la vérité. Et les tenants de la vérité-à-tout-prix reprocheront à Hélène de lui avoir « volé sa mort ». (J'ai entendu ça quelque part.) Que leur répond-elle ? « Je les emmerde. J'avais déjà bien fréquenté la mort : ma mère quand j'avais trente ans, mon père et ma sœur peu de temps avant Pierre. Et je savais au moins une chose : quand un malade veut vraiment la vérité, il l'a. Surtout un angoissé de l'espèce de Pierre. S'il m'avait demandé une seule fois, les yeux dans les yeux, de lui dire la vérité, je la lui aurais dite. Il a peut-être eu des doutes, mais je ne crois pas. » Jean-Louis Fournier ne croit pas non plus : « La veille de son entrée à l'hôpital, il m'a appelé et m'a dit trois choses : il partait se reposer, il venait d'acheter un bon bordeaux mais il le trouvait un peu cher, et, comme je devais partir à Marseille, il prévoyait de m'y retrouver, il connaissait un hôtel formidable là-bas. Ce n'étaient pas les propos ni le ton de quelqu'un qui sait qu'il va mourir.»

Il s'était toujours insurgé contre la mort, qu'il trouvait nuisible et déplacée. Malheureusement, ce sentiment était devenu réciproque et la mort l'a eu. Le seul point positif de l'affaire, c'est qu'il ne l'a pas vue venir. Autant dire qu'il l'a ignorée, méprisée. Bien fait pour elle. Passer inaperçu, pour un personnage aussi arrogant que la mort, c'est vexant. D'autant plus qu'avant, le vivant s'était bien foutu d'elle. Sept ans plus tôt, il avait ausculté les signes de son arrivée prochaine dans son *Manuel de savoir-vivre à l'usage des rustres et des malpolis* :

Je vais mourir ces jours-ci. Il y a des signes qui ne trompent pas.

1°) Quand je fais ça, j'ai mal ici, voir figure 1, et quand j'appuie là, ça m'élance d'ici à là, ouille, figure 2.

2°) Le docteur est venu hier. En m'auscultant, il a dit : «Oulalalala ! Mon pauv' vieux.»

3°) J'ai mon jupiter dans le poisson.

4°) Ma femme chante plus fort dans la cuisine.

En 1985, en vacances à Saint-Gilles, Desproges avait rencontré Pierre Berruer, journaliste de *Ouest-France* qui l'avait soumis à un questionnaire vaguement inspiré de celui de Marcel Proust. Et il s'était «retiré dans son boudoir» pour méditer un peu sur les questions.

L'autre qu... ...

– Chez la fe...

– *La femme...*
la femme soit...

– Q...el est le co...ble de la ...

– C... que je vie...s de répondre ...

ques...ions.

– Le ...omble du bonheur ?

– *La ...ort, quatorz... ...ns ...pas ven...*
hein ?

De l'ent... je garde le souvenir d'un silence
abruti et d'...ne espèce de ... ... jeton, ven-
teux, merd... ... ...ois me tromper, un article de
l'époque dit qu'il faisait « très beau ». (Ma mémoire
fait ce qu'elle veut, elle a le droit et ne s'en prive
pas.) Quant au silence, je ne sais pas trop. Desproges
aimait cette phrase, sans doute restituée de manière
approximative, et dont j'ignore l'auteur : « Le bonheur
se reconnaît au bruit qu'il fait en partant. » C'est joli,
mais quel genre de bruit ? Un grand silence ?

« Devons-nous aller gaiement à la mort ?
Pouvons-nous, au moins,
vivre heureux en l'attendant ?
Je réponds oui. »

AME

« L'âme, c'est un complexe nébuleux qui se situe ici, approximativement, au niveau du crâne, c'est-à-dire exactement à un mètre du cul [1]. »

ANGOISSE

« Je suis assez angoissé de nature : j'ai toujours peur de la guerre, de la mort. J'ai peur que mes enfants ne meurent sous les bombes, peur que l'arbre sous lequel nous sommes assis ne tombe. »

ARRIVISME

« Il n'avait rien à foutre de sa carrière. Il pouvait se mettre mal avec des gens très importants pour le plaisir d'un mot. » (Jean-Pierre Moreau)

AUTOPORTRAIT 1982, *PÉRIODE ROSE*

« J'ai quarante-trois ans, je suis bourgeois. Ma race ? Blanche, imprécise, normale. Je ne suis pas beau, il y a la tête et l'ensemble. Je suis moins beau que certains cou-

1. *Textes de scène.*

chers de soleil sur le Palais-Bourbon, et moins évidemment érotique que les éphèbes de Praxitèle. Cependant, la marque du temps et du Chivas Regal sur ma rude trogne de trappiste immature attire couramment vers moi des femmes honnêtes et même quelques sous-secrétaires d'État qui portent moins souvent de culottes que de respect à Léon Blum. »

ARGENT (PÉRIODE FASTE)

« J'en gagne beaucoup… Enfin, ça dépend par rapport à quel armateur. »

BALLE AU CENTRE

« Depuis que le premier singe s'est mis debout, les humains sont aussi pourris à gauche qu'à droite. »

BARBE-BLEUE

Un journaliste lui demande quelle personne il aimerait rencontrer s'il pouvait se balader à travers les siècles. Là-dessus, ses filles faisant bruyamment irruption dans la pièce, il répond : « J'aimerais rencontrer Gilles de Rais, pour savoir si ce sont les enfants qui ont commencé ou si c'est lui. »

Pour les ignares, Gilles de Rais était un compagnon de Jeanne d'Arc qui, après avoir abondamment guerroyé, se retira sur ses terres et zigouilla un grand nombre d'enfants. Et Desproges est très intrigué par ce drôle de type : « Mon personnage préféré, c'est Gilles de Rais parce qu'il a été le pire et le meilleur. Il s'est livré à la justice de lui-même alors qu'il était plus puissant que le roi de France, parce qu'il a voulu expier. Et il est mort pratiquement comme un saint. C'est un personnage fascinant. »

BEIGE VIF

«Il était excessif en tout. Un jour, je l'ai surnommé "Pastel", ça ne lui a pas plu : il était rouge vif, pas pastel. Plus tard, il nous a appelés "les beiges", ma femme et moi. Lui, à ce moment-là, il aurait été capable de porter des trucs à carreaux rouges et violets. Après, il ne portait plus que du beige et du kaki. Il était devenu beige.» (Jean-Louis Fournier)

BEN VOYONS

«Je me suis fait auprès de ma femme une solide réputation de monogame[1].»

BHV

A la maison, au-dessus du canapé, trône une toile représentant une femme nue, vautrée sur un sofa. Quand on s'approche d'un air intéressé pour connaître le titre de l'œuvre et son auteur, on voit une petite plaque qui dit *L'Assomption d'Eva Braun*, et une signature qui dit : «Adolf Hitler, 1889-1945 ?» La plaque, il l'a fait graver au BHV.

BIENHEUREUX LES ABRUTIS

«L'intelligence est un outil indispensable. Le seul qui permette à l'homme de mesurer l'étendue de son malheur.»

BOF

«Quand je me dis "à quoi bon ?", cela signifie : pourquoi aller plutôt au Brésil qu'à Vincennes ?...»

---

1. *Fonds de tiroir.*

BON TEMPS

« Avec la bande, on ne se quittait jamais et on faisait beaucoup de bêtises. Pierre faisait aussi beaucoup de spaghettis à la bolognaise. Une tonne d'oignons, du vin rouge, du bœuf et du porc. Très nourrissant. On a gardé la recette et mes enfants perpétuent la tradition. » (Pouiquette)

BOURLINGUEUR

« Il n'aimait pas voyager. L'idée de déménager ses chaussettes était un traumatisme. Il exigeait le Novotel parce qu'il était en terrain familier avec le tiroir de la commode : il était de la même largeur que le sien. » (Hélène)

BUG

« Je suis dyslexique et gaucher contrarié, j'ai les neurones qui se croisent et des courts-circuits sans arrêt. »

CALORIES

Dans *Les Chroniques de la haine ordinaire*, il s'insurge (calmement, pour une fois) contre ce qu'il considère comme la désolation majeure : la faim dans le monde.
« Les hommes ne mangent pas de la même façon selon qu'ils vivent dans le Nord ou dans le Sud du monde. Dans le Nord du monde, ils se groupent autour d'une table. Ils mangent des sucres lourds et des animaux gras en s'appelant "cher ami", puis succombent étouffés dans leur graisse en disant "docteur, docteur". Dans le Sud du monde, ils sucent des cailloux ou des pattes de vautours morts et meurent aussi, tout secs et désolés, et penchés comme les roses qu'on oublie d'arroser. »
En interview, il évoque souvent cette horreur qui le ronge.

«*Les vrais problèmes (les affamés et les trop-nourris), tous les gouvernements s'en foutent. C'est pourquoi je pense que Mitterrand et Giscard, c'est probablement le même mec. Buvons pour oublier.*»

Même chose, à une ou deux nuances près : «*Les deux tiers des gosses du monde crèvent de faim, Giscard s'en tape et Mitterrand s'en branle. Ce qui bouleverse les gens, c'est que douze camions les empêchent d'aller faire du ski.*»

Donc, par respect pour les affamés, il convoque dans *La Minute nécessaire de Monsieur Cyclopède* deux gros ventrus à qui il impose une «minute sans bedaine». Et il avait raison : les grincheux l'engueulent dès qu'il ricane avec la Vierge Marie ou la Paimpolaise, mais là, ils doivent être coincés derrière les douze camions. Personne ne bronche.

CANONISATION

«Il était blanc-bleu 24 carats. C'était un indiscutable. Jamais il n'a commis d'impair, ni dans ses textes ni dans la vie.» (Odile Grand)

CARITATIF

Après la mort de Coluche, Véronique Colucchi demande à Desproges de présider les Restaurants du cœur. Il refuse. Il pense que l'État ne devrait pas laisser les gens crever de faim. Et que si les guignols se mettent à gérer la misère, l'État continuera de s'en foutre. Il y a du vrai, mais ça se discute. Néanmoins :

«*Les sirupeux commencent à nous engluer. J'ai donc proposé d'ouvrir des Restaurants du foie, pour les nouveaux riches. Si vous avez des surplus de verveine ou de biscottes sans sel, n'hésitez pas à me les faire parvenir.*»

237

CÉLÉBRITÉ

« Mon premier papier signé dans L'Aurore, *c'était sur un concours de pêche à la ligne… En ce moment, j'ai mon nom au fronton d'un théâtre et je suis beaucoup moins ému que par ma première signature dans un journal. »*

CÉLÉBRITÉ PATERNELLE

« De temps en temps, je vais au Père-Lachaise, je m'assieds en face de sa tombe et je fume une clope. Enfin, maintenant, je ne peux plus parce qu'il y a Petruccianni. (Il a une tombe énorme.) Un jour, j'étais avec une copine, on papotait, et deux types d'une trentaine d'années nous ont demandé de nous taire parce qu'ils voulaient faire une minute de silence sur la tombe de mon père. Ça, ça me gonfle. » (Marie)

CHANEL N°?

« Je dors éventuellement dans quelqu'un, mais sans rien sur le dos. »

CHARCUTERIE

« Aussi loin que je me souvienne, Pierre parlait déjà de la mort. On voyait passer une charcutière avec un manteau de fourrure, il disait : "Combien de terrines de lapin elle a dû vendre pour s'acheter ça ? Tu l'imagines en cadavre sous son manteau de fourrure ?" Il voyait la mort partout. » (Francis Schull)

CINÉMA (ACTEUR)

« Des gens me téléphonent pour me proposer des bidasseries. Je leur fais jurer que je ne serai pas adjudant cocu de gendarmerie avec amant dans le placard, ils jurent

leurs grands dieux que non, ils m'envoient le scénario, et à la troisième page, je lis : "Et là, Pierre Desproges tombe dans le seau à charbon." Heureusement, rien ne m'oblige à faire du cinéma. »

CINÉMA (PANOUILLE)

« J'ai fait une apparition dans Signé Furax, un hommage à Blanche et Dac, mais tout ce qui a une étiquette comique ou para-comique était dans ce film. »

CINÉMA (SCÉNARISTE)

« Quand on me l'a proposé, c'était toujours : "Dis, coco, tu devrais m'écrire un truc. Je compte sur toi, la balle est dans ton camp." En France, on n'est pas sérieux. Les Américains vous offrent six mois sur une île du Pacifique, avec deux vahinés et un frigo plein. Pour écrire, il faut être motivé. »

« Un jour, un producteur est venu lui demander d'écrire un scénario en deux mois. Ils avaient seulement le titre. » (Hélène)

COLÈRE LITTÉRAIRE

Un jour, une scène « d'une consternante banalité pour qui sait regarder la rue » le met hors de lui : alors qu'il se balade par un joli matin d'avril, il voit une vieille dame aveugle, quasi grabataire, « hagarde, en détresse, les bras tendus vers rien », tenter de s'extraire d'un taxi dont le chauffeur, assis au volant, ne daigne pas bouger son cul. Furieux, il aide la pauvre vieille chose à atterrir, rentre chez lui et relate l'événement dans sa « Lettre ouverte à

---

1. *Vivons heureux en attendant la mort.*

monsieur le chauffeur du taxi immatriculé 790 BRR 75[1] ». Pour une fois, l'écœurement à l'état brut l'emporte sur le « rions de tout », et s'il envoie au type ses sentiments distingués, c'est avec une haine non camouflée. *« Oui, j'ai écrit ce chapitre sous l'emprise de la colère. Mais aussi, je dois dire, avec un certain cynisme, car j'ai trouvé esthétiquement marrant de décrire cet événement qui n'a duré que quelques secondes sur cinq longues pages. »* A la suite de quoi, un journal particulièrement civique le félicitera pour son courage – ce courage consistant à avoir donné le numéro d'immatriculation du sagouin, lequel numéro est en réalité celui de la voiture d'Hélène.

C'est ça, la littérature.

CORDON

« Je pense à lui presque chaque jour. J'ai eu la chance de connaître des gens exceptionnels. Simone Signoret, Desproges, Barbara… Les gens comme ça me protègent définitivement de tous les nains intellectuels et affectifs qui pourraient me vouloir du mal. J'ai une espèce de cordon sanitaire de gens disparus. » (Guy Bedos)

COURRIER DES LECTEURS (1)

« Pour qui Pierre Desproges se prend-il ? Je trouve tout à fait déplacé qu'un artiste se permette de porter des jugements aussi méprisants et vulgaires sur la famille de Monaco et sur Stéphanie. » (M. S., Perpignan)

COURRIER DES LECTEURS (2)

« Mais jusqu'où s'arrêtera-t-il ? » (Madame B., Grenoble)

COURRIER DES LECTEURS (3)

«Et vous osez lui faire de la publicité! Une page entière en plein milieu du journal. Où va-t-on? Une page entière pour raconter qu'il nous "emm…" et qu'il hait tout le monde. Mais nous aussi on vous "emm…", Monsieur Desproges. On vous hait aussi. Non mais, qu'est-ce qu'il se croit?» (Madame S., Ostwald)

COURRIER DES LECTEURS (4)

«J'ai apprécié que *L'Huma* du lundi 27 avril dénonce René Desproges, cet amuseur dont on fait grand cas dans les médias. Pour ma part, je tiens à signaler que René Desproges est un récidiviste dans l'insulte… dans l'insulte contre les mêmes.» (Gaston G., communiste, Bois-Colombes)

COURRIER DES LECTEURS (5)

«Ce monsieur n'a que le blasphème à la bouche, il ne respecte rien. Je suppose qu'il a dû énormément souffrir dans la vie pour avoir en lui tant de rancœur. Mais faites-nous grâce de sa prose la plupart du temps complètement idiote.» (Madame S. D., 75019 Paris)

CROMAGNON

«Si la virilité c'est avoir du poil au poitrail, essayer de courir plus vite que les autres, aller à la guerre ou à la chasse, je ne suis pas du tout viril.»

DARTY

«Je n'existe que quand j'écris. Après, c'est ce que j'appellerais vulgairement le service après-vente.»

DIEU

« Tu n'invoqueras pas en vain le nom de Dieu. »

Tout au long de son œuvre, Desproges invoque le nom de Dieu, mais ce n'est pas en vain. C'est toujours pour lui demander une petite faveur.

« Dieu me tirebouchonne.

Dieu me tripote.

Dieu m'écartèle, si possible sous anesthésie générale.

Dieu m'émoustille (merci mon Dieu).

Dieu me shoote, si possible pas dans la gueule, çà me décoiffe.

Dieu m'enfourche à Longchamp dans la quatrième. » Etc.

DIEU (ENCORE)

« Je n'y crois pas, mais c'est de sa faute. Pour des raisons qui m'échappent, je le soupçonne de ne pas vouloir que je croie en lui. Je crains que lui-même ne croie pas en moi. A mon avis, Dieu a une gueule d'atmosphère sur un corps de culturiste phosphorescent dépourvu de trou du cul, puisque les voies du Seigneur sont impénétrables. L'été, je le remplace par la planche à voile et le sexe. L'hiver, par le château-figeac 1975 et les concertos pour piano n° 20 et 21 de Mozart. »

DIEU (TOUJOURS)

Et puis, en admettant que ce Dieu existe, il a deux mots (féroces) à lui dire : *« Dieu m'amuse, quand il fait couler les petites filles dans la boue en Colombie. Dieu est assez marrant. »*

(Personne n'a oublié les images de cette petite fille coincée sous des décombres et enlisée dans la boue jusqu'au menton. Pendant des heures et des heures, elle s'est accrochée à la vie. Elle a finalement perdu.)

DIVERGENCE CULTURELLE

«En vacances, il était parfois énervant. Il avait un petit côté : la partie de boules c'est à telle heure et pas à telle autre, et après on fera ça. Moi, j'ai une approche plus méditerranéenne de la chose. En vacances, je fais beaucoup de progrès en hamac.» (Guy Bedos)

DO NOT DISTURB

«Il était très à cheval sur les principes. Un jour, on jouait aux échecs chez lui, et des cousins, ou je ne sais plus qui, sont arrivés à l'improviste. Il les a très mal reçus. J'étais gêné.» (Jean-Louis Fournier)
Mais peut-être les visiteurs lui sortaient-ils par les trous de nez. C'est une éventualité à ne pas négliger.

DOUTE

« Que la vie serait belle si tout le monde doutait de tout, si personne n'était sûr de rien. On pourrait supprimer du dictionnaire les trois quarts des noms en "iste" : fasciste et communiste, monarchiste et gauchiste, khomeyniste et papiste. »

ÉBAUCHE

«Il avait vaguement commencé un scénario de long métrage. L'idée de départ, c'étaient les statistiques. On fait des statistiques sur tout. On sait tout, y compris le nombre de morts dans l'année. Plus la peine de faire la guerre. Il suffit d'en fusiller le nombre voulu.» (Jean-Louis Fournier)

ÉDUCATION

«Quelquefois, j'arrivais à le mettre à bout. Je lui disais "merde" et ça passait pas. Il m'ordonnait de monter dans ma chambre. Je souriais et ça finissait en rigolade. Mais quand il était vraiment en colère, je me rangeais sous la table.» (Marie)

ÉDUCATION 2

«Il ne voulait pas qu'on aille à son spectacle, ni qu'on regarde ses cassettes. Il disait qu'on comprendrait plus tard. Un jour, je regardais Michel Leeb à la télé et il m'a engueulée : "Tu ne vas pas regarder ça, c'est de la merde, etc." Je lui ai dit : "Michel Leeb, je comprends tout de suite, je regarde." Après, j'ai eu le droit de regarder ses cassettes.» (re-Marie)

EGO ATTÉNUÉ

«Étant donné que les artistes ont généralement un ego surdimensionné, quand on dîne avec un artiste, on n'arrive pas à parler d'autre chose que de l'artiste. Avec lui, on parlait de tout, sauf de lui. C'était très agréable.» (Jean-Pierre Moreau)

ESPRIT CORPORATIF

«Je ne pense pas avoir de collègues. J'ai horreur des gens, alors je n'ai pas de collègues, je suis tout seul. J'ai un chat.»

ESPRIT D'ÉQUIPE

«J'ai toujours fait des sports individuels. Je fais du vélo tout seul, je fais de la planche à voile parce que c'est un bateau où on est tout seul. Pas besoin de dire bonjour.»

ÉVIDEMMENT

«Évidemment, si on prend mes textes au premier degré, ils sont provocants, odieux, insupportables…»

EXORCISME

« *Aujourd'hui, on ne peut plus rire, selon moi, que des choses graves. Des enfants qui courent sous les bombes, de la mort, du cancer. On ne peut plus rire gratuitement.* »

FÂCHERIE

« Après sa starisation, on a été fâchés. Une journaliste du *Journal du dimanche* voulait faire un parallèle Bedos-Desproges, et elle m'a demandé d'arranger le coup. Après, Pierre m'a téléphoné, il était furieux contre "cette conne". Je lui ai fait une remarque sur son manque d'humour. Il a fait la gueule pendant un an, au bout duquel il m'a envoyé un de ses bouquins avec, en dédicace : l'humour est page 18, 23, 36, 42, etc. J'ai fondu, je l'ai rappelé. » (Francis Schull)

FAMILIARITÉ

« Un jour, je lui ai dit : "Si on se tutoyait… ça fait huit ans qu'on se connaît." Il a répondu : "T'as raison, j'osais pas t'en parler." Il ne péchait pas par excès de familiarité. » (Odile Grand)

FATIGUE CULINAIRE

« *J'ai fait récemment un homard aux petits légumes : c'est un travail de titan. Il faut éplucher les légumes.* »

FEMMES

« *Les difficultés que j'ai eues avec la gent femelle, ça serait plutôt avec ma mère qu'avec ma femme ou mes maîtresses.* »

GRIBOUILLIS

Il a une admiration forcenée et non sélective – il craque même sur Jean Cau – pour les gens qui écrivent bien. *« Ce travail artisanal de l'écriture, c'est la seule chose que je respecte vraiment. »*

GRIGRI

« Il a toujours trimballé des anxiolytiques dans sa poche. Sans la boîte. Quand ils étaient pourris, je lui en remettais des neufs. La plupart du temps, il ne les prenait donc pas, mais il avait besoin de les savoir dans sa poche, il appelait ça sa patte de lapin. » (Hélène)

GROSSE BRUTE

« J'aime pas la nuance. Je baise à fond, je bois du calva à 80°. Je ne mange pas une cuiller de caviar, il m'en faut six, huit, douze. Je suis sans nuances. »

GROSSE TÊTE

L'avait-il attrapée ou non ?

« Par moments, mais ça ne tenait pas la route. C'était toujours le même type. » (Jean-Louis Fournier)

« Un peu, malgré tout. C'est inévitable. Un jour, il m'a vendu des chaises et il m'a dit : "Tu vois, Catherine Deneuve s'est assise là." Il rigolait à moitié. Une autre fois, quelqu'un l'avait appelé "Maître", il restait lucide, mais ça le flattait. Hélène a dû remettre les choses en place, sur ce plan-là aussi. » (Francis Schull)

« De temps en temps, il avait besoin d'un coup de clé de douze, mais il réagissait très vite. Je lui demandais s'il avait pensé à rapporter le pain, et ça suffisait. » (Hélène)

« Si la grosse tête, c'est le sentiment qu'on a de son exigence, il l'avait. Il ne se prenait pas pour la moitié d'une merde et il avait raison. Mais il n'a pas *pris* la grosse tête, il l'avait au départ.» (Guy Bedos)

HÉLÈNE

«Les Hélène sont généralement fières, hardies, dures au chagrin mais fragiles au fond, pimpantes, égales d'humeur, indispensables. Celles qui sont nées sous le signe des gémeaux connaîtront un grand amour avec moi, mais pas maintenant, il faut que j'attaque la page des I[1].»

HÉMIPLÉGIE ALTERNÉE

On a toujours voulu caser Desproges géographiquement, à l'est ou à l'ouest – ce qu'on appelle à gauche ou à droite, en politique. Il se voulait plutôt nulle part.

«Je suis violemment anti-gauche et violemment anti-droite. Même si Raymond Aron, lui, était de droite, je souscris à sa définition selon laquelle on est hémiplégique, qu'on soit de gauche ou de droite.»

«Pour moi, la grande différence entre la gauche et la droite, au-delà de toutes les considérations morales qui ne m'intéressent pas, c'est que la gauche est optimiste et que la droite est pessimiste.»

«Je suis individualiste, alors c'est peut-être plus une position de droite que de gauche. Si c'est ça, être de droite, alors je le revendique.»

«Je vomis les valeurs traditionnelles de la droite. Et je ne pense pas qu'on puisse avoir de l'humour et être de droite : c'est fondamentalement incompatible. Avoir de l'humour, c'est se remettre en question en permanence

---

1. *Dictionnaire superflu à l'usage de l'élite et des bien nantis*, page des H.

alors que la droite, c'est le contraire de toute remise en question. »

HUMOUR DE CIMETIÈRE

« Je flippais, j'avais toujours peur qu'il meure, qu'on me l'arrache. Et il le savait. Un jour, je lui ai dit : "Je veux pas que tu meures, jamais." Il était sur sa chaise, il a mimé un truc genre infarctus en disant "je meurs". J'étais furieuse. » (Marie)

HYPOCRONDRIE

« Un après-midi, il m'appelle par l'interphone : c'était urgent, il n'arrivait plus à écrire. Comme j'avais l'habitude des urgences, je dis mollement "oui oui, j'arrive" et je n'arrive pas. Re-interphone. J'ai fini par aller voir. C'était vrai, il ne pouvait plus écrire, matériellement : il commençait une phrase et ça finissait en gribouillis. Il en a aussitôt déduit qu'il avait fait une hémorragie cérébrale. Il fallait donc appeler un toubib, mais tout ce que je connaissais comme toubib, c'était un pédiatre. J'ai appelé le pédiatre qui lui a annoncé que c'était la crampe de l'écrivain. Il était sidéré que ça existe pour de bon, la crampe de l'écrivain. On a passé une nuit formidable : il avait le crayon et le papier sous l'oreiller, et il faisait un essai toutes les dix minutes… C'est revenu le lendemain. » (Hélène)

IMPRÉVISIBLE

« Pourquoi ses livres marchent-ils si fort, douze ans après sa mort ? Il avait un regard totalement personnel et libre, un regard qui, par sa bizarrerie et sa brutalité, ouvrait une perspective différente, déchirait un peu le rideau, comme en analyse : ça s'éclaire et ça se referme. On ne peut pas "faire du Desproges". On ne sait absolument pas ce qu'il dirait aujourd'hui. » (Françoise Peyrot)

INDÉCISION (CHRONIQUE)

« Si j'ai le choix entre un steak et une côte de porc, je meurs de faim. Entre une brune et une blonde, je reste aussi coi. Pour les choses graves ou pas, j'ai toujours cette indécision : à quoi bon ? Et tout ce que j'entreprends, je ne l'entreprends que poussé au cul. Vraiment violemment. »

JEU DE MOTS (PÉNIBLE)

« La caresse du soleil sur le corps d'un honnête homme, ou même d'un abonné au journal Le Monde, peut l'entraîner vers des pensées impures. Moi-même, il m'est arrivé de me sentir ultra-violé par les rayons du soleil. »

JUSTIFICATION DU JEU DE MOTS PÉNIBLE

« Victor Hugo a dit, je crois, que les calembours étaient les pets de l'esprit, et, effectivement, on a tous besoin de péter un jour ou l'autre. »

KANGOUROU

« Je ne dors pas beaucoup. Quand j'ai dormi six heures, je bondis comme un kangourou fringant. Et je suis besogneux, assez lent, mais quand je fais quelque chose que j'aime, je peux y passer beaucoup de temps. J'ai un goût pour le mot, je peux passer des heures à écrire. Un de mes délassements, quand j'ai fini d'écrire, c'est d'écrire. »

K.O.

Et lui, qu'est-ce qui le fait rire, en dehors du cancer ? Une séquence impayable du film de Mel Brooks *Le shérif est en prison*. On y voit un cow-boy très costaud garer une espèce de zébu dans la rue centrale du bled. Un type arrive à cheval et le sermonne, tout pétri de légalité : « Hé ! Vous ne pouvez pas garer cet animal à cet endroit, c'est interdit ! » Le cow-boy se retourne, se dirige d'un air décidé vers le type à cheval et balance une gigantesque mandale dans la gueule du cheval…

LECTURES

« Je n'arrive pas à écrire et lire simultanément. Je lis vingt pages avec passion, et je m'arrête. Je décroche particulièrement devant les livres qu'il faut avoir lus. »

LYRISME

« Je ne connais rien de plus beau, de plus émouvant, de plus étrange, de plus totalement divin qu'une femme ! » Jacques Chancel, très ému, tout vibrant : « Mais c'est un chant ! C'est un hommage ! »

« Oui, enfin… c'est une façon de draguer à la radio. »

MAX

« Il était très choqué par les tabous, les choses dont on ne parle pas. Et par les formules adoucissantes comme "technicienne de surface", "non-voyant", "homme de couleur". Il avait un copain noir, Max, qu'il saluait en disant : "Salut, sale nègre !" Et Max répondait : "Salut, sale Blanc !" Résultat, un jour je passe le long d'un trottoir en voiture, je vois Max, je lui flanque une tape sur les fesses en criant : "Salut, sale nègre !" Malheureusement, c'était pas Max. » (Francis Schull)

250

MIGNON

«C'est vrai que je suis quelqu'un d'assez emporté. Mais généralement, j'en veux pas aux gens à qui j'ai fait du mal. Et je me précipite pour m'excuser dès la fin de la colère.»

MISANTHROPIE CONTRARIÉE

«Je suis pessimiste, foncièrement. Et même nihiliste. Mais misanthrope, non. Ou alors, je suis un misanthrope qui a besoin des autres. C'est très dur à vivre.»

MISOCONNIE

«Je passe pour misogyne aux yeux des connes, pas aux yeux des femmes.»

MOCHETÉS

En dehors des cochons, Desproges collectionne les tableaux représentant des enfants laids – gras, blafards, l'air demeuré, des têtes de vieillard sur des corps de douze ans. *«J'ai chez moi, par la grâce de ma femme, des enfants assez beaux, et ça finit par être fatigant, de regarder des enfants beaux»*, dit-il pour justifier cette collection, qui est assez fatigante aussi.

MODESTIE

*«*C'était pas la modestie qui l'étouffait. Moi non plus, d'ailleurs. Mais quand on a demandé aux gens de venir, de trouver une place pour se garer, d'acheter des billets et de vous écouter pendant deux heures, la modestie est une faute professionnelle.» (Guy Bedos)

« J'ai eu l'impression, en vieillissant, de vivre des fluctuations de caractère, mais la possessivité, c'est quelque chose que j'ai ressenti dès l'enfance, au berceau – pour ma tétine, pour le sein de ma mère. Maintenant, c'est pour le sein de la mère des autres, mais ça n'a pas changé. Même avec mes amis, je suis possessif de façon anormale. Je suis capable de souffrir parce que j'ai un copain à ma table qui parle trop longtemps avec un autre. Et c'est pas de l'homosexualité. »

MORT

« Je suis toujours violemment contre. J'ai encore des millions de femmes à aimer, des millions de livres à écrire, des millions de cassoulets à manger. » (17 octobre 1986)

MOTIVATION

« Dès que je décide de faire quelque chose, c'est pour des raisons négatives : quand je fais de la radio, c'est pour ne pas faire de télévision ; quand je fais de la télévision, c'est pour ne plus faire de radio ; et quand je monte sur scène, c'est pour ne plus écrire de livres… »

NA !

« Je suis impulsif et primesautier. J'ai des réactions imbéciles que je revendique. »

NOBODY IS PERFECT

« Je n'aime pas forcément les gens qui me font rire. Hitler me fait rire, parfois, mais je ne l'aime pas. Comme peintre, il était nul. »

NUANCE

« Le comique, ça va du pétomane à Claudel. Tout ce qui est comique n'est pas de l'humour… »

OSMOSE

« Quand je suis sur scène, j'aimerais mieux être ailleurs. Mais justement, j'atteins avec mes spectateurs une rare communion de pensée : d'habitude, il n'y a que le public qui s'emmerde. »

PAF

Qui rencontre-t-il quand il navigue dans les locaux radio-télévisuels ? *« Des gens mourants qui plongent sous leur bureau dès qu'ils voient passer une idée neuve. »*

Ce qui n'est pas sans rappeler l'expérience de Goscinny : « La télévision pourrait être le moyen d'expression le plus extraordinaire. Mais cette atmosphère de bureau de poste en faillite me démoralise. Dès que vous arrivez avec votre projet, un paquet de notes de service vous explique pourquoi vous ne pourrez jamais le réaliser. »

PAPA POULE

« J'adorais tomber malade. Il allait me louer des Walt Disney, il me faisait des plateaux télé très jolis et il venait me voir toutes les demi-heures. » (Marie)

PAPA POULE 2

« Si j'avais 20 en orthographe, il vérifiait d'abord si la maîtresse n'avait pas oublié de fautes. Après, il m'emmenait chez le fleuriste et me disait de choisir toutes les fleurs que je voulais. » (Perrine)

PARIS BY NIGHT

« Les cocktails me brisent. J'ai un mépris profond pour les faux rockers. Je suis toujours très déçu au théâtre. Quant au cinéma, j'ai ma vidéo. »

PÂTÉ DE SARDINES À LA DESPROGIENNE

En gros, vous écrabouillez deux boîtes de Sardines des Dieux de Saint-Gilles-Croix-de-Vie (après avoir enlevé les boîtes, précise-t-il) et vous les malaxez avec 150 grammes de beurre salé, une grosse cuiller à coupe de concentré de tomates, autant de ketchup et le jus d'un citron. Vous balancez là-dedans tout ce que vous trouvez de goûteux : ciboulette, basilic, aneth (ou pastis), estragon, persil, échalotes, oignons, tabasco (un chouia). Vous touillez, vous mettez au frigo, et là, ça durcit à cause du beurre et ça se met à ressembler à un vrai pâté, particulièrement décoratif si vous dessinez une sardine à la surface.

Commentaire du créateur : *« Je méprise un peu ce plat car je le trouve vulgaire, mais c'est très bon et ça en jette. »*

PHALLO BANAL

Invité en 1987 à l'émission de Michel Denisot, *Mon Zénith à moi,* Desproges souhaite revoir une séquence tirée d'un précédent *Zénith*, où Catherine Ringer, chanteuse des Rita Mitsouko, expose son problème : profitant de sa notoriété, des indélicats ont ressorti un film porno dans lequel elle avait tourné jadis. Serge Gainsbourg, assis à côté d'elle et vraisemblablement bourré, se met à marmonner en boucle quelques gentillesses, sans rigoler du tout : « Vous êtes une pute, vous êtes dégueulasse… » Catherine Ringer, interloquée, répond poliment, jusqu'au moment où elle s'énerve un peu et lui rappelle qu'il est le dégueulasse type, qu'il n'est même pas fichu d'articuler correctement et que ça embête les ingénieurs du son. Lui, il continue : «Vous allez prendre deux baffes dans la gueule, ça va être vite fait, vous êtes une salope et vous êtes une putain.» Ce à quoi Catherine Ringer répond par un large sourire. Dans son souci de désacraliser les idoles, Desproges tient beaucoup à cette séquence. *«Je trouve qu'il est malade et qu'il devrait se faire soigner. J'ai un certain mépris pour les gens qui le font sortir de ses bouteilles pour l'exhiber. On ne montre pas des cancéreux en train de vaciller. Pourquoi on montre des ivrognes en train de dégueuler?»* Tout en précisant : *«J'ai une admiration sans bornes pour Gainsbourg. De son vivant, je l'aimais beaucoup.»*

(L'intérêt de l'épitaphe, c'est que Gainsbourg est encore vivant, ce jour-là.)

Philosophe à la crème

Toujours dans *Mon Zénith à moi*, Desproges demande qu'on repasse les images montrant Bernard-Henri Lévy piégé par l'entarteur – rappelez-vous, ce type qui surgit parfois sur nos écrans, le temps de balancer une tarte à la crème au visage d'une célébrité. (On aime ou non, mais cet homme-là vit dangereusement.) On y voit donc BHL, tout crémeux et outragé, sommer l'entarteur, terrassé par un quelconque service d'ordre, de bien vouloir se relever : «Lève-toi, lève-toi, lève-toi vite ou je t'écrase la gueule à coups de talon.» Là, ce qui intéresse Desproges, c'est l'instant où le vernis craque. C'est la mutation instantanée du *«nouveau philosophe de mes deux»* en beauf pur porc. *«Il faut montrer ça, la vraie nature des cuistres.»*

Notons tout de même que Desproges ne s'est jamais fait entarter, pour la bonne raison que l'entarteur le vénérait. Dommage. Je lui fais confiance, il aurait (sans doute) réagi honorablement. Mais j'aurais aimé connaître la rapidité de réflexe d'un humoriste qui, en temps normal, sans crème dans les yeux, tirait plus vite que son ombre.

PILE ET FACE

« Je suis à la fois bordélique, velléitaire et papillonnant, mais je compense ma folie en marchant dans les clous, en étant ponctuel et en collectionnant les dictionnaires. »

PLANTATIONS

« Dès qu'on plante un drapeau, un con arrive pour le défendre. »

PLATONIQUE

« J'ai une passion pour la femme qui ne relève pas de l'obsession sexuelle. Je ne me plais que dans la compagnie des femmes, pour tout. Même pour faire l'amour, j'aime mieux les femmes. »

POÉSIE

« Comme disait Fucius, qui avait oublié d'être con, aussi profonde et grave soit la douleur du poète, quand on met un pétard allumé dans la culotte de Lamartine, il a l'air moins romantique. »

POST SCRIPTUM, ANIMAL CONTENTUS

« Je n'aime pas écrire. J'aime avoir écrit. C'est pas moi qui le dis, c'est Paul Morand. »

PRÉLIMINAIRES

« Le vrai moment, c'est la montée de l'escalier. Très souvent, arrivé en haut, je donne cent balles et je m'en vais. »

PROFESSION

« Votre profession, c'est ?
– Je suis amusant. »

PROGRÈS

« Je respecte la science. C'est elle qui nous a donné le parcmètre automatique et l'horloge pointeuse, deux instruments sans lesquels il n'est pas de vrai bonheur. »

PROPRE SUR LUI

« Une manie que j'ai remarquée, en dehors de sa manie du pinard, c'est une sorte de manie du rangement. Il est très propre sur lui. Je ne l'ai jamais vu débraillé, négligé, pas bien rasé. Sa verrue entre les deux yeux est toujours au même endroit. Il est très clean, et c'est en parfaite opposition avec ce qu'il fait. C'est un type qui n'arrête pas de pulvériser les choses, mais lui reste toujours propre. » (Antoine de Caunes)

PROVERBE

« Les gens malheureux ne connaissent pas leur bonheur[1]. »

QUATRE ET DEUX FONT SEPT (EN GROS)

« Un psychotique, c'est quelqu'un qui croit dur comme fer que 2 et 2 font 5, et qui en est pleinement satisfait. Un

---

1. *Manuel de savoir-vivre à l'usage des rustres et des malpolis.*

névrosé, c'est quelqu'un qui sait pertinemment que 2 et 2 font 4, et ça le rend malade [1]. »

QUESTIONNEMENT QUI INTERPELLE

Il arrive qu'un journaliste inspiré lui demande gravement, les yeux dans les yeux : « Pierre Desproges, l'humour c'est quoi ? »

« Je reste coi, ou alors je fais comme tout le monde, je cite Oscar Wilde et Tristan Bernard et je m'en vais en pleurant. »

RACISME

« Tout Desproges est déjà dans son *Manuel*. Farouchement teigneux, antijeunes, anticons, antimilitariste, misogyne et volontiers raciste », lis-je, éberluée, à la page 106 d'une bio parue en 1994, dont j'ai oublié le titre, l'auteur et le prix.

Voilà un raccourci intéressant. « Farouchement teigneux », il l'est surtout avec les cons. Donc, anticons, il l'est aussi, c'est vital. Antimilitariste, c'est vrai. Antijeunes et misogyne, ça fait partie de sa panoplie d'affreux, mais c'est archifaux. Et le taxer de racisme, c'est d'autant plus embêtant que la seule fois de sa vie où il est vraiment blessé, c'est le jour où un certain nombre d'habitants de Carpentras le prennent pour un raciste.

Rappelez-vous : à l'émission de Polac, *Droit de réponse*, Desproges choisit l'annuaire du Vaucluse comme plus mauvais livre de l'année parce que, page 2127, à Carpentras, c'est plein d'Arabes. La séquence a duré à peine deux minutes, mais le standard saute et il reçoit quelques

1. *Textes de scène.*

bordées d'injures. Ce qui le blesse profondément : *« Passer pour un salaud, ça m'emmerde. »* Comme il ne peut pas répondre à *Droit de réponse*, il se démène pour s'exprimer ailleurs. *« J'ai été très touché par cette histoire, et j'ai tenu à mettre les choses au point dans une autre émission de télévision destinée aux immigrés. »* En l'occurrence, sur FR3 dans l'émission *Mosaïque*, qui le reçoit dans un décor de bistrot, entouré d'un public concerné. Lui aussi, on le sent concerné, quand il attaque d'une traite, avec une conviction évidente : *« Je suis très très très content d'être ici. J'ai fait plein de télés ces temps-ci, mais c'est celle-là où je suis le mieux parce que j'ai un droit de réponse, et j'en ai vraiment besoin parce que j'en ai un peu gros sur le cœur... Ouahou... »* Et le voilà obligé d'expliquer son humour, ce qui n'est pas de la tarte et exige un minimum d'humilité : *« J'ai voulu faire de la provocation imbécile – c'est mon rôle, je suis payé pour ça les trois quarts du temps. »* Bref, il est très peiné d'avoir peiné ces gens. *« Je n'avais pas envie de faire de la peine aux Maghrébins de Carpentras, je m'en fous, je les aime bien, les Maghrébins de Carpentras. »* Et ce qui caractérise la rencontre, c'est une chaleur et des rires sans ambiguïté, parce que le public présent sent qu'il est absolument sincère et très emmerdé.

RAGE DE DENTS

«Il ne devait pas être très bien à l'intérieur mais il ne le disait pas. Quand on rencontre une femme qui a une rage de dents et qui ne le dit pas, elle est odieuse et on pense : "Cette bonne femme est odieuse." Je crois que Pierre avait une rage de dents permanente.» (Jean-Louis Fournier)

RAFFINEMENT

« Je peux réserver une table dans un bon restaurant huit jours à l'avance, mais il m'arrive d'avoir envie, tout d'un coup, d'un mauvais vin avec un mauvais camembert, et de le bâfrer bruyamment, la bouche ouverte, en me bavant dessus. Sur le plan amoureux, je vibre souvent à des érotismes désuets. Un frôlement de tissu sur une cheville peut me rendre complètement fou. Et d'autres fois, j'ai envie de me taper une vache normande, pour parler crûment. »

RANTANPLAN

« On m'accuse parfois d'être de droite, ce que je ne revendique pas du tout. J'ai d'ailleurs beaucoup plus d'amis à gauche qu'à droite. Et j'en souffre énormément. Oui, j'aimerais tellement être ami avec le maréchal Pétain. Que devient-il, au fait ? »

RAS-LE-BOL

« J'ai des coups de cœur pour les gens et ça les effraie. Je les relance, je les invite à dîner et puis, quelquefois, au bout de trois fois, je me dis : quand est-ce qu'il s'en va, ce con ? »

Quelquefois, c'est au bout de deux ans.

RESTRICTIONS

« Tout d'un coup, il décidait de faire un régime. Il se faisait une salade de tomates avec un demi-litre d'huile. Après, il engloutissait le repas normal. Ça fait qu'il avait avalé un demi-litre d'huile en plus. » (Jean-Louis Fournier)

RIRE DE TOUT, MAIS NE PAS JOUER AVEC N'IMPORTE QUI

« Je répéterai inlassablement qu'il vaut mieux rire d'Auschwitz avec un Juif que jouer au scrabble avec Klaus Barbie. »

ROCK'N ROLL

« Il connaît que dalle à la musique et il a un point de vue a priori, comme ça, sur le rock, qui est tout à fait odieux. » (Antoine de Caunes)

« C'est pas vrai, c'est pas a priori, c'est a posteriori. »

RONDEURS

« Ce qui fait la séduction d'un homme, c'est sa féminité. Chez les femmes, c'est leur féminité aussi. Tout ce qui est rond, tout ce qui est non guerrier... Les gens qui hésitent sont des gens qui m'émeuvent, hommes ou femmes. »

SABRE OU GOUPILLON ?

Se sent-il plus proche des militaires ou du clergé, en admettant qu'il se sente proche de l'un des deux ?

« Du clergé, sans hésiter. A travers les siècles, le clergé n'a pas fait que tuer... On surprend rarement Mère Teresa avec un gourdin à la main. »

SACRÉ

« Tout ce qui est sacré me colle des boutons. J'ai tiré à boulets rouges sur Montand. C'était pas contre ce type, qui n'est pas méchant – manquerait plus qu'il morde –, mais contre ce qu'ils représentent, lui et sa femme... euh... comment, déjà ?... Michel Simon... En 44, il chantait Les Feuilles mortes. *En 83, il chante* Les Feuilles mortes, *et on n'en peut plus, de ces putains de feuilles*

de… merde !!! de… mortes !!! Il pétitionne n'importe quoi, et on ne voit pas pourquoi un roucouleur se permet de régler le sort de la Pologne. Mais ces gens-là sont des institutions : ils ont touché la vraie croix de Marilyn, ils ont serré la main de Staline. Mon père a serré la main de Goering, il s'écrase. »

SECRET

« Un copain de Pierre avait eu un enfant très lourdement handicapé. Mort-né et réanimé. Le gosse ne parlait pas, et on ne savait pas s'il comprenait. Pierre était très tendre avec lui. A la suite de ça, il est allé voir des gosses dans les hôpitaux et a distribué de l'argent. Je crois que personne ne le savait. Même pas Hélène. » (Catelin)
« Non, je ne le savais pas. » (Hélène)
(Et c'est avec une infinie tendresse qu'il traite l'enfant cassé dans son livre *Des femmes qui tombent*.)

SEUIL DE TOLÉRANCE HUMORISTIQUE

Second degré
« *Dès qu'on touche au second degré, on fait de la peine aux imbéciles du premier. Si vous préférez, quand le voisin du dessus fait du bruit, il dérange le voisin du dessous.* »
Troisième degré
« *Ce qui me fait rire, c'est un mec qui tombe sur une peau de banane, à condition qu'il ne se relève pas. Sinon, c'est moins drôle.* »
Vingt-huitième degré
« *Je n'épargne personne, même les gens qui sont sacrés pour moi. Par exemple, l'une des choses qui me font le plus rire, c'est d'envisager la mort de mes enfants… Je me provoque moi-même là-dessus. Quand on me*

demande : *"Comment va votre petite fille ?"*, je réponds :
"Elle vient de mourir"… *Ça me fait beaucoup rire parce que les gens deviennent tout blancs.* »

Trente-sixième dessous

« Admettons que votre femme attrape un cancer et que je fasse un sketch là-dessus, est-ce que vous me casseriez la gueule ? » lui demande un journaliste.

« Non, je serais le premier à en rire. C'est un exutoire, la seule façon d'oublier l'horreur. Mais si vous venez lui filer des coups de poing dans son cancer, alors là, oui, je vous casse la gueule. »

SCRABBLE

« Récemment, je lisais un sondage dans ce vieux journal déliquescent qui s'appelle Télé 7 jours. *Des gens y regrettaient en pleurnichant les émissions d'il y a vingt ans. Ça, c'est un réflexe de droite : avant c'était bien, maintenant c'est mal, demain ce sera pire. Telle émission ne leur plaît pas, mais il ne leur viendrait pas à l'idée de jouer au scrabble à la place. Ou de baiser. »*

SINCÉRITÉ (TOUCHANTE)

Lors d'une séance de dédicace, il explique à Gaston, Simone ou Alfred qu'il refuse d'écrire « affectueusement » sur leur bouquin parce qu'il n'a aucune raison d'éprouver une quelconque affection pour eux.

SLOGAN

« J'ai lancé une formule publicitaire pour le journal Le Monde : *"le poids de l'ennui, le choc des paupières". Tout le monde a apprécié, sauf, curieusement, les journalistes du* Monde. »

SYMPTÔME D'USURE

«Ma réflexion philosophique m'éloigne de jour en jour de la pensée de James Dean, en même temps qu'elle me rapproche de plus en plus de celle du général de Gaulle[1].»

TIMIDITÉ OU ANARCHIE ?

«Il était incroyablement timide. A Venise, au Lido, on est allés se baigner dans la piscine du palace qui avait servi de décor à *Mourir à Venise*. Bien entendu, on n'avait absolument pas le droit, et il était malade à l'idée qu'on nous découvre.» (Jean-Louis Fournier)

«Je suis tellement anarchiste que je traverse dans les passages cloutés pour ne pas avoir affaire à la maréchaussée», disait Brassens. Et Desproges préférait sans doute se priver d'une baignade de luxe, plutôt que de devoir affronter un quelconque abruti qui allait se mettre à gueuler: «Hé! Vous là-bas, avec le maillot de bain jaune!»

TOPINAMBOUR

«C'était un type qui aimait le talent chez les autres, ce qui est rare. Il était content des trouvailles des autres. Un jour, j'ai écrit que Rufus avait le visage sculpté dans un topinambour, il m'en a parlé pendant des mois.» (Odile Grand)

TORDUS

«Il met certainement mal à l'aise les mecs qui ont des choses à se reprocher. Dès qu'un mec est un peu tordu, il va pas lui dire: "Redresse-toi." Il va le tordre encore

1. *Vivons heureux en attendant la mort.*

davantage. Et ça, je trouve ça impeccable. C'est un peu mon chemin. Je ne vois pas pourquoi on mettrait les gens à l'aise.» (Gérard Depardieu)

TOUTE PEINE MÉRITE SALAIRE

«Je ne suis pas du genre exhibitionniste déconnant, comme Daniel Prévost, par exemple, qui gesticule et saute au plafond dès qu'il est entouré, ou dès que son chat entre dans la pièce. Moi, si je ne suis pas payé pour faire le con, je ne fais pas le con.»

TRAC

«Des fois, j'allais le voir dans sa loge avant le spectacle. J'étais morte de trouille pour lui, et je lui disais : "T'as pas le trac? Moi j'aurais les boules." Ça devait bien le réconforter. Mais un jour, je me suis fait jeter. J'arrive dans la loge, je le vois en caleçon, assis en train de lire un journal. J'étais hystérique : "Papa! Qu'est-ce que tu fabriques? Y a plein de monde!" Après, j'ai été interdite de loge.» (Marie)

TRANSPARENCE ET TRAÇABILITÉ

«Je suis totalement, désespérément honnête. Si quelqu'un me plaît énormément, je lui cours après, je lui apporte des fleurs, je lui fais des colliers. Si quelqu'un m'emmerde, je bâille sous son nez et il s'en va.»

TRENTE-SEPT DEGRÉS

«J'ai horreur du travail en équipe, j'ai horreur de la chaleur humaine.»

TRUITE

«Il était très touchant, c'était un sale gosse surdoué, cabochard, tendre et méchant. Et puis il était authentique, il ne savait pas faire semblant. C'était un formidable détecteur de bidonnage. Comme les truites qui testent l'eau potable : si l'eau n'est pas potable, on les retrouve le ventre en l'air. Lui, si quelqu'un était bidon, il le savait.» (Jean-Louis Fournier)

TUTELLE

«Je suis copain avec Léotard, je suis pote avec Lang, cette endive frisée de la culture en pot. Et pourtant, je suis contre le principe de ministre de la Culture. Ils veulent toujours faire du bien aux jeunes, ces cons. De quoi je me mêle.»

UN PARTOUT

Un jour, en interview, il raconte une idée de conte de fées : le Petit Poucet revient chez lui à quarante-six ans, traîne dans la forêt ses parents devenus impotents et les abandonne dans une clairière.

URNES

«Je ne vote jamais. Je considère comme un devoir civique de ne pas voter, surtout quand on vous demande de choisir entre la peste et le choléra.»
Rectification, qui n'annule pas la première déclaration : «On a voté une seule fois, pour montrer à Marie, qui avait six ans, qu'il fallait voter. Il a voté Giscard et moi Mitterrand, pour que ça fasse nul.» (Hélène)

VACHES MAIGRES

« Quand il n'avait pas du tout d'argent, je le nourrissais. Il me l'a sacrément bien rendu quand j'ai déposé le bilan de ma boîte. Je mangeais et je dormais rue Godot. Dans un lit impossible, d'ailleurs. » (Catelin)

VARICES

« *La vulgarité, ce n'est pas dire des gros mots. C'est Patrick Sabatier qui fait semblant d'être apitoyé par le destin d'une matrone variqueuse dont il n'a rien à foutre, et qui lui offre une Fiat alors qu'elle ne sait pas conduire.* »

VOCATION

« *Je n'ai jamais eu envie d'écrire, même maintenant, d'ailleurs… J'ai eu envie de lire… J'aime bien le langage.* »

WAGNER

« *La vie est très très courte et j'aime pas m'ennuyer une seconde. Je supporte très mal de m'ennuyer. J'aime bien le piment, les porte-jarretelles, les cathédrales, Wagner, tout ce qui bouge.* »

X (CLASSÉ)

« *Je ne suis pas contre la sexualité de groupe, je l'ai toujours pratiquée dans les wagons de la SNCF. Hommes 40, chevaux 36.* »

YOYO

« *Je suis cyclothymique. Ça ne veut pas dire que je fais du vélo en bouffant du thym. Non, j'ai le thymus qui monte et qui descend.* »

Y PENSE-T-IL PARFOIS, À LA MORT ?

« Perpétuellement, je ne pense qu'à ça. Je guette les signes du vieillissement, la planche à voile qui est un peu plus lourde sur l'épaule. Je m'écoute m'essouffler dans les escaliers, j'entends venir le cancer. J'essaie de le prévenir en riant beaucoup. »

ZIGZAGS

« Je suis casanier et pantouflard avec le besoin de partir, tout le temps. Et dès que je pars, j'ai envie de revenir. »

ZOOLOGIE

« L'homme est le seul animal vraiment féroce. Il est bon avant l'âge de quatre ans et après la sénilité totale : il est bon quand il est irresponsable. Pas pendant la période intermédiaire. »

Remerciements

Merci à ceux qui ont bien voulu se souvenir et raconter :

Guy Bedos, Michel Birot, Jean-Michel Boris, Danièle Caillau dite Pouiquette, Jacques Catelin, Hélène Desproges, Marie Desproges, Perrine Desproges, Jean-Louis Foulquier, Jean-Louis Fournier, Odile Grand, Annette Kahn, Paul-Émile Kahn dit Poumi, Jean-Pierre Moreau, Bernard Morrot, Françoise Peyrot, Jean-Luc Prévost, Luis Rego, Francis Schull, Guy Vidal.

Sources

Archives personnelles d'Hélène Desproges.

La seule certitude que j'ai, c'est d'être dans le doute, entretiens avec Yves Riou et Philippe Pouchain, Le Seuil, 1998.

Audiovisuel

France Inter, *L'Agenda de Pierre Desproges* (Nicolas Hulot).
France Inter, entretien avec Jacques Chancel.
France Inter, *Le Tribunal des Flagrants Délires*.
Europe 1, *Les numéros 1 de demain*.
Radio Monte-Carlo, *Entre les lignes, entre les signes*.
Radio Monte-Carlo, *Docteur Renaud*.
TF1, *30 Millions d'amis*.
TF1, *L'Ile aux enfants*.
TF1 *Droit de réponse* (Michel Polac).
France 2, *Quatre Saisons*.

France 2, *Mosaïque*.

FR3, *Boîte aux lettres* (Jérôme Garcin).

FR3, *La Vie de château* (Jean-Claude Brialy).

FR3, *La Minute nécessaire de Monsieur Cyclopède*.

Presse écrite

Arc-en-ciel, L'Aurore, Bonnes Soirées, La Charente libre, Le Courrier picard, Cuisines et Vins de France, Elle, L'Étudiant, L'Événement du jeudi, France-Soir, Le Hérisson, L'Indépendant, Le Journal d'Elbeuf, Libération, Lui, Le Matin, Le Monde, Les Nouvelles littéraires, Le Nouvel Observateur, Ouest-France, Paris-Match, Paris-Villages, Paroles et Musique, Pilote, Playboy, Le Progrès, Le Quotidien de Paris, Le Républicain lorrain, Le Soir, Télérama, Télé Star, Tonus, L'Unité, La Vie ouvrière.

Pierre Desproges

Écrits

Manuel de savoir-vivre à l'usage des rustres et des malpolis, Le Seuil, 1981, et «Points», n° P401.

Vivons heureux en attendant la mort, Le Seuil, 1983, 1991, 1994, et «Points», n° P384.

Dictionnaire superflu à l'usage de l'élite et des

bien nantis, Le Seuil, 1985, et «Points», n° P403.

Des femmes qui tombent, roman, Le Seuil, 1985, et «Points», n° P479.

Chroniques de la haine ordinaire, Le Seuil, 1987, 1991, et «Points», n° P375.

Textes de scène, Le Seuil, 1988, et «Points», n° P433.

L'Almanach, Rivages, 1988.

Fonds de tiroir, Le Seuil, 1990.

Les étrangers sont nuls, Le Seuil, 1992, et «Points», n° P487.

La Minute nécessaire de Monsieur Cyclopède, Le Seuil, 1995, et «Points», n° P348.

Les Bons Conseils du professeur Corbiniou, Le Seuil/Nemo, 1997.

Le Petit Reporter, Le Seuil, 1999.

Cassettes et disques

Pierre Desproges portrait, Canal + Vidéo, 1991.

Les Réquisitoires du tribunal des flagrants délires, Epic, 1993.

Chroniques de la haine ordinaire, Epic, 1994 et 1996.

Pierre Desproges au Théâtre Fontaine, Epic, 1995 et 1996.

Pierre Desproges au Théâtre Grévin, Epic, 1996.

Le Voleur de dentelles
roman
(avec Gérard Lauzier)
Orban, 1985

René Goscinny
biographie
Seghers, 1987
rééd. Actes Sud, 1997

Ils s'en allaient faire des enfants ailleurs
roman
Orban/Fixot, 1988
rééd. Panama, 2006

William Sheller
biographie
Seghers, 1989

Surgir de l'onde
bande dessinée
(avec Beb-Deum)
Humanoïdes associés, 1993

Tranches de Lauzier
bande dessinée
(avec Gérard Lauzier)
Grand Prix de la ville d'Angoulême
Dargaud, 1994

J'attends un chien
Comment bien vivre avec le meilleur ami de l'homme
(avec Thierry Abric, illustrations de Florence Cestac)
Albin Michel, 1996

Goscinny
biographie
(avec José-Louis Bocquet)
Actes Sud, 1997

Bleue comme une orange… la Provence

(photographies de Sonja Bullaty et Angelo Lomeo)
Abbeville, 2000

Provence

(photographies de Sonja Bullaty et Angelo Lomeo)
Abbeville, 2000

La Dernière Nuit

roman
Le Passage, 2002
et « Points » n° P 1491

Mes chers voisins

humour
(illustrations de Nicole Claveloux)
Seuil, 2003

L'Odeur de l'homme

chroniques
(préface de Daniel Pennac)
Panama, 2005
et « Pocket » n° 12941

Livres pour la jeunesse

Eulalie et le chat multicolore

(illustrations de Denis Fremond)
Dargaud, 1986

Sacré Raoul !

Seuil Jeunesse, 2002

Jité givré

Bayard Jeunesse, 2003

Comment chasser un monstre, fastoche

(illustrations de Henri Galeron)
Seuil Jeunesse, 2003

Flash dingo : 100 % infos, 200 % rigolo

(illustrations de Diego Aranega)
Bayard Jeunesse, 2004

Suzanne

(illustrations de François Roca)
Seuil Jeunesse, 2004

Le Paradis des ours en peluche

(illustrations de Tina Mercié)
Seuil Jeunesse, 2004

Devine

(illustrations de Diego Aranega)
Tourbillon, 2007

RÉALISATION : PAO ÉDITIONS DU SEUIL
BRODARD ET TAUPIN À LA FLÈCHE
DÉPÔT LÉGAL : AVRIL 2007. N° 92679 (40359)
IMPRIMÉ EN FRANCE

Collection Points